방학에 뭐 하니?

봉사여행 어때?

방학에 뭐 하니?
봉사여행 어때?

인생에서 꼭 한 번쯤 해봐야 할 국제교류활동 도전기

2018년 7월 20일 초판 1쇄 펴냄

글쓴이 | 심고은
펴낸곳 | 도서출판 단비
펴낸이 | 김준연
편집 | 최유정
등록 | 2003년 3월 24일(제2012-000149호)
주소 | 경기 고양시 일산서구 일중로 30, 505동 404호(일산동, 산들마을)
전화 | 02-322-0268
팩스 | 02-322-0271
전자우편 | rainwelcome@hanmail.net

ISBN 979-11-85099-08-8 03810

이 도서의 국립중앙도서관 출판시도서목록(CIP)은 서지정보유통지원시스템 홈페이지
(http://seoji.nl.go.kr)와 국가자료공동목록시스템(http://www.nl.go.kr/kolisnet)에서
이용하실 수 있습니다.

인생에서 꼭 한 번쯤 해봐야 할 국제교류활동 도전기

| 심고은 글 |

방학에
뭐 하니?
봉사여행
어때?

단비
danbi

| 차례 |

나의 이유 있는 방황이
당신에게 영감이 되기를

어쩌다 마주친! 국제교류활동-《KOICA》주니어 코디네이터

내가 '국제교류활동가'가 된 계기는 정말 우연히도 고등학교 2학년 때, 우리 교실에 붙어있던 A4 용지 한 장 때문이었다. 고3 수험생들의 수능이 막 끝나고 난 11월, 나도 이제 수험생이라는 생각에 한숨을 푹푹 쉬며 도서관에 가서 한 권의 책을 발견했을 즈음의 이야기이다. '대학생이 되면 국내 토박이인 나도 해외여행을 한 번 가봐야지!' 하면서 중국을 소개하는 책이라고 생각하고 뽑아 든 한비야의 『중국견문록』. 너무나 흥미로운 책 내용 때문에 몇 일 만에 그녀의 세계여행 시리즈를 모두 독파하고서 필요 이상으로 국제개발협력에 대한 지식이 빵빵해져있었다.

'나는 고3이야. 일 년은 공부만 해야 하고, 대학생이 되더라도 이런 활동은 이상적인 활동에 불과해. 수능영어만 공부해온 내가 어떻게 이런 쟁쟁한 사람들이랑 맞붙어서 해외에서 활동을 하겠어? 그냥 수능 공부나 하자.'

체념하는 마음으로 쉬는 시간에 청소를 하다가 평소에는 잘 들춰보지 않았던 교실 뒤편 게시판에 붙어있는 한 장의 종이를 보았다. 어찌

보면 나의 인생을 흔들어놓은 대사건의 서막이었다.

《KOICA》(한국국제협력단) 주니어 코디네이터 1기
- 연수사업 학생 도우미모집

'어?《KOICA》라면 한비야 씨 책에서 봤던 그 단체인데? 고등학생 자원봉사자를 모집한다니!'

내가 봤던 자원봉사 중에 가장 글로벌했던 공고에 온 마음을 뺏긴 나는 이틀 내내 고민을 하다가 용기를 내서《KOICA》사무실에 전화를 했다.

"학생, 미안해서 어쩌죠? 이미 어제 면접까지 마치고 학생들을 모두 선발했어요."

"아…. 그렇군요. 그런데 그 봉사활동은 정확히 어떤 일을 하는 거였나요? 보조 통역이라고 쓰여있기에, 영어에 능통한 사람을 뽑나 해서요."

"개발도상국에서 오신 각 분야 전문가들이 한국에서 연수를 받는 중에 주말에 서울을 관광하는 프로그램이 있어요. 버스를 타고 8시간 정도 함께 투어하면서, 보조 통역가로서 한국 문화에 대해서 알리는 자원봉사예요. 주 통역사는 항상 동행하구요."

"제가 직접 역할을 맡아서 큰 통역을 하는 일은 아니었네요. 그렇다면 너무나 아쉽네요. 이번에 처음 뽑으신 걸로 아는데 2기는 언제 지원해야 하나요? 정말 하고 싶어서 용기 내서 전화해보았거든요."

"2기는 내년 11월에 뽑을 예정이에요. 학생은 내년 11월이면 고3 말인데…. 졸업 후에는 이 활동을 할 수가 없어요. 정말 아쉽네요. 음, 그럼 이렇게 하죠. 학생의 열정을 높이 사고 싶어요. 면접 없이 뽑아줄게요.

일단 첫 봉사활동지로 오세요. 봉사하고 싶은 마음이 이렇게 터질 것 같은 학생이야말로 오히려 우리에게 필요한 학생이에요.”

“정말요? 우와! 감사합니다. 정말 열심히 해보겠습니다.”

심장이 쿵쾅쿵쾅 뛰었다. 일단은 합격한 것에 감사해야 하지만, 내가 과연 그 봉사활동을 해낼 수 있을까? 면접 없이 뽑힌 내가 가서 망신만 당하면 어쩌지? 하는 생각이 머릿속을 맴돌았다. 통화 직후, 학생 코디네이터들이 활동하는 싸이월드 카페에 들어가보니 싱가폴 환경 영향 평가 공무원 30명을 인솔하는 프로그램에 배정되어 있었다. 와! 외국 공무원을 만나게 되다니. 그저 놀라울 따름이었다. 더군다나 나와 함께할 팀 메이트가 대원외고 프랑스어학과 2학년 학생이었다.

‘불어에 영어까지 잘하는 이 친구 앞에서 내가 무얼 할 수 있을까? 고등학생이 벌써 저런 능력을 갖추다니. 부럽다.’

자신감이 바닥까지 떨어졌다. 괜한 도전을 했나 싶었다. 하지만 한 번 부딪혀보고 싶었다. 눈으로 보고, 내가 할 만한 활동인지 아닌지 확인해야만 물러서도 후회가 없을 것 같았다. 전날 어설프게 여행 영어회화 책을 한 권 사서 머릿속에 마구 구겨 넣고는, 양재동에 있는 《KOICA》 본부에서 그들과 첫 만남을 했다. 아침 9시부터 오후 6시까지 일정은 빡빡했다. 경복궁, 명동, 이태원, 남산 타워에 이르는 일정마다 자원봉사자들이 계속 함께하면서 경복궁의 역사나 이태원 지역이 형성된 유래, 남산타워가 한국에서 어떤 의미가 있는지를 설명해주었다. 동시에 그분들의 나라 이야기도 들었다. 고등학생밖에 되지 않은 학생들이 자신들을 안내하겠다고 졸졸 따라다니니 기특하고 귀여웠는지 정말 친절하게 대해주셨다. 물론 내 영어가 이 모든 것을 설명할 만큼 완벽하지는 않았지만, 신기하게도 그들이 내 말을 이해(!)해주었다. 무엇보다 그 점이 나를 자신감 있게 만들었다. 완벽하지 않은 영어도 일단은 내가 진심을 가지고 그들을 돕겠다는 생각을 하고 적극적인 자세가 더해지니 전혀 문제될 것이 없었다. 외국인과의 의사소통에서 가장 중요한 것이 무엇인지 체득한 셈이다.

첫 활동을 마치고 나는 이 활동에 점점 더 빠져들었다. 조금씩 외교관이라는 꿈을 키워나간 것도 이즈음 부터였다. 3주에 한 번씩 주말 프로그램에 참여해서 수능 공부로 쌓인 스트레스를 날리는 기회로 삼았다. 싱가폴 환경부 공무원들, 베네수엘라 경제부 차관님, 스리랑카 국제공항 엔지니어 등 셀 수 없이 다양한 나라, 다양한 직업군의 사람들을 만났다. 그들의 언어로 생생한 세계의 이야기를 들으면서 자연스럽게 국제활동에 대한 관심 영역을 넓혀갔다. 고3 수험생이었기에 부담스러웠던 것도 사실이었지만, 충분한 가치가 있는 활동이라는 생각이 확고해졌다.

한 번은 이런 경험을 하기도 했다. 이라크에서 오신 무함마드 페클라딘 박사님이 나에게 명함을 한 장 내밀었다. 이름이 그림같이 쓰여있었다.

"명함에 이 글씨는 제가 태어나서 처음 본 언어 같아요. 박사님 이름을 어떻게 읽나요?"

"하하하, 읽기가 어려울 걸요? 아랍어는 오른쪽에서 왼쪽으로 써요. 발음도 어렵고 배우기도 쉽지 않은 언어지요."

박사님은 명함에 쓰인 글자를 오른쪽에서부터 차례대로 읽어주셨다. 그 후부터 아랍어는 나에게 호기심으로 다가왔다. 그리고 수능에서 제2외국어로 아랍어를 선택하는 계기가 되었다. 이 짧지만 강렬했던 박사님과의 대화는 나에게 아랍 문화권에 대한 이해의 문을 한껏 열어젖혀주었다. 아랍어를 안다는 것은 말레이시아, 인도네시아, 튀니지 등 이후에 내가 방문했던 나라의 깊숙한 문화까지 들여다볼 수 있는 소중한 기회를 마련해주었다. '앗살람 알라이쿰!' 한마디로 전 세계 약 16억 명의 아랍권 사람들과 의사소통할 수 있다는 사실은 9년이 지난 지금까지도 나를 뿌듯하게 만든다.

국제교류 여행에서 찾은 나의 꿈

하지만 외교관이라는 꿈을 이룬다는 것이 나에게 그렇게 녹록지만은 않았다. 내가 원하는 대학의 원하는 전공을 지원하기에는 운도 능력도 미치지 못했다. 부모님의 권유로 장래에 안정적인 직업을 얻을 수 있는 교육대학교 초등교육학과에 등록했지만 주어진 점수에 맞춰 현실에 안주하듯이 교대에 머물러 있는 자신이 용서되지 않을 것 같았다. 그래서 휴학이라는 결정을 내리고 책상에 앉아 많은 시간을 보냈다. 힘든 하루하루였지만 스터디 플래너에 해외봉사활동, 아프리카에 관한 스크랩 기사를 하나씩 붙여나가면서 마음을 다잡았다. 그러나 한 번의 수능을 더 치르면서 꿈에 대한 열정과 의지만 있다고 해서 원하는 것을 얻을 수는 없다는 쓸쓸한 현실을 인정해야만 했다. 그렇게 2010년 나는 몸과 마음이 지칠 대로 지친 상태로 다시 대학교로 돌아왔다. 그리고 다시는 예전처럼 그렇게 열정적으로 무언가를 꿈꿀 수 없을 것 같다고 생각했다.

'해외봉사활동?'

우연히 접한 대외활동 커뮤니티 카페에서 해외봉사활동 공고문을 발견했다. 잊고 있었던 단어가 나를 스치고 지나치자 비로소 내 몸에 활력이 돌았다. 해외봉사단원 선발 우대 조건에 태권도 자격증이 해당한다는 소식을 접하고, 공인 3단 자격증을 위해서 4개월간 매일 도장에 나가서 땀 흘리며 노력하였다. 운동을 시작하자 놀랍게도 다시 삶의 활력이 생겼고, 목표를 정하자 나도 무언가를 해낼 수 있구나 하는 자신감을 가질 수 있었다. 우선 태권도 3단 자격증을 발판으로 캄보디아 국립 프놈펜대학교 한국학과 학생들에게 태권도를 지도하는 값진 기회를 얻게 되었다. 곧이어 〈2010 국제청소년광장〉 프로그램에서는 세계 각국 참가자들의 태권무 무대를 지도하는 태권도 팀장으로 활약하게 되었다.

봉사활동도 중독 증세가 있나 보다. 방학마다 지원서를 쓰고, 면접을 보고 합격을 하는 과정을 반복하면서 해외봉사활동의 매력에 푹 빠져들었다. 나의 그런 열정을 알아봐주셨는지 활동을 지속하면 할수록 놀랍도록 수많은 합격 소식들이 벅차게 찾아왔다. 그리고 마침내는 25개국에서 했던 다양한 경험과 14개국에서 활약한 봉사여행의 공로를 인정받아 '2012 대한민국 인재상'을 수상하는 영광을 얻기도 했다.

참으로 다양한 일들이 펼쳐졌던 대학 생활을 마무리하고 2014년 9월부터는 서울의 한 초등학교로 발령을 받아 아이들을 가르치고 있다. 지난 3년간은 신규 교사로서 매일매일 새로운 것을 배우고 익히고 적응하는 삶을 살았다. 행복한 하루하루의 연속이었다. 하지만 마음 한편에는 숙제를 하나 품고 있었다. 바로 '책 쓰기'였다. 앙꼬찐빵처럼 꽉 찼던 대학 생활을 주제로 책을 쓰고 싶었다.

대학 시절, 눈이 빨개지도록 국제교류활동에 참여한 사람들의 블로그 후기들을 일일이 찾아보는 것은 나의 일상이자 취미였다. 정리된 자료를 찾는 일은 쉽지 않았기에 항상 아쉬운 마음이 들었다. 구석구석 각 기관의 홈페이지를 찾아보면 심지어 초등학생도 참여할 수 있는 다양한 국제교류활동이 참 많다. 그러나 흩어진 퍼즐 조각처럼 퍼져있는 정보를 모아주는 마땅한 책이 없는 것이 늘 아쉬웠다.

'어떻게 해외봉사활동에 지원하고 합격하는지 그 후에 생활이 어떠한지 정리된 책이 있으면 얼마나 좋을까? 누군가가 좋은 길잡이 역할을 해준다면 훨씬 더 많은 사람들이 이런 활동의 매력에 빠질 수 있을 텐데!' 하는 생각을 언제나 가지고 있었다.

그런데 장애물은 또 있다. 많은 대학생들이 스펙 정보를 공유하는 인터넷 카페에서 이렇게 질문한다.

"'영어 능력자 우대!'라면 영어는 얼마나 잘해야 하는 건가요? 제가 자신이 없어서요."

"제 자소서로 이 활동에 뽑힐 수 있을까요? 내년에 지원해야겠어요."

9년 전의 나는 그들과 똑같은 생각과 걱정을 했지만, 지금의 나는 이런 친구들에게 나의 경험을 충분히 알리고 소개시켜줄 만한 경험 주머니를 가지게 되었다. 책은 아무나 쓰는 것은 아니지만 누구나 쓸 수 있다고 용기를 내었다. 내 글이 누군가에게 꿀 팁이 되고 힘이 되고 합격의 족보가 되어준다면 진심으로 감사한 일이라고 생각한다. 나의 이야기를 읽고 사람들이 조금 더 당당하게 '국제교류여행'에 도전해봤으면 한다. 한 번 용기 내어보라고 이야기하고 싶다. 남들이 늘 하는 대외활동이 아닌 그 무엇보다 값진 경험을 얻게 될 것이라고 확신하기 때문이다.

How to apply?

《KOICA》 연수사업 학생 도우미   http://cafe.daum.net/Jr.KOICA4

▶ 《한국국제협력단》(KOICA)은 우리정부의 대외 무상원조를 실시하는 기관으로서 다양한 원조사업과 더불어 개발도상국의 인적자원개발 및 국가개발역량 제고를 위해 개발도상국 공무원들을 대상으로 글로벌 연수 사업을 실시하고 있다. 이와 관련해, 우리나라 청소년들에게 국제협력사업 참여 기회를 제공하고 외국인들이 한국에 대한 우호적 이미지를 가지는 데 일조할 수 있도록 학생도우미 제도(구: KOICA 주니어 코디네이터)를 운영하고 있다.

• 대상   대한민국 고등학교 재학생
• 인원   100명
• 지원서 접수   12월 중
• 활동 내용   - 서울 시내 및 수도권 지역 시티투어
            - 문화 행사 등 주말 프로그램 운영 시 국내초청 연수생과 일정 동행
            - 인솔자의 일정 진행 보조 및 연수생의 편의 제공

1장

맨땅에 헤딩, 골을 넣다
- 국내 준비

태권도 4단!
나만의 특기가 되기까지

태권도 공인 4단 자격 취득

말괄량이 여섯 살, 태권도장에 등록하다

어린 시절을 쭉 되돌아보면 나는 유목민 같았다. 아버지가 육군 장교여서 일 년에 한 번씩 이사를 다녔기 때문에 늘 새로운 환경에 적응해야 했다. 다른 친구들은 평생 한 곳에서 20년을 살기도 하고 한 교회를 십 년씩 다니기도 했는데 반대로 나는 늘 어딘가로 이동해야 했다. 그나마 다행인 것은 내가 무척 밝은 어린이였다는 점이다. 여섯 살이 되던 해 어머니가 처음으로 보내준 학원이 태권도 학원이었다. 몸을 움직이는 것을 좋아해서 매일매일 태권도 학원에 빠지지 않고 갔다. 늘푸른 체육관이라고 쓰여있는 도복을 항상 입고 다녔던 기억이 난다. 초등학교 1학년부터 6학년까지 전학을 다섯 번 다니면서, 이사 온 바로 다음 날 항상 했던 일은 엄마 손을 잡고 새로운 태권도장에 등록하러 가는 일이었다. 지금 생각해보면 도장에서 몸으로 부대끼고 함께 운동하면, 아이들과 빨리 친해질 수 있었기 때문에 그렇게 태권도장을 좋아했던 것이 아닐까 싶다. 친구가 그리웠던 아이가 그곳에서는 항상 땀 흘리면서 새로운 보금자리를 찾고 또 새로운 자신감을 얻었다.

태권도를 품새와 겨루기 크게 두 분야로 나누어서 생각하면 나는 특히 품새를 사랑한다. 태극 1장부터 8장까지, 고려, 금강 품새 하나하나에 드리워진 동작의 명칭과 그 동작이 향하는 방향들에 모두 이유가 있다는 것이 어린 나이에 생각하기에도 무척이나 매력적이었다. 펄럭이는 도복 소리와 함께 끝에 드는 그 힘의 느낌이 너무나 좋았다. 단 하루를 거르지 않고 매일매일 도장에 와서 뛰어놀다 보니 어느새 시범단 활동을 했고, 2품의 유품자가 되어있었다. 다니던 태권도 도장 관장님이 태권도 선수를 하면 어떻겠느냐고 진지하게 제안할 정도로 열정적으로 도장에 다녔다. 그렇게 몇 번의 이사 후, 중학생이 되자 자연스럽게 운동을 그만두게 되었고 10년의 세월이 흘렀다.

해피무브 봉사단 지원-태권도를 다시 시작하다

다 큰 성인이 되어 우연한 계기로 태권도를 다시 시작하게 되었다. 대학생들에게 널리 알려진 현대자동차 〈해피무브 봉사단〉 덕분이었다. 맨 처음 내가 대학생이 된 이후로 처음 도전해본 〈해피무브 봉사단〉의 모집요강을 살펴볼 당시 내가 가진 '스펙'이라고는 전무했다. 자기 소개서에 국내봉사활동 기록을 적는 칸이 있었는데 《KOICA》 주니어 코디네이터, 새빛 지역아동센터 공부방 봉사 정도밖에 쓸 거리가 없었다. 누가 봐도 나를 뽑아줄 수 없는 수준이라 절망스러웠다. 그런데 공고문 아래 작게 쓰여진 딱 한 줄이 내 눈을 번쩍 뜨이게 했다.

'태권도 3단 이상에게 가산점을 줍니다.'

'초등학교 5학년 때 2품을 따고, 10여 년이 지난 지금 3단 심사를 볼 수 있는 자격이 되려나?' 망설일 시간이 없었다. 곧바로 동네 태권도장에 상담을 갔다. 관장님께서 10여 년 만에 태권도를 다시 시작하는 이유 등 이것저것을 물으시고는 3단 심사를 볼 수 있는 지원 자격은 된다고 하셨다. 마침 대학생이 되고 나서 취미를 붙일 운동을 찾고 있던 차에 이거구나! 싶었다.

"관장님 오늘 바로 등록하고 싶어요! 처음부터 다시 배운다는 마음으로 열심히 할게요!"

"쉽지는 않을 거예요. 워낙 오랜만에 하는 운동이라. 두 달 동안 매일 오기로 약속해요. 매 순간 최선을 다해서 임하세요. 자격증이 중요한 것이 아니라, 태권도의 모든 느낌을 마음으로 다시 받아들여야 하니까."

다시 시작한 운동은 쉽지 않았다. 뻣뻣하게 굳은 몸으로 발차기하기도 어려웠다. 저녁 9시부는 주로 대입을 준비하는 고3 학생이나 남자 중학생들로 구성되어있었고, 여자는 나 혼자였다. 품새를 다 잊어서 헤매고 있는 나를 안타깝게 여겼는지 그 학생들이 나를 참 많이 도와주었다.

세 달간의 노력 끝에 국기원에 자격 심사를 볼 수 있을 정도로 실력이 늘었고, 예전 감각이 살아났다. 국기원에서의 가슴 떨리는 심사를 끝으로 마침내 태권도 3단 자격을 얻게 되었고 이 자격증은 나의 대외활동에 그야말로 날개를 달아주었다.

언제나 준비하는 자에게 기회는 찾아온다

2010년 3월에 태권도 3단을 취득하고 7월에 처음으로 태권도를 가르칠 기회가 찾아왔다. 〈대한민국 IT봉사단〉의 일원으로 캄보디아에서 활동했을 때였다. 태권도의 날을 만들어 정부 부처 관료들에게 도복을 입히고, 동작을 함께 연습해보는 시간을 가졌다. 태권도 교육자로서의 첫 발걸음이었다. 그리고 귀국하자마자 열린 〈국제청소년광장〉에서 레크리에이션 팀장을 맡아 약 20개국의 친구들에게 태권도를 지도하여 공연을 무대에 올렸다. 그해 11월에는 베트남 공영 방송에서 태권도 단독 공연을 하는 장면이 베트남 전 지역에 방영되는 영광을 누리기도 했다. 이후에도 항상 나의 무기는 태권도가 되었고, 세계 어디를 가더라도 도복을 챙겨 갔다.

3단은 태권도 세계에서 그리 높은 단수는 아니었지만 나는 운동선수가 아니고, 일반인인 여자이기 때문에 조금 더 스포트라이트를 받을 수 있었다. 특히 해외봉사나 국제활동에서 '한국을 알릴 수 있는, 한국을 소개할 수 있는 자신만의 특기는 무엇인가요?'라는 질문은 단골손님이다. 그 틈새시장에서 나는 우연히 태권도라는 소재를 발굴해냈고, 의도치 않게 그 전략이 적중한 것이다. 만약 내가 단순히 스펙만을 위해서 단증을 땄다면 나는 매우 재미없는 해외봉사를 해왔을 것이라고 생각한다. 하지만 어렸을 때부터 흥미를 가졌던 나의 취미가 이렇게 해외에서 나만의 독특한 커리어가 된다는 것이 너무나도 설레고 행복하다.

사범 자격에 도전해볼까? 태권도 4단 승급 시험 응시

태권도 3단이 4단이 되려면 4년의 수련 기간이 필요하다. 대학 생활 4년 동안 약 20개국에서 태권도 교육을 진행하면서 태권도는 내 베스트 프렌드처럼 늘 함께했다. 졸업 즈음이 되자 '사범으로 활동할 수 있는 4단 자격증을 딴다면 조금 더 전문적이고 체계적인 지식을 가지고 사람들을 지도할 수 있지 않을까?'라는 생각이 들었다. 초등 임용 고사를 치룬 후, 발령 대기 상태에서 4월 시험을 목표로 태권도 4단 시험을 도전해보면 어떨까 하는 생각이 들었다. 생각이 들면 바로 시행하자는 게 나의 스타일이라 곧바로 인근 도장에 전화를 해보았다. 그러고는 집주변 도장에서 매일 2시간씩 3개월간 시험을 위한 준비반을 수강하였다. 3단과 4단은 수준차이가 매우 컸다. 필기 시험, 격파 시험, 그리고 새로운 품새를 하나 더 준비해야 하는데, 동작 하나하나의 난이도가 상당했다. 그리고 겨루기에도 심혈을 기울여야 했다. 4단은 태권도장에서 사범으로 활동할 수 있는 자격이기 때문에 합격이 쉽지 않아 보였다. 연습만이 답이었다. 승단 시험 준비를 위해 밤 9시까지 도장에서 열심히 구슬땀을 흘렸다.

2014년 4월, 국기원 심사 결과는 합격! 힘겹게 얻은 자격인 만큼 조금 더 희소한 가치를 얻게 되었다.

결과는 다시 시작의 꼬리를 무는 법인지, 4단 자격을 획득한 후에 다시금 대학생 때 관심만 가지던 〈세계태권도 평화봉사단〉 단원으로 지원해보려는 꿈을 가지게 되었다. 5월에 면접과 실기시험이 있었다. 다른 봉사단과는 다르게 태권도 실기시험이라는 어려운 관문을 통과해야 했다. 전국단위에서 메달권에 드는 쟁쟁한 태권도 선수들과의 경쟁 속에서 간신히 품새 단원으로 뽑혔다. 태권도를 다시 시작한지 4년 만에 마침내는 비전공자임에도 불구하고 태권도를 전문적으로 가르치는 파견단원으로 활동하는 경험까지 하게 된 것이다.

어느덧 3단 자격증을 딴 지 9년이라는 시간이 흘렀다. 그리고 4단이 된 지도 5년이 되어간다. 정말 단순하고 절박한 심정으로 시작한 하나의 자격증이 어떻게 보면 나의 유니크함을 살려주고 가치를 올려주는 계기가 되었다.

"언니는 어떻게 해서 그렇게 많은 국가를 다녀올 수 있었나요?"
"글쎄, 비결을 꼽자면 내가 교육을 전공했다는 점과 태권도 자격증이 있다는 것이 아닐까?"

누군가가 나의 국제교류활동의 비결이 무엇이냐고 물으면 나는 언제나 이렇게 이야기한다. 대외활동, 국제활동. 물론 단순히 열심히 하면 될 수 있겠지만 '나만의, 내가 아니면 안 되는' 꼭 하나의 특기를 만들어보라고. 나는 국제교류활동 지원자가 준비해야 할 것이 스페셜티라고 생각한다. 전문성이란 어마어마하게 대단한 것이 아니다. 한복 종이접기 하나로도 세계에서 실력을 뽐낼 수 있다. 사물놀이를 배워도 좋고, 가야금을 연주할 수 있어도 좋다. IT계열에 관한 자격증이 있다면 IT봉사단에서 우위를 점할 수 있다.

'내신도 관리해야 하고, 학원 다니기에도 바빠.'

'학점도 관리해야 하고 영어 점수도 올려야 해.'

'취업준비가 바쁜데 언제 그런 것들을 배우러 다녀?'라고 생각할 수 있다. 돌아가는 길이라고 생각될 수 있지만, 그것이 나만의 스페셜티를 만드는 확고한 지름길일 수도 있다. 내일 말고, 오늘부터 시작해보자.

How to apply?

해피무브 봉사단   http://happymove.hyundaimotorgroup.com

▶ 〈해피무브 글로벌 청년봉사단〉은 글로벌 청년 인재 육성, 국가 이미지 제고 등 사회적 책임 완수를 위해 현대자동차그룹이 2008년에 창단한 대학생 해외봉사단이다. 도움이 필요한 세계 각지에 매년 상·하반기 두 차례에 걸쳐 각 500명 규모의 봉사단원을 파견하는 글로벌 사회공헌 프로젝트다.
· 대상   만 18세 이상 2년제 이상 대학 재학 또는 휴학 중인 자
· 지원서 접수   연 2회(5월 초, 11월 초)
· 활동 내용   – 세계 문화 유산 보전, 학교 및 주택 건축
            – 교통안전 및 공학 교육, 환경보전

멕시코 선생님과
초등학교로 수업하러 가볼까?

미지센터 세계 문화 유산 통합 이해교육 멕시코, 베트남 팀 강사

본격적인 국제교류활동의 시작

'마음이 뭉클해지는 일 뭐 없을까?'

대학 입학을 앞두고 본격적으로 국내봉사활동을 시작했다. 서대문 청소년 수련관에서 주최하는 '몰래 산타활동'이 그 시작이었다. 크리스마스에 선물조차 받지 못하는 아이들을 위해 깜짝 선물을 주러 집집마다 방문하기도 하고, 지역 아동센터 공부방에서 교사로 활동하면서 예비 초등교사로서의 몸 풀기 활동을 했다. 또한 인사동거리 한복판에서 '초콜릿 천사'로 활동하면서 공정무역 초콜릿을 팔면서 뜻깊은 시간을 보냈다. 설날이 다가오자 다국적 사람들이 많이 거주하기로 유명한 안산 원곡동 마을의 설 축제를 돕는 자원봉사자로 참여했다. 《INKAS》(국제입양인 단체)를 통해서는 어렸을 때 외국으로 입양이 됐던 한국 청년들 중, 친모를 찾으러 한국에 입국한 청년의 통역지원 활동에 나서서 그들의 한국 정착 활동을 돕는 소중한 경험을 했다. 비록 단기 봉사였지만

봉사활동을 하고 돌아온 날은 분명하게 하나씩 얻고 돌아오는 것이 있었다. 그렇게 석 달간 국제교류활동을 하면서, 이제는 외국인과 함께 지속적으로 활동하는 프로젝트를 해보고 싶다는 생각이 들었다. 그래서 〈세계 문화 유산 통합 이해교육〉 강사활동을 지원해보기로 마음먹었다.

"가만있자…. 아니, 지원서를 모두 영어로 쓰네?"

나에게 다가온 첫 시련이었다. '왜 이 프로그램에 지원했는가?', '이 프로그램에서 당신이 가장 얻어 가고 싶은 가치는 무엇인가?', '당신에 관한 소개를 하시오'. 간단해 보이는 내용을 영어라는 언어로 표현해내려니 참 막막했다. 국내 순 토종인 내가 쓴 지원서가 과연 서류를 통과할 수 있을까? 한 문장 한 문장을 쓰는데 온 신경이 곤두섰다. 오랫동안 하고 싶었던 활동이었지만 첫 관문부터가 난제였다. 이대로 포기해야 하는가? 하지만 할 수 있는 데까지는 해보고 싶었다. 고민 끝에 고등학교 시절 오랫동안 다녔던 영어 학원 선생님을 찾아갔다.

"선생님, 선생님께 3년 동안이나 영어를 배웠는데 막상 영어 글쓰기는 쉽지가 않네요. 자기 소개 하나 쓰는 것이 이렇게 어려워서야 제가 세계를 종횡무진 할 수 있을까요?"

"누구나 처음에는 어려운 법이지. 자꾸 써보고, 혼도 나보고, 다시 써보는 경험을 해봐야 느는 거야. 어디 보자 선생님이 문법적인 부분에 수정할 것이 있으면 한 번 봐줄게."

빨간 펜을 가지고 내가 쓴 자소서를 교정해주기 시작한 선생님. 군데군데 빨간 펜이 쫙쫙 그어지자 민망함이 온몸을 휘감았다. 그래도 용기 내어 들고 오길 잘했다 싶었다.

"전반적으로 스토리가 재미있어서 잘될 것 같아. 소소한 부분이 조금 걸렸는데 이런 표현으로 바꾸면 되겠어. 미국 유명 대학 에세이도 그렇듯이 형식보다는 내용이 더 중요하니까 승산이 있을 거야."

대학에 입학하여 처음으로 지원해보고 싶었던 프로그램. 지원 자격이 영어 능통자임을 알고서 지원을 망설였지만 많은 준비를 통해서 6:1의 경쟁률을 뚫고 합격을 거머쥐었다.

혹시 떨어질 것에 대한 두려움으로 지원조차 망설이는 사람들이 있다면 꼭 이야기해주고 싶다. 일단 지원해보자. 합격의 문은 두드릴 때만 열린다.

언어에 대한 두려움 극복

이 활동이 나에게 준 가장 큰 선물은 외국인과 함께 프로젝트를 진행하고, 함께 가르치는 첫 경험을 하게 해주었다는 점이다. 첫 한 학기 동안은 신암초등학교, 창경초등학교를 비롯한 8개 학교에서 멕시코 친구였던 헤르미니오와 함께 '치첸이트사의 피라미드'를 소개하였다. 그리고 2학기에는 베트남 팀에 속해 하노이의 하롱베이를 가르쳤다.

활동을 시작하기에 앞서 3월에 열렸던 오리엔테이션에 2박 3일 동안 참가했다. 한국인 2명과 외국인 1명이 한 팀이 되어 한 학기 동안 초등학교 학생들을 대상으로 강의할 강의 프로그램을 만들었다. 각 국가를 맡은 열 팀은 프리젠테이션을 서로 평가하고 조언하는 과정을 거쳤다. 《코이카》에서 봉사활동 경험이 있기는 했지만 외국인들과 영어로 회의를 하고, 발표를 한 후 평가하는 일련의 과정은 쫄깃쫄깃한 긴장감을 가져다주었다. 헤르미니오가 말을 걸었을 때 내가 혹시나 못 알아듣지는 않을까, 내가 그 친구의 의도를 잘 이해하고 작품을 만들어낼 수 있을까 걱정했었다. 하지만 우리 팀은 10팀 중 2위를 차지했다. 2교시 활동으로 멕시코의 전통게임인 피냐타Piniata게임을 매끄럽게 진행하여 좋은 반응을 얻었기 때문이었다.

할 수 있네! 영어수업!

"피냐타? 그게 뭐 예요. 사탕 이름이에요?"

"멕시코의 전통 게임의 이름이에요. 이 풍선 안에 사탕을 가득 넣고 줄에 매단 후, 여러분이 긴 장대를 이용해서 이 풍선을 터트리면 풍선에서 사탕이 펑! 하고 터져 나올 거예요."

1교시 세계 문화 유산에 대한 전반적인 소개와 멕시코의 문화를 설명하는 동안 아이들은 외국인 선생님이 학교에 방문했다는 것만으로도 흥미로워 어쩔 줄을 몰랐다. 2교시 '몸으로 체험하기' 시간에는 아이들이 해당 나라의 전통놀이를 몸소 체험할 수 있어 교실에 온통 웃음이 가득 찼다. 살아있는 수업. 멕시코를 교실에 그대로 옮겨놓은 듯했다.

헤르미니오와 서울 시내 초등학교에서 8회의 수업을 진행하는 동안 외국인과 대화하는 것에 대한 거부감이 사라졌고, 어떻게 그들과 함께 협력하여 일할 수 있는지 의사소통해야 하는지를 배울 수 있었다. 특히 아이들 앞에서 헤르미니오가 영어로 이야기하면 내가 그것을 통역하여 이야기하는 과정이 큰 도움이 되었다. 외국인과 함께 수업을 하면서 영어로 수업을 이끌어나갈 때에는 어떤 문장을 써야 하는지 어떻게 수업을 이끌어나가야 하는지에 대해 익히게 되었다. 나중에는 통역자를 넘어서 내가 직접 영어로 수업도 할 수 있겠다는 자신감이 생겼다.

'여름 방학에는 해외봉사활동을 통해 직접 해외로 나가서 다른 나라 사람들을 가르쳐볼까?' 이 활동으로 얻은 자신감은 용기 있는 결론에 도달했다. 그리고 곧바로 그해 여름, 캄보디아 프놈펜에서 영어로 진행되는 첫 강의를 맡아 실력을 뽐낼 수 있었다. 만약, 영어로 쓰는 자기 소개서 앞에서 지원조차 포기했다면 지금의 내가 있을 수 있었을까?

두려움을 극복하는 순간, 수만 가지의 행운이 나를 따라온다.

미지센터 뿌리 깊은 세계 유산 프로그램 강사

(구: 세계 문화 유산 통합이해 프로그램 강사)   http://www.mizy.net/

▶ 미지센터 서울시가 설립하고 대산문화재단이 운영하는 서울시립청소년 문화교류센터의 별칭. 우리 청소년들에게 다양한 문화 이해, 국제교류프로그램을 제공함으로써 세계 시민으로의 성장을 지원하는 센터.

▶ 뿌리깊은 세계 유산 프로그램 청소년들에게 세계를 바라보고 자연과 문화의 다양성, 그 소중함을 이해하는 힘을 길러주기 위하여 세계 유산을 소재로 다양한 나라와 문화의 모습을 소개하고, 체험활동을 통해 이를 생생하게 경험할 수 있도록 한다. 한국인 강사와 외국인 강사가 한 팀을 이루어 현장 수업을 위한 이론 강의와 활동을 준비하고 다양한 시청각 자료를 활용하여 매주 금요일 서울 소재 초등학교에서 수업을 진행한다.

• 대상 - 세계 유산, 문화 다양성 교육에 관심 있는 만 19세 이상 한국인과 외국인
         - 영어 혹은 기타 언어로 소통이 가능한 자
• 지원서 접수 3월 중순
• 활동 내용 - 한국인 강사와 외국인 강사가 한 팀을 이루어 현장 수업을 위한 활동 준비
            - 서울 소재 초등학교에서 직접 수업 진행

★ 생생 체험 Tip

2010년 3월에 한국인 강사로 선정되어 1학기에는 멕시코의 세계 문화 유산인 치첸이의 피라미드, 2학기에는 베트남의 하롱베이에 대해 초등학교 현장에서 수업했다.

지원자는 1차로 진행되는 영어 자기 소개서 전형, 2차 영어인터뷰 전형을 통과해야 선발될 수 있다. 합격 이후에는 2박 3일 동안 다문화 이해교육, 세계 문화 유산 이해교육, 모의 수업 연습을 통해서 한 학기 동안의 수업 자료와 수업 계획서를 마련하고 팀원이 된 외국인과의 호흡을 맞추는 시간을 가진다. 지원하는 외국인 강사는 대부분 한국 대학으로 공부를 하러 온 해외대학 교환 학생들이다. 같은 팀으로 활동하면서 국내에서 외국인을 사귈 수 있는 절호의 기회를 쌓아보자.

1년 동안 매 달 2회씩 서울시에 위치한 초등학교에서 창의적 체험 활동 시간을 이용하여 세계 문화 유산에 대한 기본적인 소개와 멕시코, 베트남의 세계 문화 유산 소개, 실전 활동을 진행한 것은 정말 값진 경험이었다. 당시 교육대학교 학생인 나로서는 교사로서 초등학교 교실에서 아이들을 가르치는 경험을 한다는 것만으로도 가슴 뛰는 일이었다. 외국인 강사의 프리젠테이션을 아이들에게 직접 통역하는 역할이 중요하다. 한 교실 약 30명의 학생들과 80분간 수업해야 하므로 영어 실력과 강의 능력을 기를 수 있는 더없이 좋은 기회다.

단돈 5달러로
한국의 가치를 알려보자!

고용노동부 주관 5달러 프로젝트 공모전 Top 5 입상

스탠포드 대학 프로젝트, 서울로 옮겨오다

스탠포드의 대학의 한 교수가 수업시간에 특이한 프로젝트를 진행했다. 이름하여 〈5달러 프로젝트〉. 교수는 14개의 팀으로 이루어진 학생들에게 팀당 5달러씩을 주면서 이렇게 말했다.

"2시간 동안 이 5달러를 가지고 여러분들이 할 수 있는 만큼 최대한 수익을 창출해 오세요. 그리고 다음 주에 어떻게 수익을 창출했는지 발표하세요."

학생들은 고민했다. 5달러를 가지고 음료를 만들어 팔고, 펌프를 사서 자전거 바퀴에 바람을 넣었다. 줄을 서야만 하는 식당에 먼저 줄을 서서 맡아놓은 자리를 팔기도 했다. 우산을 사서 팔기로 한 팀은 비가 오지 않아 돈을 벌지 못하기도 했으며 아예 5달러를 쓰지 않고 그대로 둔 팀도 있었다. 그렇게 이런저런 프로젝트를 한 14개의 팀 중 가장 많은

수익을 낸 팀은 5달러를 가지고 2시간 만에 650달러를 벌어들였다. 그들은 '5달러를 투자해서 돈을 벌어야 한다.'는 집착에서 벗어나 수익을 올릴 수 있는 창의적인 방법을 모색했다. 한 주 후, 3분간의 발표 시간. 한 팀은 결과를 발표하는 시간에 어떤 기업의 광고를 틀었다. 능력 좋은 스탠포드 학생들이라면 도통 지원하지 않을 법한 작은 회사의 광고였다. '우리 회사도 여러분 같은 인재가 입사할 만큼 충분히 좋은 회사'라는 것을, 3분 프리젠테이션 동안 어필할 수 있게 하는 대가로 650달러를 받은 것이다. 창의적인 인재를 요구하는 시대로 변하고 있는 요즘, 발상 전환의 대표적인 사례로 쓰이고 있는 이야기다. 그저 미국에서 있었던 신선한 수업의 예로만 여겨졌던 이 프로젝트가 어느 날, 우연히도 나에게 왔다.

"누나, 우리가 했던 활동으로 5$프로젝트에 한번 도전해볼래?"

베트남 〈ASEAN+3 Youth Festival〉 마지막 날. 같은 한국 대표 참가자였던 경희대학교 경제학과 학생 태웅이가 뜻밖의 제안을 했다. 공모전이라니!

"스탠포드에서 실험한 5$ 실험에 대해 들어본 적 있어?"

"응 꽤 유명한 실험이잖아. 가장 많이 수익을 올린 팀이 생각지도 못한 기지를 발휘해서 인상 깊었어."

"맞아. 고용노동부에서 전국 청년층을 대상으로 '으라차차차 힘내라 청년아! 5달러 프로젝트' 국내 공모전을 개최해. 그런데 재미있는 게 바로 이 5$프로젝트를 우리가 직접해본다는 점이야. 1만 원(5달러)으로 최대의 수익을 낼 수 있는 사업 아이디어를 응모 받고 2차 현장 PT 발표를 통해 최종 9개 시상 팀이 선정된대. 나는 이 프로그램에서 5달러가 가진 가능성과 우리의 도전 정신을 시험해보고 싶어. 아마 많은 팀들이 5달러로 얼마나 많은 경제적 수익을 낼 것인지에 대해 집중하고 있을 거야. 하지만 우리 팀은 이 5달러로 사회적 가치를 창출해낼 수 있다는 것을 보여주고 싶어."

"오호! 좋은 취지인 것은 알겠는데, 내가 과연 할 수 있을까? 알다시피, 나는 공모전에 한 번도 도전해본 적이 없어서. 내가 팀원이 되어 승산이 있을지 모르겠어."

"누나가 해줄 일은 어렵지 않아. 지난 4박 5일 동안 우리 한국 대표 팀 베트남에서 했던 활동들을 경희대학교 캠퍼스에 옮겨놓는다고 생각하면 돼. 한국 문화를 알릴 부스를 차리고 한국 문화공연을 하면서 강연회를 하나 기획할 거야. 주어진 시간 안에 5달러를 가지고 얼마나 많은 사회적 수익을 올릴 수 있는가를 시험해보는 거야."

"공모전의 개념을 떠나서 한국 문화를 알린다는 취지에서 한 번 도전해볼 만한 것 같아. 제한된 시간에 우리가 한국 문화를 얼마나 알릴 수 있고, 사람들이 문화적 가치를 얼마나 사게 될지 궁금하다. 한번 해보자!"

5달러 프로젝트를 기획하라

스탠포드대학의 프로젝트와 다르게 이번 공모전에서 제시한 금액은 만 원! 만 원 한 장으로 보다 커다란 가치를 만들어내기 위해 우리가 기획한 프로젝트는 두 가지였다.

프로젝트 하나. 한국 문화페스티벌. 경희대학교 국제교육원에 재학 중인 외국인들을 대상으로, 한국의 문화를 소개하고 체험해볼 수 있는 문화 교류의 장을 만드는 것이 주목적이다. 한국 음식, 의상, 역사, 언어로 구성된 4개의 부스를 외국인들이 체험하는 방식이었다. 교환 학생들에게 한국을 더 잘 이해시키고, 한국 문화를 친근하게 느낄 수 있는 계기를 제공하기 위해 밤새워 부스 설치 기획 회의를 하고 발로 뛰었다. 5달러를 가지고 아름다운가게에서 한복을 빌리고, 광장 시장에서 음식을 협찬 받고 서예전문가를 섭외하여 경희대학교 안에서 한국 문화페스티벌을 열었다.

"한국 문화페스티벌에 참가한 기분이 어때요?"
"생각지도 못한 선물을 받은 기분이에요. 저는 토고에서 온 경희대학교 교환 학생인데, 이렇게 한국 문화를 강의실 바로 앞에서 체험해볼 수 있다는 게 정말 흥미롭고 고마운 일이었어요."
"우리가 한국 문화를 알리기 위해 다양한 프로그램을 준비하고 있어요. 앞으로 다른 문화프로젝트 또한 준비 중인데 우리를 위해 1달러 기부금을 나눌 수 있을까요?"
"오! 물론이죠. 서예를 해보고 한국 음식을 먹어보고 독도에 대해 이야기를 나누고, 태권도 공연을 본 것 치고는 너무 저렴하네요. 당신들의 꿈과 도전 정신을 응원할게요!"
이렇게 약 60명의 외국인들에게 무료로 한국 음식을 대접하고 독도를 알리는 다양하고 뜻깊은 활동을 통해 50만 원의 기부금을 모금할 수 있었다.

프로젝트 둘. 여행 강연회. 여행 작가 5인을 초대하여 대규모 강연을 기획해서 2차 프로젝트를 진행했다. 대학생들이 좋아하는 여행이라는 테마로 여행 작가 및 여행 블로거 다섯 명과 함께 여행에 대한 이야기를 나누는 세미나를 열었다. 연사들의 소중한 지식을 세미나 자리에서 다 함께 나누고, 그 대가를 강연료 형식으로 받았다. 이 프로젝트 역시 50명의 참가자들에게 각각 만 원씩 받아 50만 원의 수익을 올렸다.

"같은 대학생으로서 너무 의미 있고 뜻깊은 일을 하는 것 같아요. 20대 대학생의 패기와 열정을 보여주네요. 이런 도전 정신으로 멋진 꿈 이루기를 바라요. 파이팅!"

강연이 끝나고, 방명록에 써준 글들을 보니 피로가 눈 녹듯이 씻겨 내려갔다. 일주일 동안 밤을 새가면서 준비했던 활동. 우리가 추구하는 가치를 청중들도 조금이라도 느꼈을 것을 알기에, 그 의미가 두 배로 다가왔다.

이 노력의 결실로 2차 PT경쟁에 참여할 수 있는 아홉 팀에 선정되었다. 그리고 우리 팀은 아홉 팀 중 가장 많은 수익을 올리면서 사회적 가치에 대해 다시금 조망할 수 있는 기회를 마련했다. 아쉽게도 이 공모전이 사회적 가치보다는 장기적 사업성에 초점을 두었기 때문에 3위 안에 들지는 못했다. 그렇지만 우리 손으로 한국을 알리는 강연을 기획했다는 점에서 한 뼘 더 자랄 수 있었던 좋은 기회였다. 100:1의 경쟁률을 뚫고 Top 9위에 선정된 팀들은 베스트셀러『스무 살에 알았더라면 좋았을 것들』과 함께『5달러 프로젝트 국내 공모전 우수 과제 사례집』으로 함께 묶여 전국 주요서점에 비치되었다.

생각지도 못한 제안을 덥석 받아들였던 패기. 나는 한 달간 새롭고도 놀라운 공모전의 세계를 경험했다. 내가 잘하는 활동으로 공모전 세계에도 첫 발을 들일 수 있었다. 전혀 새로운 곳에서 한국 문화를 전파하면서 세계 시민으로서 또 한 발 다가서게 되었다. 5달러 프로젝트 성공!

국경 없는 의사 말고도
아이들을 살릴 방법이 있어요

《국경없는교육가회》 청년 캠프 2012 with Africa 참가

#《국경없는교육가회》?

"그래서, 네가 진짜로 하고 싶은 게 뭐야, 고은아?"

수업이 끝나면 사라지기 일쑤고, 방학에는 거의 한국에 없다. 주말에는 각종 대외활동과 봉사활동 때문에 약속을 잡을 수 없는 조금 많이 바쁜 대학 동기. 어쩌면 친구들에게 나는 정신없이 무언가를 늘 쫓고 있는 친구로 통했을지도 모른다. 그런 나에게 가끔 사람들이 정곡을 찔러 물어볼 때가 있었다.

"그 활동을 통해서 정말로 네가 하고 싶은 꿈이 뭔데?"

솔직하게 말하자면 대학교 2학년 말까지 그 모든 활동이 그저 재미있어서 했다. 하고 싶은데 이유가 있을까? 내 에너지를 발산하기에 너무나 적합한 활동들이었고, 각각의 활동들이 나에게 가져다주는 새로운 교훈들이 마음에 쏙 박혀 들었기에 무작정 달려들었다. 하지만 3학년이

되자 이제는 이 많은 활동들을 내가 왜 하고자 하는지 정리해야 하는 순간들이 왔다.

"선생님이 하고 싶은 것은 맞아? 임용 고사를 보지 않을 생각이야?"

"사실 아직 나도 잘 모르겠어. 교사가 되었을 때 이 활동이 수업에 적용되었으면 하는데, 그때 정말 이 경험을 써먹을 수 있는 건지 그걸 잘 모르겠네."

나 역시 명확한 대답을 내놓지 못했고 내 진로에 대한 확신은 촛불처럼 흔들거렸다.

"어차피 선생님을 할 생각이면 3학년 2학기부터 임용 고사를 준비해야 하지 않겠나? 서울 임용이 자네가 생각하는 것만큼 쉽지 않을지도 모른다네."

튀니지로 한 달간 해외봉사를 떠나는 나를 꾸짖으며, 냉정하고 현실적으로 조언해주시는 교수님도 계셨다. 그렇게 한동안 '봉사방황'을 할 때였다. 대한민국 인재상 지원서를 작성하던 3학년 1학기 어느 날, 운명과도 같이 한 공고문이 내 눈에 띄었다.

《국경없는교육가회》에서 국경 없는 청년교육가 캠프
with Africa 2012 참가자를 모집합니다.'

"《국경없는교육가회》? 《국경없는의사회》랑 비슷한 이름이네?"

국제개발협력에 대해서는 오래도록 관심을 가지고 있었는데 '국제교육개발협력'이라니. 국제개발협력에 단지 '교육'이라는 단어를 하나 추가했을 뿐인데, 교육대학교 학생인 내가 뭔가 큰 역할을 할 수 있을 것만 같은 기분이 들었다. 왠지 이 캠프에서 다양한 것을 배우고 이곳에 온 참가자들과 이야기를 나눈다면 내 미래에 대해 막연하더라도 길이 보이지 않을까? 경쟁률이 치열하다는 소문을 듣고 발표하기 전까지 초조한 마음이었다. 대한민국 인재상 자기 소개서에서 '미래 학업계획 및 장래 포부' 란을 1주일 째 비워놓고 생각에 생각을 거듭하던 차였다. 반드시 이 행사에 참가해서 그 답을 얻고 싶었다. 다행히도 선발자 명단에 들어서 2012년 6월 25일부터 27일까지 2박 3일 동안 이천 유네스코 평화센터로 캠프를 다녀왔다. 베트남 〈ASEAN+3 Youth Festival〉 지도자 선생님이셨던 손정은 선생님께서도 마침 함께 합격해서 뜻있는 이야기를 같이 나눌 수 있었다.《국경없는교육가회》가 전하는 메시지는 간단했다. 장기적으로 보았을 때 교육이야말로 수많은 사람들을 빈곤에서 벗어나도록 하고, 자립할 수 있는 길을 열게 한다는 것이었다.

명확해진 나의 꿈, 드디어 설정 완료

캠프가 끝나자 비로소 내가 꿈꾸는 교사로서의 역할이 명확하게 그려졌다. 날씨로 따지면 구름이 잔뜩 낀 상태에서 비온 뒤 구름이 걷히고 햇살이 든 느낌이었다. 마침내 인재상 서류 전형 〈미래 학업계획 및 장래 포부〉 부분을 술술 써내려갈 수 있었다.

국제교류활동은 제 내면의 성장에 큰 역할을 하였습니다. 과거에는 교육대학교생이 될 수 있는 전문가는 초등교사직 이외에는 없다고 생각했었습니다. 그러나 제가 가진 능력과 경험을 통해서 얼마든지 교육에 관련된 전문 분야에서 일할 수 있다는 것을 깨달았습니다. 제가 새로이 꾸는 꿈은 '국제교육개발협력 전문가'가 되는 것입니다. 국제교육개발협력 전문가란 개발도상국의 교육 전반에 대해 컨설팅을 할 수 있는 역량을 가진 전문가를 말합니다.

국제교육개발협력전문가는 개발도상국의 사람들을 직접 가르치기보다는 그들 문화에 어떤 '교육모형'이 적합한지 상담하고 컨설팅을 해주는 역할을 합니다. 그 나라에 맞는 교육과정이 무엇인지, 그 마을에 가장 필요한 교수법이 무엇인지를 철저한 사전 조사를 통해서 제시하면 현지 사람들은 '현지 교육과정', '현지 교사'를 잘 활용하여 문제점을 개선할 것입니다. 이렇게 국제개발협력 전문가는 장기적으로 활용할 수 있는 교육시스템을 만들 수 있게 도와주는 역할을 합니다.

어렸을 때부터, 《국경없는의사회》의 모습을 늘 멋지게 생각해왔다. 1초를 다투는 생사의 공간에서 생명을 구해내는 모습이 어찌나 멋있어 보이던지. 하지만 의사 말고도 국제개발현장에는 수많은 역할을 하는 사람들이 있다. 보건교육, 위생교육, 환경교육, 경제교육 등 교육은 그 노력의 중추역할을 든든히 하고 있다. 《국경없는교육가회》 아프리카 캠프를 통해서 내 전공에 대해서 좀 더 자부심과 확신을 가지고 꿈을 그려나갈 수 있게 되었다.

How to apply?

국경없는 청년교육가 캠프   http://www.ewb.or.kr

▶ **국경없는 교육가회**Educators Without Borders, EWB 대한민국의 교육자들이 중심이 되어 개발도상국의 교육 발전을 위한 국제연합 MDGs를 비롯한 국제 사회의 교육 발전을 위한 노력에 적극 참여하기 위하여 2007년 5월 15일 설립된 비영리기구이다.
▶ **국경없는 청년교육가 캠프** 국제교육개발협력 분야에 대한 전반적 이해를 돕고, 이론적 실제적 지식을 겸비한 현장 중심형 국제교육개발협력 전문가를 양성하기 위해 다양한 강의를 듣고, 토의하는 프로젝트형 캠프이다.
• **대상** 국제개발 및 교육개발협력 분야에 대한 관심과 열정이 있거나, 분야로의 진출을 희망

하는 대학(원)생 및 청년
- 지원서 접수 6월 초순
- 활동 내용 - 조별 모의 프로젝트 만들기, 국제개발협력 교육 분야 토크 콘서트
          - 국제교육개발협력 관련 이론 강의

★ 생생 체험 Tip

캠프 첫 번째 날. 국제교육개발협력이란 무엇인지에 대해 알아보는 강의와 모잠비크, 부르키나파소, 가나 세 나라에 대한 국가별 정보를 알아보는 활동이 진행되었다. 둘째 날부터는 참가자들이 실제로 여러 나라에 대해 배워보고, 그 나라에 적용할 만한 프로그램을 제안해보는 프로그램을 준비하고 발표하는 시간을 가졌다. 같은 모둠 원끼리 직접 해당 나라에 적용할 수 있는 프로그램을 만들어본다는 점을 모두 흥미롭게 생각하고 열정적으로 참여했다. 'with Africa'라는 이름에서 알 수 있듯이 아프리카의 세 나라 부르키나파소, 모잠비크, 가나를 중심으로 다양한 것들을 배웠다. 특히 《KOICA》, 《한국해외원조단체협의회》, 《유네스코 아시아 태평양 국제이해교육원(APCEIU)》에서 근무하시는 분들의 이야기가 무척 유익했다. 막연하게만 알고 있던 국제개발협력에 관한 지식들을 전문적이고 알차게 배워볼 수 있었던 것이 큰 도움이 되었다.

원어민 선생님과의
첫 TaLK!

《교육과학기술부》주관 국립국제교육원 TaLK 영어봉사장학생
방과후 원어민 교사 통역

미국에서 온 그대, 제시카와의 찰떡 호흡

'Teach and Learn in Korea! 영어봉사장학생 모집.
특별한 기회에 당신을 초대합니다.'

2012년 상반기 〈TaLK 국내 대학 장학생〉 모집 포스터가 드디어 캠퍼스 게시판 곳곳에 붙었다. 1학년 때부터 벼르고 별렀던 프로그램인데, 면접 시기마다 해외활동을 하고 있는 바람에 2년이라는 시간 동안 꼬박 기다리다 드디어 활동 지원서를 냈고 합격했다. '농산어촌 지역 초등학교 영어 방과후 통역 교사 되기' 프로젝트도 성공적으로 시작을 알린 것이다.

나의 팀 메이트 제시카는 미국 출신이다. 전공인 미술과를 다니던 중,

한국에서 정부초청 장학생을 뽑는다는 소식을 접하고 다니던 대학을 휴학하고 이 프로그램에 지원했다고 한다. 미국 현지에서도 이 프로그램은 상당한 공신력이 있단다. 서류 전형, 면접 전형에 많은 사람들이 몰리기에 까다로운 선발 과정 끝에 원어민 교사로 초빙될 수 있었다고 한다.

제시카와 내가 배정된 학교는 충북 청원군의 한 학교. 한 학년 당 1학급, 해당 학급에는 많아야 여섯 명 정도 되는 학생들이 다니는 소규모 학교이다. 이 프로그램의 특성이 국내 농산어촌 어린이의 영어 실력과 국제이해 능력 향상에 기여하는 것이기 때문에, 〈TaLK〉 장학생은 농산어촌에 집중 배치된다. 도교육청 사전 연수에서 첫 만남을 한 후, 처음으로 학교에 방문하는 길. 제시카와 시내에서 만나 버스를 타고 가는데, 가도 가도 끝이 없이 달리고 난 후에야 논과 밭이 둘러싸인 고즈넉한 동네에 도착했다. 쇠똥 냄새가 구수하게 풍기는, 한 층짜리 작은 학교가 우릴 맞아주고 있었다.

"아이고, 외국에서 선생님이 오셨네. 한국 장학생은 교대생이여? 반가워요. 우리 학교에서 열심히 일해주세요."

10명 남짓의 교직원이 전부인 곳. 소박하지만 정이 넘치는 학교라는 인상이 들었다. 이곳 초등학교 아이들은, 어려운 가정 형편과 주변 자연환경 덕분에 공교육 이외에는 교육을 받을 기회가 거의 없었다. 그래서 전교생이 방과후 프로그램을 전액 무료로 지원받는다. 그래서 수업이 끝나면 자연스럽게 한 명도 빠지지 않고 방과후교실로 전교생이 이동한다. 1학년을 기준으로 보면 월요일은 영어수업 후 음악수업, 화요일은 축구부 수업 후 미술수업과 같은 식으로 빽빽한 시간표를 자랑한다. 모든 수업을 마치고 나면 오후 네 시경에 전교생이 스쿨버스를 타고 집으로 돌아간다. 따라서 학교 공교육은 그들에게 절대적인 것. 인터넷이나 TV 외에는 외국인을 만나볼 수 있는 기회가 없는 이곳 학생들에게 제시카는 '대스타'였다. 아이들과 첫인사 시간. 모두가 용기 있게 제시카에게 말을 걸어주고, 나 역시 가족처럼 반겨준다. 바로 다음 주부터는 본격적인 수업에 들어갔다. 원어민과의 기본 수업 방식은 코티칭Co-teaching. 지난 사전연수에서 10분 간이 수업 시연micro teaching을 해본 결과, 제시카는 타고난 교사 체질이다. 더욱이 미술과라는 전공을 살려 모든 수업 재료를 손으로 직접 만들 수 있는 능력을 지녔다. 방과후 수업이기 때문에 우리만의 테마를 정해, 매 달마다 수업 계획Lesson Plan을 짤 수 있었다.

"Sim, 이번 달에 있을 수업의 테마를 할로윈으로 하자. 내가 얼굴에 나비 분장을 하고 너는 마녀 분장을 해. 사소하지만 아이들에게 좋은 동기 유발이 될 거야."

"좋아, 그럼 5분간은 제시카 네가 동기 유발을 해주고 내가 활동 1로, 'Open the door activity'를 할게.

"그럼 활동 2는 네가 맡아줘. 활동 3은 만들기 활동이니까 함께 돌아보면서 작업하면 되겠다."

1년 동안 우리는 코티칭Co-teaching 활동을 매 수업 시간 계속했다. 이보다 더 만족스러울 수는 없을 정도로 열심히 했다. 활동을 하면서 제시카의 수업 노하우를 배우고, 때로는 내가 학교에서 배웠던 영어 교육학적인 부분을 접목시키면서 점점 수업의 질이 개선되었다. 두 초보가 진행했던 원어민 방과후 클래스는 시간이 지날수록 학생들이 기다리는 흥미진진한 방과후 영어수업으로 자리 잡았다.

"선생님, 우리 내년에 졸업하고 중학생이 되면, 선생님들을 못 보겠죠?

지난번에 선생님들과 함께했던 비틀즈의 이매진Imagine 팝송 노래와 수화 공연은 정말 기억에 남아요. 중학생이 되더라도 잊지 않을게요."

방과후 공개수업 공연을 멋지게 해냈던 6학년들을 졸업시키면서 어느 덧 이 작은 학교에서의 추억이 한 올 한 올 쌓였다. 제시카는 한국에서의 경험이 큰 작용을 했는지, 초등교육으로 전공을 바꿔서 졸업하기 위해 고국으로 돌아갔다. 나 역시 임용 고사를 준비하기 위해 4학년 1학기를 끝으로 활동을 마무리 지었다. 우리가 함께했던 1년 반의 시간은 서로의 성장에 중요한 역할을 했음에 틀림없었을 것이다.

서울에서 교직 생활을 하면서 가끔씩 〈TaLK〉 활동을 했던 학교가 떠오른다. 도시 학교와는 또 다른 매력이 있는 초등학교. 1학년 1반 전체 아이들이라고 해봐야 6명. 이 아이들을 데리고 뒷동산에 올라가 네잎클로버를 이용해 미술 수업을 하고, 나뭇잎을 따다가 영어로 과학수업을 했던 그곳. 영어로 체육을 가르치면서 게임을 하며 땀을 뻘뻘 흘리던 운동장도 눈에 선하다. 가장 시골스러운 그곳에서 역설적으로 가장 글로벌한 영어수업 능력을 키워나갔던 곳. 가끔씩 그리워진다.

How to apply?

정부 초청 영어봉사 장학생(TaLK)　　　　　　http://www.niied.go.kr

▶ 《국립국제교육원》(NIIED)에서 진행하고 있는 〈TaLK〉 사업은, '정부 초청 영어봉사 장학생' 프로그램이라고도 불린다. 〈TaLK〉에는 외국인 장학생과 내국인 장학생이 있다. 외국인 장학생이란 아일랜드, 영국, 미국, 남아프리카 공화국, 호주, 뉴질랜드, 캐나다 총 7개국에서 대학에 재학 중이거나 졸업한 학생들이 한국의 농산어촌 및 도시 저소득층 지역 초등학교의 방과후 교사가 되는 것을 의미한다. 내국인 장학생이란 〈TaLK〉 프로그램을 위해 한국에 오는 외국인 장학생들을 도와 수업이 원활히 진행되도록 돕는 일을 한다. 또한, 대부분의 외국인 장학생들이 〈TaLK〉 프로그램을 통해 한국에 처음 와보기 때문에, 생활하는 부분에서 전반적인 도움을 주고 한국의 문화를 많이 배워 갈 수 있도록 돕는 역할을 한다.

• 대상　학기 중 〈TaLK〉원어민 장학생과 팀티칭으로 영어수업을 지원할 수 있는 국내 대학

　　　　재학생 및 졸업생 중 영어로 의사소통이 가능한 자
•지원서 접수　연 2회 이상
•활동 내용　- 농산어촌 및 도시 저소득층 지역 초등학교 방과후 영어수업 코티칭
　　　　　　 - 외국인 장학생들의 초등학교 방과후 영어수업 통역 지원
　　　　　　 - 외국인 장학생들의 국내 생활 지원

★ 생생 체험 Tip

〈TaLK〉 프로그램에서 원어민 장학생과 함께 내국인 장학생 제도를 두는 것은 영어로 하는 의사소통이 원활하지 않은 초등학생들에게 내국인 장학생이 꼭 필요하기 때문이다. 원어민 선생님의 수업을 보조적으로 통역해주거나 코티칭(Co- teaching) 해주는 것은 학생들에게 큰 도움으로 작용한다.

꾸준히 활동한 2년여의 시간 동안, 나의 영어 실력은 일취월장했다. 주 2회, 하루 4시간씩 계속 영어로 수업하고 대화하고 코티칭(Co- teaching)하는 시간을 가졌으니 말하기 능력이 향상될 수밖에 없었던 것이다.

내 전공이 초등교육인 만큼 영어 외적인 것에서도 〈TaLK〉 프로그램에서 얻어가는 것이 많았다. 대학에서 배운 초등영어 교육학 이론들을 직접 적용시켜보기도 하고 아이들을 다루는 집중 기술이나 수업 운영방식들을 몸소 체험할 기회를 가질 수 있었다. 하루 동안 저, 중, 고학년을 모두 경험함으로써 학년 별로 아이들이 얼마나 다른 특징을 가지는지도 알 수 있었다. 봉사하면서 마치 미국에서 교육 실습을 하는 느낌으로 유익하게 프로그램에 임할 수 있었다. TaLK Day도 유익하다. 이웃 학교 원어민 선생님들의 수업을 참관하고, 다른 내국인 장학생들과 좋은 수업을 연구하고, 다양한 에피소드들을 나누는 시간들을 가질 수 있기 때문이다. 이 모든 경험은 해외봉사활동에서 태권도 교육이나 한국어 교육을 할 때 매우 유용하게 사용되었고, 어느덧 통역 없이도 현지인들과 마음껏 수다 떨 수 있는 좋은 밑거름이 되었다. 일 년에 두 번 정도는 원어민과 함께 제주도에 가거나 용인 민속촌, 스키장을 가는 값진 문화체험의 경험도 할 수 있다.

2장

이제는 여행보다 봉사가 좋다

- 해외봉사활동

01 캄보디아

프놈펜의 IT 희망
불씨가 되다

《월드프렌즈코리아》WFK 해외 인터넷 청년봉사단 캄보디아 문화담당

국가 **캄보디아(아시아)**
수도 **프놈펜**
언어 **크메르어**
활동도시 **프놈펜, 시하누크빌**

웃음이 슬픈 캄보디아 사람들

고등학교 세계사 시간에 선생님께서 보여줬던 영화가 하나 있다. 『호텔 르완다』. 영화는 1994년 르완다에서 벌어진 끔찍한 인종 학살과 그 속에서 사람들을 구하기 위해 고군분투한 폴 루세사바기나Paul Rusesabagina라는 인물의 이야기를 따라간다. 영화에서는 르완다의 후투와 투치 두 종족 간 갈등이 극에 달했던 당시 사회를 보여준다. 후투족은 다수족, 투치족은 소수족이다. 정권을 잡은 후투족은 나라가 제대로 되기 위해서는 투치족을 모두 없애고 후투족으로만 구성된 나라를 세워야 한다고 생각한다. 인구의 30%를 차지하는 투치족을 없애기 위한 방법은 그들

을 차별하고 탄압하고 끝내는 잔인하게 없애는 것.

르완다 사태는 인류 역사상 가장 잔혹한 대학살 중 하나였다. 100일 동안 100만여 명이 목숨을 잃었고, 나라는 황폐해졌다. 그러나 강대국들은 자신들의 이해관계만을 따지느라 르완다의 비극적 상황에 침묵으로 일관했다. 르완다에 파견된 UN군은 평화유지군 자격으로는 내전 상황에 개입할 수 없다는 이유로 자치군의 폭력을 바라보고만 있었다. 그나마도 자국민 보호가 중요하다는 이유로 철수 명령을 받아 대부분 고국으로 돌아가버린다. 르완다의 밀 콜린스 호텔에는 학살을 피해 1,268명이라는 엄청난 수의 사람들이 모여들었다. 자신들을 살릴 수 있는 것은 결국 스스로의 노력이라고 판단한 폴은 후투족 자치군에게 목숨을 위협받는 상황 속에서도 극한의 용기로 100일의 긴 시간 동안 1,268명의 사람들의 목숨을 지켜낸다. 고3의 눈으로 영화를 볼 당시에 느낀 감정은 분노였다. 인간이 인간을 죽여야만 지킬 수 있는 가치가 과연 무엇일까? 그리고 동시대에 살고 있는 우리는 그들을 왜 방임하고 묵인해야만 했는가에 관한 반성이었다. 그로부터 3년 뒤 너무나 흡사한 이야기를 온몸으로 체험한 곳이 바로 캄보디아다.

'미소가 참 예쁜 나라!'

캄보디아에 도착해서 내가 느낀 첫인상이다. 뜨겁게 작렬하는 오후 1시의 태양. 우리 살라마Salama팀은 수업을 위해 배낭에 파란 봉사단 티셔츠 차림으로 도로를 걷는다. 게스트하우스에서 올림픽 파크를 지나 《NiDA》센터까지 20분을 걷는 동안 땀이 등줄기를 타고 절로 흘러내린다.

"지원언니, 캄보디아에 우주 최강으로 잘생긴 왕자가 있어서 결혼하자고 해도 나는 이 나라에 못 살 것 같아요. 정말로 너무 더워요."

덥다 더워! 수업을 위해 매일 걸었던 프놈펜 올림픽 파크 도로

"나도. 살 수는 있다 하더라도 낮에는 내 짜증을 받아줄 남자를 만나야 할 것 같아."

숨이 턱까지 차오르는 뜨거운 기운 속에서 통역 담당인 지원언니와 이야기를 이어가면서 쪼르르 한 줄로 걸어간다. 이 20분이 안 되는 거리 동안 40명이 넘는 툭툭 기사들을 만난다. 툭툭은 캄보디아의 주된 교통수단으로 오토바이 뒤에 천막을 단 의자를 두 줄 정도 매달아 이동한다.

"툭툭. 툭툭. 1달러."

수많은 툭툭 기사들이 마치 짜기라도 한 듯이 스치기만 하면 외친다. 워낙 많은 경쟁으로 인해 하루 종일 기다려도 한 건, 많아봐야 두 건조차 하지 못할 수도 있다고 한다. 그럼에도 그들의 얼굴에는 환한 웃음이 가득하다. 가끔은 이용자들의 갑질에도 불구하고 항상 하얗게 이를 드러내면서 순하게 웃는다. 덥지도 않나?

"어떻게 저렇게 세상에서 가장 맑게 웃을 수 있어요? 리나, 이곳 사람들은 정말 행복해 보여요. 어딜 가나 친절해 보여서 우리나라 사람들이 저 웃음을 배워야겠다는 생각이 들어요."

《NiDA》기관의 우리 팀 담당 매니저였던 리나가 캄보디아의 첫인상을 묻자 내게 이렇게 대답했었다.

"우리나라의 슬픈 역사를 알게 되면 아마 그 웃음의 참 의미를 알 수 있을 거예요. 이번 주말에 살라마 팀이 프놈펜 주말 투어를 하게 되면, 꼭 뚜얼슬랭Toul-sleng에 가봐요."

7월 11일 일요일 오후, 우리의 첫 일정은 뚜얼슬랭 감옥 방문이었다. 이곳은 크메르 루즈가 제21보안대 건물로 사용하던 곳이었다. 전 정권의 관리들을 고문, 숙청하기 위해서 1975년 4월부터 1979년 1월까지 사용했으며 2000만 명이 들어가서 겨우 6만 명이 살아남은 악명 높은 장소로 유명하다. 이 비극적인 사건을 이해하려면 이쯤에서 크메르정권의 대학살 사건을 짚고 넘어가야 한다. 1967년에 결성된 크메르루즈는 시아누크가 1970년 론놀의 우익 군사 쿠데타로 전복되자 농촌 지역에 대한 대대적인 세력 확장을 통해 마침내 1975년 4월 수도 프놈펜을 장악하면서 정권 장악에 성공하였다. 그러나 폴 포트가 이끈 크메르루즈 정권의 4년간에 걸친 통치 기간은 20세기 어느 좌파 정권에서도 찾아볼 수 없는 잔인함과 무자비한 보복으로 얼룩졌다. 정권을 장악한 폴 포트는 원시 공산제라 할 수 있는 극악한 정책을 시행했다. 화폐가 폐지되고, 국민의 대부분이 불교도였던 나라에서 종교가 금지되고 사원이 파괴되었다. 학교와 병원도 폐지되었다. 모든 국민은 공동 농장에 배치되었고, 그 농장의 재산과 수확은 국가의 것이었다. 가족 단위가 해체되어 자식들도 5, 6세가 되면 부모에게서 떨어져 국가의 자식으로 교육을 받았다. 폴 포트 정권의 최대 특징은 '지식인 적시 정책'이었다. 글자를 쓸 줄 아는 자, 책을 읽을 수 있는 자는 지식인이었다. 지식인을 발견하기 위해 속임수를 썼는데, 농촌에 온 도시 주민을 모아놓고 "애들을 위해 학교를 열고 싶은데, 교사 경험이 있는 사람은 손을 들어라."라고 말했다고 한다. 손을 든 사람들은 곧바로 끌려가 다시는 돌아오지 않았다.

원래 고등학교 건물로 지어진 건물이 하루아침에 감옥과 고문실로 사용되었다고 하니 그 섬뜩함이 몇 배로 피부로 전해졌다. 건물을 들어서자마자 피부에 스미는 알 수 없는 기운을 느끼며, 승배오빠가 깊은 생각에 잠겨 보였다. 교실 벽 곳곳에 혈흔과 총알로 인해 파인 듯한 흔적을 일진이가 발견하자 우리 팀은 절로 표정을 잃었다. 6. 25 전쟁이 슬픈 건, 그것이 다름 아닌 동족 간의 다툼의 결과였던 것이 아닐까? 그 슬픔이 이렇게 또 다른 나라에도 스며있다는 것이 놀라울 따름이었다. 뚜얼슬랭 내부를 구경하고 있는 많은 관광객들이 숨 쉬는 이 공기마저 무겁게 습기를 머금은 듯했다. 바로 몇십 년 전, 교실 창문에 단단히 설치된 철창 안에서 얼마나 많은 사람들이 죽어갔던 것일까? 월요일에 출근하자마자 뚜얼슬랭에 다녀와서 느꼈던 이런저런 이야기를 소본과 리나와 함께 나누었다.

"이 사건은 그리 오래된 이야기가 아니에요. 나로 따지자면 바로 우리 아버지 어머니 세대의 일이에요."

"그럼 혹시 소본이나 리나의 친척들 중에서 이런 끔찍한 일을 당한 분이 있나요?"

리나가 고개를 끄덕이면서 대답해주었다.

"우리 작은아버지는 그들이 생각하는 '지식인'층에 속했어요. 판사였거든요. 그 시대에는 정말 죽음에 대한 공포로 가득 찼던 시기였대요.

그 사람들이 어떻게 지식인을 걸 렸는지 알아요? 바로 안경 쓴 사 람들을 찾아내는 거였어요. 어이 없게도 안경을 썼다는 게 글을 읽 을 줄 안다는 척도가 되어준 거 예요. 그렇게 묻지 마 살인이 자 행된 거죠. 작은아버지도 바로 그 '안경 쓴 사람'이었어요. Sim이 저 번에 말했죠. 우리나라 사람들이 너무나 순수하게 잘 웃는다고. 어 쩌면 부모님 세대의 많은 사람들 이 자식들에게 살기 위해 웃으라 고 했던 기억이 본능적으로 남아 있는 것일지도 몰라요. 웃어야만 어떻게든 살아남을 수 있었던 시 절이 있었거든요."

가슴 아픈 역사의 현장, 뚜얼슬랭

학살. 단어만으로도 마음이 얼 어붙고 가슴이 시려진다. 우리는 무엇 때문에 이런 끔찍한 일들이 시시각각 일어나는 삶의 현장에 내던져있는 것일까. 그 현장에서 치열하 게 살아남았을 그들 앞에서 잠시 숙연해진다. 그들의 웃음에 이렇게 슬 프면서도 가슴 아픈 역사가 숨어있다는 사실에 나는 한동안 말을 잊지 못했다. 캄보디아의 첫 주. 영화로만 막연하게 느끼던 세계사의 한 장면 에 온몸을 담그게 된 날이었다.

나의 생애 첫 한국 문화수업

《NiDA》에서 우리가 맡은 교육대상자들은 문화예술부Ministry of Culture & Fine Arts, 국회National Assembly를 비롯한 정부 다섯 개 부처의 기술 공무원 15명이었다. 우리 팀의 하루 일과는 월요일부터 금요일 오후 2시부터 4시까지는 IT교육을, 4시부터 5시까지는 문화교육을 진행하는 것이었다. 승배오빠와 일진이는 IT 교육을 담당하고 나는 문화교육을 맡았다. 통역담당, 지원언니는 수업뿐 아니라 생활면인 부분에서도 든든한 지원군이 되어주었다. 총 25일간의 교육 기간 동안 월-수-금요일에는 한국어 교육을, 화-목에는 한국 문화체험 프로그램을 준비했다. 한국어 능력 시험을 준비한 경험은 있었지만 외국인에게 한국어를 직접 가르친다는 것은 완전히 다른 일이었다. 조금 낯설기는 했지만 나만의 노하우로 재미있는 한국어 수업을 만들어보고자 이리저리 노력해보았다.

첫 수업에서 한국어로 '안녕하세요?'와 '안녕히 가세요.'를 가르친 이후부터, 교육생들은 IT시간에도 언제나 한국어로 인사했고, '예뻐요, 멋져요.'를 가르친 다음 날에는 하루 내내 서로를 보면서 이 문장을 외쳤다. 한국어 수업은 단순히 언어교육을 넘어서 한국인과 캄보디아인들을 서로 연결해주는 효과를 냈다. 마지막 시간에는 학생들이 그동안 배웠던 한글을 실제로 적용해보고, 재미있게 한글을 체험하게 하기 위해서 서예 시간을 준비했다.

"선생님, '싸랑해요'를 어떻게 쓰지요? 부인에게 선물하고 싶어요."

인기 폭발이었다. 같은 동양 문화권이기는 하지만 한글이 디자인적인 매력이 있어서인지 저마다 화선지를 20장씩 사용하면서 연습을 거듭했다.

"한국은 들어봤지만, 한국이 어디에 있는지는 몰라요."

"가라테! 한국에서 온 스포츠죠?"

처음으로 한국 문화수업을 한 날, 생각보다 많은 좌절을 겪었다. 한국의 인지도에 비해 한국 문화와 역사에 대한 이해도는 그다지 높지 않았기 때문이었다. 3주간 문화수업! 과연 그 효과는 어땠을까? 한국의 교육, 역사, 언어, 놀이, 스포츠 등을 다양하게 경험한 후 학생들은 한국에 대한 인지도와 호감도가 상승되었다고 말했다. 〈KIV 봉사단〉은 IT교육이 주가 되고 문화교육이 곁들여지는 특성을 가지고 있다. 그래서 가끔은 문화단원으로서 내가 할 일이 무엇일까 고민하던 날들도 있었다. 하지만 문화교육을 통해 학생들이 우리 수업에 더욱더 흥미를 느끼고, 이런 분위기가 IT교육 역시 화기애애하게 이끌어주었다. 그 순간은 '내가 정말 민간 외교관이 되었구나!'라는 생각이 들었다. IT 교육 안에서 문화 꽃피우기! 그것이 〈KIV〉팀 문화단원의 특명인 것이다.

프놈펜대학에서 일일 한국 문화 교수님 되기

"〈KIV〉팀이 우리 한국어과에 와주신다면 저희야 너무 좋은 행사가 될 것이라고 자부합니다. IT 팀원들은 우리 대학교 컴퓨터 시스템이 많이 낙후되어서 그 부분을 보완해주시고, 문화담당 선생님과 통역 선생님은 태권도 수업과 한국사수업을 진행해주시면 학생들이 즐겁게 참여할 수 있을 것 같아요."

프놈펜대학 한국어과에 《코이카》 한국어 단원으로 계시던 선생님과의 통화로 어렵게 시도했던 프로젝트가 성공했다. 우리가 대학 강단에 서게 되다니 믿어지지가 않았다. 3주간의 봉사활동을 마치고 출국을 앞둔 우리 팀은 남은 시간을 의미 있게 보내고 싶다는 의견을 모았다. 그리고는 현지 한국 《국제협력단KOICA》에 연락을 취했다. 코이카에서는 왕립 프놈펜 대학에 한국어과가 개설되어있다는 사실을 알려주었다.

약 50명의 학생들이 한국어를 배우고 있기 때문에 우리 팀이 방문한다면 의미 있는 행사가 될 것이라는 이야기를 듣고 '찾아가는 수업'을 진행했다. 문화담당이었던 나는 1교시 한국역사, 2교시 독도, 3교시는 태권도를 주제로 수업했다. 1교시 역사시간에는 《반크》VANK에서 후원 받은 자료를 토대로 했다. 한국에 대한 관심과 열정이 높은 학생들이었기 때문에 내가 하는 모든 이야기를 열심히 들어주었다. 한국의 역사와 한국에 대한 기초 지식이 이미 상당한 학생들도 많았다.

"『대장금』이라는 드라마를 알고 있나요?"

"네, 조선시대의 이야기예요. 조선시대에는 서울을 한양이라고 불렀어요."

생각보다 많은 것을 알고 있는 한국어과 학생들. 조금 어렵다고 생각한 한국역사퀴즈까지 척척 대답한다. 한국 드라마에 관심이 많아서 한국어과에 왔고, 나중에 한국 기업에서 일하는 것이 꿈인 친구들이 대부분이다. 고조선부터 시작하여 현대까지의 이야기를 지루해하지 않고 흥미 있게 들어주는 모습을 보면서 이번 행사를 기획한 보람을 느꼈다. 3교시에는 함께 대학 캠퍼스 운동장에서 태권도를 체험해보는 시간을 가졌다. 기본 동작인 준비서기, 주춤서기, 주먹지르기, 앞차기, 옆차기, 돌려차기, 뒤차기, 내려차기를 교육하였다. 협찬 받아 온 미트를 학생들에게 직접 경험해보게 함으로써 태권도 발차기를 보다 실감나게 배워보는 시간을 가졌다. 이어서 고려 품새를 교육생들에게 직접 시범 보여 태권도 품새에 대한 이해를 도왔다. 우리가 질렀던 태권도의 기합이 캠퍼스에 울려 퍼져 많은 현지 대학생들이 우리 주변을 둘러싸고 구경을 했다. 간접적으로 한국을 홍보하는 계기가 되었으니 1석 2조의 효과다.

알로에를 든 남자

캄보디아에서의 아주 짧지만 강렬한 추억이 있다. 나름의 로맨스라면 로맨스. 캄보디아에서 좋아하는 여성 스타일은 크게 세 가지 조건을 갖추고 있어야 한다고 한다. 긴 생머리, 하얀 피부(캄보디아에서 우리는 매우 하얀 편에 속한다), 그리고 튼튼한 다리! 본의 아니게 나는 그 세 가지를 모두 갖추고 있었고, 소녀시대의 멤버 '태연' 대접을 받았다. '여기서 건강한 태연으로 평생 살아볼까?' 하는 생각이 들 정도로, 한국보다 인기가 많았다.

《NiDA》에서 우리 팀을 담당하는 2명의 공무원은 소본과, 카렛 그리고 리나였다. 그중 카렛은 첫 주에 우리 팀을 처음 만나고, 그 다음부터 내 수업에 직접 들어왔다. 매니저가 수업에 참여할 필요가 없는데 한국문화수업에는 꼭 참여해서 서예, 한국사 수업, 태권도 수업에 늘 1등 참여자로 활약을 해주었다. 처음에는 덥수룩한 머리에 까무잡잡한 피부를 가진 저 남자가 나에게 왜 저러지? 라고 생각하면서 이리저리 피해 다녔다. 외국인이 나에게 관심을 가지는 것이 신기하면서도 뭔가 어색하고, 부끄러웠다. 무뚝뚝하게 이리저리 튕겨냈는데, 심지어 우리의 마지막 문화탐방지인 앙코르와트 여행에도 동행하게 되었다. 불편해서 어쩌나 생각하면서 이리저리 튕기던 차에 버스 안에서도 그가 내 옆자리에 앉았다. 나에게 과자, 빵 등 이것저것을 챙겨주는 그 호의가 고마워서 이것저것 먹다가 스르르 잠이 들었는데, 지원언니가 나중에 해주는 이야기를 듣고 한참을 웃었다.

"고은아, 너 자는 동안 카렛에게 네가 그렇게 좋냐고 물어봤어. 그랬더니 뭐라고 했는 줄 알아? 카렛은 네가 자기가 주는 음식들을 많이, 많이 먹고, 뚱뚱해졌으면 좋겠대. 그럼 아무도 너를 안 좋아 할 테고, 불안

홈페이지 제작에 열을 올리고 있는 캄보디아 정부 부처 공무원들

하지도 않을 거니까. 뭔가 설득력 있는 이야기 같지 않아? 많이 먹어. 이 과자도 먹어! 하하하."

그 이야기를 들으니 무조건 밀쳐냈던 내 자신이 미안해지면서, 앙코르 와트에서만이라도 잘해주어야겠다는 생각이 들었다. 열사병이 있는 나는 앙코르와트의 바쁜 일정 속에서 두통을 심하게 앓았다. 해가 쨍쨍 내리쬐는 데다가 습함까지 겹쳐서 조금 쉬고 싶었지만 단체로 이동하는 상황에서 폐가 되는 것 같아 말도 못하고 끙끙대면서 걸어 다니던 차였다. 어느 앙코르와트 산 정상에 노을 지는 것을 보러 올라갔다가 견디지 못하고 석양 아래 돌에 누워 잠이 들었다. 햇볕이 눈이 부셔 잠시 눈을 떴는데 카렛이 조심스럽게 옆에 앉아서 옷으로 그늘을 만들어주고 있는 것이 아닌가. 덕분에 그늘 밑에서 회복을 취하고 다시 일정을 지속할 수 있었다. 나에게만 가져주는 지속적인 관심과 배려들이 다시없을 감동으로 다가왔다.

출국 전날, 정신없이 팀원들과 짐을 싸고 있는데, 게스트하우스 방문을 두드리는 소리가 났다. 승배오빠가 카렛이 방문했음을 알렸다. 문을 열자 어마어마하게 크고 굵은 알로에 줄기를 안고 서있는 카렛이 있었다.

"안녕하세요! 무슨 일이에요? 이 알로에 줄기는 왜 가져왔어요?"
"지난주에 시아누크빌에서 오토바이 배기통에 종아리 옆에 화상을 당했잖아요. 그 물집이 쉽게 가라앉지 않아 내내 마음이 아팠어요. 알로에를 바르면 상처를 진정시키는 데 크게 효과가 있대요. 우리 집 앞마당에 알로에 세 줄기를 끊어 왔어요. 자 다리 이리 내봐요. 내가 발라줄게요."
"너무나 고마워요. 진심으로 고마워요. 한 달 동안 내게 베풀어준 관심과 정성, 정말 잊지 않을게요. 감사합니다."
드라마에서나 보던 일이 있어났다. 누군가가 내 상처를 위해 알로에를 마련해 오다니. 천연 알로에를 발라서인지, 그 친구의 정성 때문인지 상처는 정말 놀랄 정도로 빨리 아물었다. 캄보디아에 나와 함께 남겠느냐고 촉촉이 젖은 눈망울로 이야기해줬던 그 남자. 지금도 잘 살고 있는지 가끔은 궁금해진다. 국제교류활동은 이렇게 한국에서 상상할 수 없는 예상치 못한 설렘을 가져다주기도 한다.

미우나 고우나 우리는 살라마 팀

서로 전혀 다른 성장 배경과 학교 환경, 전공 심지어 나이까지 다른 학생 네 명이 모여서 한 달 동안 24시간 함께하는 일은 그리 쉽지만은 않다. 한정된 활동비로 먹고 싶은 것도 달랐고, 하고 싶은 것도 달랐기 때문에 언제나 의견 조율이 필요했다. 우리 팀은 활동 하나를 정할 때에

K-pop 은 재밌어! 프놈펜 청소년들은 춤 삼매경!

도 서로 간의 전공과 장점을 살려 어떻게 현지에서 최대한의 효과를 이루어낼 수 있을지 고민했다. 교대의 특성으로 타 대학과 교류가 잦지 않은 대학 생활을 하다가, 전혀 다른 전공을 가진 학생과 지내니 많은 것을 느끼고 배울 수 있었다. 각자의 특성과 성향, 의견을 존중할 줄 아는 법을 배우고 때로는 자기의 주장을 세울 부분에 있어서는 의견을 확실히 내세울 줄도 알아야 한다는 점. 이런 것들은 이후의 다양한 활동에서 많은 사람들을 만나고 교류할 때 큰 도움이 되었다.

특히 팀원과 생활하면서 가장 크게 느낀 것은 전공에 대한 전문성을 높여야 한다는 것이었다. IT분야를 전공한 팀장 승배오빠와, 동갑내기 일진이는 자신의 분야에서 대학생으로서는 최고의 실력을 가진 학생들이었다. 현지에서 어떠한 일이 주어져도 자신들이 가지고 있는 전공 지식을 활용하여 많은 일들을 척척 해냈다. 언어담당이었던 지원언니 역시 이미 다른 대외활동에서도 전문 통역을 맡고, 국제회의를 기획한 경험이 있었기 때문에 뛰어난 영어 통역실력으로 우리 팀에 없어서는 안 될 존재감을 내뿜었다. 그 반면에 당시 대학교 1학년이었던 나는 아직 초등교육이라는 전공보다는 태권도와 한국사에 대한 지식 그리고 다양한 활동 경력을 통해서 문화담당을 맡았었다. 때문에 초반에는 내가 맡은 문화교육 부분에 대한 충분한 준비가 부족했다. 전체적이고 매끄러운 계획을 가지고 있었다기보다는 바로 다음 날의 일정을 준비하고, 기획하는 등 바쁘면서도 벅찬 하루하루를 보냈다. 한 달간의 생활이 끝날 무렵이 되자 나도 다른 팀원들처럼 교육이라는 내 전공을 발휘하여 어떻게 하면 좀 더 잘 가르칠 수 있는지, 재미있고 효과적으로 가르칠 수 있을지 진지하게 고민하게 되었다. 좀 더 준비해서 또 다른 봉사활동에 가서는 전문가로서 교육활동을 진행해봐야겠다는 열정이 생긴 것이다.

언어, 서로의 장벽을 무너뜨리다

"틀 라이 나(너무 비싸요)."

"쏨 족 틀 라이(깎아주세요)!"

"크념 슬로라인 니예(사랑해요)."

짝퉁 시장으로 유명한 러시안 마켓에서 어느새 적극적으로 값을 깎고 있는 나를 보니 캄보디아 사람이 다 된 것 같다. 생애 최초의 해외봉사활동. 그 첫 나라 캄보디아에서의 30일차를 나는 시장에서 이런 대화를 하면서 보냈다. 1달러 깎는 게 얼마나 의미 있겠냐마는, 봉사활동차 떠난 국가에서 하루 1달러로 식비를 해결하면서 아끼며 아낀 마지막 날. 저절로 '깎아주세요.'를 현지어로 말하는 경지에 이르렀다. 캄보디아 해외봉사 한 달째가 되자, 점점 기본적인 의사 표현 몇 가지를 익힐 수 있게 되었고 그 덕에 어디서나 "어꾼(감사합니다)."과 "쫌리업쑤어(안녕하세요)."를 말하면 현지인들이 따뜻한 시선으로 바라봐주었다.

어떤 나라이든지 소소하게나마 그 나라 현지 언어를 꼭 배워서 한 문장이라도 매일 꾸준히 사용해보자! 라는 마음을 먹은 것은 한비야의 『지도 밖으로 행군하라』에서 "앗살람 알레이쿰(당신에게 평화를 기원합니다)."이라는 아랍어 인사말을 접한 후부터였다. 그 당시 아랍어가 수능 제2외국어로 유행처럼 번지던 첫 시기였는데, 재수를 하면서 과감하게 아랍어를 진짜로 공부해보기로 마음먹었다. 국제활동을 하다 보면 꽤 많은 아랍권 사람들을 만날 텐데 인사 한마디라도 해본다면 좋은 경험이 될 것 같았기 때문이다. 더불어 아랍어는 아랍문화에 대한 새로운 인식의 전환을 가져다주었다. 탈레반이나 아프가니스탄, 이라크 테러와 함께 연상되었던 막연히 두려웠던 아랍의 문화를, 언어를 배움으로써 제대로 이해할 수 있게 되었던 것이다. 타 문화권 사람들은 이슬람의 종교적 성질이 매우 급진적이고, 투쟁적이라고 생각하지만 그들이 제1로 추구하는 가치는 바로 평화이다. 사소한 인사말 하나에도 그들의 정신이 묻어있다. 바로 이것이 언어의 힘이다. 다른 언어를 말할 수 있다는 것은 두 가지 인생을 사는 것이라는 생각이 든다. 앞으로 얼마만큼 더 많은 나라를 다니게 될까? 나는 몇 가지의 인생을 살아볼 수 있게 될까?

경험하기 전까지는 안다고 생각하지 않기

캄보디아에서 봉사활동을 하면서 가장 많은 놀랐던 것은 이곳에서의 한국의 위상이다. 현지인들과 인사를 하면서 '그들이 한국이라는 나라를 알까?'라고 생각했는데, 놀랍게도 이미 한국은 그들에게 가고 싶은 나라, 본받고 싶은 나라가 되어있었다. 캄보디아에서의 한류의 인기는 대단했다.

"Sim, 오늘 TV에 슈퍼주니어가 나와요. 〈myTV〉를 켜요!"

프놈펜 대학에서 강의 할 때, 한 학생이 나에게 이렇게 이야기했다.

"캄보디아 방송에 우리나라 가수들이 나온다고?"

"그럼요, 매주 이번 주에 가장 인기 있는 한국 가수들 Top 10을 알려주는 걸요?"

"그래? 그 정도로 K-pop이 인기가 있구나?"

캄보디아 최대 민영 방송국 CTN에 소속된 〈myTV〉는 우리나라의 엠넷과 같은 음악 전문 방송국이다. 이 방송에서는 주로 K-pop 뮤직 비디오와 일주일 전에 방영된 〈MBC 음악중심〉 같은 방송들이 방영된다. 〈myTV〉의 주 시청자인 캄보디아 중, 고등학생들은 그 당시 한국에서 유행하고 있던 K-pop 노래를 나보다 더 잘 알고 있었다. 저녁이 되면 시내 독립기념탑 근처 광장에는 수백 명의 청소년들이 거리로 나와 한국 노래에 맞춰 춤을 추는 진풍경이 벌어진다.

한류는 자연스럽게 한국에 대한 관심으로 연결되어 많은 사람들이 한국으로의 취직이나 결혼 등을 꿈꾸고 있었다. 2010년 8월, 캄보디아 현지에서 치러진 한국어 능력시험 응시인원이 2만 명이나 되고 전국적으로 한국어를 배우고자 하는 사람들이 증가하고 있는 추세인 것도 그 흐름을 증명한다.

이러한 분위기를 직접 보고 느끼면서 그동안 내가 가졌던 동남아시아에 대한 편견에 대해 다시 생각해보았다. 해외봉사활동 이전에도 해외입양아 봉사단체에서 통역 봉사를 하거나, 안산 원곡동에서 다문화 축제에 참여하여 신년행사를 돕는 일을 꾸준히 해왔다. 그랬기에 나는 또래에 비해 다문화에 대한 감수성 지수가 좀 더 높다고 자부했었다. 그럼에도 불구하고 캄보디아로 떠나오기 전 나는 이곳을 어떻게 생각했을까? 소매치기를 조심해야 하고, 길거리를 다닐 때는 항상 주위를 둘러보고, 전염병이 전역에 도니 몸을 각별히 조심해야 하는 곳이라고 생각했다. 심지어 이곳에 도착해서도 초반에는 그들을 경계했었다. 하지만 시간이 지나면서 하루에 5달러를 벌어도 만족하면서 행복한 웃음을 짓는 사람들을 만나면서 마음의 거리를 조금씩 좁혀나갈 수 있었다. 그저 한국인이라는 사실만으로도 우리에게 호감을 가지는 그들을 보면서, '동남아 사람들'이라고 뭉뚱그려 무시하는 분위기가 만연해있는 한국의 현실이 쓸쓸하게 느껴졌다. 우리나라를 이렇게 호감을 가지고 좋아해주는 사람들에게 미안한 마음이 들었다. 한 달이라는 시간 동안 그들과 직접 부딪히고 깊이 사귀면서 캄보디아 문화 전체에 대해 이해하고, 그들의 현실을 좀 더 객관적이면서도 긍정적으로 바라보게 되었다. 역시 직접 그 문화 속에 뛰어들어야 실체가 보이나 보다.

How to apply?

월드프렌즈 ICT봉사단(구: 해외 인터넷 청년봉사단)/국제기구 ICT 협력단

https://kiv.nia.or.kr

▶ **월드프렌즈 ICT봉사단** 한국정보화진흥원이 주관하는 〈월드프렌즈 ICT봉사단〉 파견 사업은 국가 간 정보격차 해소의 일환으로 추진된다. 한국의 IT인력을 전 세계 개발도상국에 파견해 정보화교육, IT-Korea 홍보 등의 다양한 봉사활동을 전개함으로써 국가 간 정보격차 해소에 기여하고 있다. 4인 1팀의 팀제 봉사단 프로그램으로, 2001년부터 2016년까지 5710명의 월드프렌즈 IT봉사단원이 파견됐다.

▶ **국제기구 ICT 협력단** 국내 최초로 국제기구(ITU)와 연계하여 아시아·태평양지역 개도국에 봉사단을 파견하여 ICT 교육 및 프로젝트 수행, 문화 교류활동 등 다양한 봉사활동을 전개한다. ICT봉사를 통한 국가 간 정보격차 해소 노력은 디지털 한류 확산에 이바지하고 있다.

• 대상 대학(원)생, 교수, 교사, ICT전문가, 일반인 등
• 지원서 접수 4월 초순
• 활동 내용 - IT 교육: 컴퓨터, 인터넷 교육, PC 및 네트워크 정비
          - IT 프로젝트: 홈페이지 제작, 모바일 앱 제작
          - 기타: IT 강국 KOREA 및 우리 문화 홍보, IT 분야 인적네트워크 구축
          - 한국 문화교육 및 홍보

나의 첫 해외봉사는 행정안전부에서 지원하는 〈월드프렌즈코리아〉WFK 〈해외인터넷 청년봉사단〉을 통해 시작되었다. IT담당 2명과 문화담당 1명, 언어담당 1명이 한 팀이 되어 1개월여 동안 해당 국가에 파견되어 정부기관 등지에서 IT교육과 문화교육을 시행하는 역할을 한다. 이 해에는 548명, 137개 팀이 파견되었고, 내가 속한 팀은 약 5:1의 경쟁률 가운데 선발되어 7월 4일부터 8월 3일까지 약 1개월 동안 활동할 기회를 얻었다. 태권도 3단 자격증과 한국사 능력시험 1급 자격을 토대로 초등교육 전공을 살려, 문화담당자로 지원했다.

한국정부는 국제개발협력 사업의 일환으로 캄보디아에 2002년에 정보화 접근센터(National ICT Development Authority, NiDA)를 설립, 기증했고 이곳에서는 캄보디아 정부 공무원들의 정보화교육이 이루어지고 있었다. 우리 팀은 이곳에 파견되어 각 정부 부처 홈페이지 구축을 위한 IT교육프로젝트를 맡아 정부 공무원을 대상으로 나모 웹에디터 등의 홈페이지 교육과 한국 문화교육을 진행했다. 이 프로그램 특성상 4명으로 이루어진 우리 팀은 단독으로 파견되어 스스로 숙박지를 정하고, 기관과 접촉하여 주 5일, 일일 4시간 교육을 하고 주말 동안 문화체험을 하는 시간을 보냈다.

파견 국가에 따라 활동 기간이 1개월에서 길게는 2개월까지 다양하다. 이 활동의 장점이라면 모든 비용이 전액 지원된다는 점. 홈페이지에 들어가면 4명의 팀원을 구성할 수 있도록 〈함께 가요〉 게시판이 마련되어있다. 혼자라서 지원을 포기하기는 이르다. 마음 맞는 사람들로 4명의 팀을 꾸려서 꼭 값진 경험을 할 수 있는 기회를 얻기를!

02 대한민국

세계 청소년 대표 100명과
서울에서 토론을!

여성가족부 주관 한국청소년단체협의회 선발 〈국제청소년광장〉 한국 대표

국가 **한국(아시아)**
수도 **서울**
언어 **한국어**
활동도시 **서울, 충북 괴산**

 # 한국 문화의 밤을 빛낼 태권도 팀장이 되다

"바쁘다 바빠!"

캄보디아에서 돌아온 지 일주일 만에 나는 또다시 짐을 쌌다. 이번 역시 세계 각국의 청년을 만나러 떠난다. 하지만 그 장소는 다름 아닌 한국. 기가 막힌 역발상이 아닐 수 없다. 세계 40개국의 130명의 청소년 대표들이 한 자리에 모여 7박 8일간 함께하면서 다양한 활동을 하는 의미 있는 캠프가 서울에서 열리다니! 2010년 5월, 이번 여름 방학에 어떤 활동을 하면 내가 가장 의미 있게 시간을 보낼 수 있을까 생각에 잠겼다. 그러던 중 청소년 국제교류 네트워크 웹페이지에서 제21회 〈국제청소년광장〉 공고문을 보고 용기 있게 지원을 했다. 이로써 6월 말 종강, 1주일간 출국 준비, 7월 초부터 8월 초까지 한 달간 캄보디아 봉사활동, 8월 말 일주일 간 〈국제청소년광장〉 참가, 8월 말 개강이라는 초특급 스케줄을 소화하게 되었다.

합격자 오리엔테이션에 가보니 41명의 합격자가 모두 모였다. 전국 각지에서 모인 합격자들은 저마다 놀라운 스펙을 자랑했다. 해외 체류 경험이 많은 친구들, 정치외교학과 출신, 다양한 해외봉사 경력이 있는 오빠들, 경영학도이지만 국제교류활동에 호기심이 있어서 지원해본 친구들, 내가 이들 앞에서 한국 대표로서 어깨를 견줄 수 있는지 잠시 생각해볼 정도로 쟁쟁한 참가자들이 한가득이었다.

오리엔테이션에서 가장 처음 한 일은 팀을 나누는 것. 모든 프로그램에 함께 참여하기는 하지만 특별히 팀을 정하는 데는 그럴 만한 이유가 있다. 한국에서 주최하는 만큼 한국 참가자가 팀 내에서 큰 역할을 맡고 해당 프로그램 때 한국인 참가자들이 주체가 되어 진행해야 하기 때문이다. 미디어 팀, 레크리에이션 팀, 총회 팀, UN 모의 법정 팀 중에서 가장 끌리는 팀은 바로 레크리에이션 팀이었다. 7박 8일이라는 긴 기간 동안 딱딱하기 쉬운 여러 회의들과 각종 토론을 준비하는 것보다 한국 문화체험이나 우정의 밤 등의 행사를 기획하는 레크리에이션 팀이 참가자들과 친해질 수 있는 다양한 기회를 창조적으로 만들어낸다는 측면에서 내 구미를 당겼다.

"문화의 밤 행사에 올릴 좋은 아이디어가 있나요? 특별한 특기가 있으면 이야기해주세요. 저는 게임 진행과 사회 담당이에요. 행사 마지막 날 '작별파티'의 총책임을 맡을게요."

레크리에이션 팀 팀장 윤진언니의 진행으로 세부 진행 역할이 정해졌다.

"저…. 제 특기는 태권도인데 혹시 참가자 중 태권도 공연 지원자를 받는 건 어떨까요? 5일 동안 준비해서 세계 모든 친구들이 한 무대에 오르기 위해 연습하면, 서로 친해지는 좋은 계기도 될 것 같아요."

"아! 아주 의미 있는 공연이 되겠네요. 그럼 태권도 팀은 고은이가 팀장을 맡아주고 태권도 유단자인 친구들은 함께 도와주면서 추진해주세요. 대신 우리가 다른 프로그램을 전적으로 맡을게요."

"네? 제가 팀장을 맡는다구요?"

춤을 잘 춘다거나, 사회자가 되어 기가 막히게 좌중을 들었다 놓았다 할 MC에 재능이 없어서 내놓은 아이디어였는데, 얼떨결에 중책을 맡게 되었다. 떨리긴 했지만 도전해볼 만한 가치가 있는 활동이라고 생각했다. 〈국제청소년광장〉이 시작된 첫날 밤, 130명 앞에서 공지사항을 전달했다.

"한 가지 공지가 있어서 이 자리에 나왔습니다. 혹시 5일 뒤에 있을 '한국 문화의 밤'에서 태권도 공연을 하고 싶은 참가자가 있다면 앞으로 나와주시기 바랍니다. 나이, 국적, 성별 모두 상관없습니다. 태권도를 한 번도 경험해보지 못한 친구들도 상관없어요. 5일 동안 열심히 준비해서 의미 있는 무대를 한 번 만들어봐요!"

태권도에 대해서 사람들이 관심을 가질까? 혹시 아무도 지원자가 없으면 어쩌나 했던 나의 걱정은 기우였다. 순식간에 참가자석이 술렁거리더니 20명의 참가자들이 앞으로 나왔다. 그렇게 글로벌 태권도 팀은 그날 밤부터 맹연습에 돌입했다.

안 되면 되게 하라

공연을 위해서 도복을 빌리는 것과 송판을 구하는 것이 또 하나의 문제로 다가왔다. 한정된 예산으로 도복을 모두 살 수는 없는 노릇이었다.

이왕에 무대에서 선보이는 공연인데, 도복은 나에게 절대 포기할 수 없는 것이기도 했다. 그때 번뜩 떠오르는 생각이 있었다. 무모한 도전일지 몰라도 태권도 관장님들이 내 진심을 알아준다면 흔쾌히 받아들여주지 않을까? 당시 우리의 숙소는 충북 괴산군 청소년 수련관. 그 주변에는 3개의 동네 태권도장이 있

인종, 국적, 성별 모두 상관없이 친구가 되던 날들

었다. 나는 용기 있게 그중 한 태권도장에 전화를 걸었다.

"안녕하세요. 저는 한국 청소년 대표로 〈국제청소년광장〉이라는 프로그램에 참여하게 된 심고은입니다. 다름 아니라 저희가 지금 괴산청소년수련관에서 국제회의를 진행하고 있는데요. 우정의 밤 무대에 올릴 태권무 공연에 태권도 도복이 필요합니다. 저는 이 무대가 여기에 참가한 외국인들에게 잊지 못할 추억이자 한국을 알릴 수 있는 절호의 기회라고 생각해서 꼭 도복을 입고 공연을 했으면 하는 바람입니다. 혹시 3일간만 저희에게 빌려주실 도복을 가지고 계신가요?"

갑작스러운 전화에 관장님은 얼마나 당황스러우셨을까? 하지만 감동적일 정도로 놀라운 대반전이 일어났다.

"젊은 학생이 정말 의미 있는 일을 하고 있네요. 듣기만 해도 내가 다 설렙니다. 특히 태권도를 사랑하는 마음이 느껴져요. 외국인들에게 태권도를 알리는 좋은 기회에 제가 동참할 수 있다니 기뻐요. 가만있자…. 우리 도장에 열 벌 정도의 성인 도복 여분이 있어요. 내가 주변 도장에 연락해서 스무 벌을 구해볼게요. 3일 뒤에 깨끗하게 입고 돌려줘요. 혹시 격파 시범도 하나요? 송판도 제가 스무장 정도 지원해줄게요. 그리고

각국에서 모인 청소년 대표들, 세계를 논하다

우리 도장 어린이 시범단이 그 무대에서 태권도 무대를 선보일게요. 아이들이 외국인 앞에서 공연해볼 수 있는 좋은 기회이기도 하고, 조금 더 풍요로운 무대가 될 수 있을 것 같아요."

도복 지원에 송판 지원, 더구나 게스트까지 섭외되는 믿어지지 않는 일이 일어났다. 환호성을 지르면서 팀원들에게 소식을 알렸고, 모두가 이 소식에 들떠서 마지막 연습을 흥겹게 마무리할 수 있었다. 캐논변주곡에 맞춘 태극 1장 무대와 격파, 그리고 외국인이면서도 태권도 유단자인 친구들의 2부 공연, 어린이 태권도 시범단의 무대까지…. 우정의 밤 행사는 그렇게 화려하게 막을 내렸다. 밤 12시에 텅 빈 복도에서 혼자 엠피쓰리를 꽂고 안무를 짰던 날들. 태권도가 몸에 익지 않은 친구들을 위한 보충반 수업까지 하다 보니 5일 동안 잠을 거의 자지 못했다. 하지만 그 무엇보다 값진 경험을 얻은 소중한 시간이었다. 태권도 팀장으로서 활약을 하다 보니 나는 행사 내에서 유명 스타였다.

"태권도 3단의 블랙벨트 태권소녀가 우리 토론 그룹에 있다니. 환영이야!"

나를 소개하지 않아도 어딜 가나 나를 반겨주고 환영해주던 친구들. 누구나 나를 친근하게 대해주고 다가와서 말을 걸었다. 하루는 소주제 토론 파트에서 〈가족의 존엄성 보호〉 모둠에 소속되어있었는데, 가부장적 사회를 풍자하는 내용을 다뤄 가족의 존엄성 보호에 대한 주제별 연극을 하는 시간이 있었다. 주인공을 누구로 할지 여러 의견이 오가다가

자립적이고, 남녀평등적인 이상적인 가족 관계를 표현하기에 적합하다며 내가 여자 주인공으로 추천되어 연극을 하기도 하였다. 내가 생각했던 것보다 더 많이, 태권도는 나에게 많은 것을 얻게 해주었다. 자신감, 체력, 그리고 친구들을 사귈 수 있는 기회, 한국을 세계에 알릴 수 있는 중요한 나만의 무기가 된 것이다.

우리보다 한복이 더 잘 어울리는 글로벌 친구들

짧은 시간 동안이지만 많은 것을 배울 수 있는 행사였다. 세계 각국의 사람들과 호흡하고, 상대방을 존중하면서 발전적인 의미를 만들어내던 날들. 각국 참가자 한 명 한 명이 보여준 따뜻하고 글로벌한 그들의 리더십이 자연스럽게 나에게도 스몄다. 미래 시대를 이끌어갈 주역으로서 국가들이 직면한 여러 문제를 청년의 입장에서 생각하고, 우리 나름의 해결책을 제시하고 선언하는 과정을 겪었다. 뒤돌아보니 어느새 내가 말로만 주창하던 '글로벌 리더'로서의 역할을 하고 있음을 느낄 수 있었다.

"Sim, 인도에 오면 꼭 연락해. 도시 곳곳이 여행자에게 위험하다고들 하지만 내가 있다면 절대로 그럴 일은 없을 거야."

"10년 뒤에 내가 모로코에서 중요한 정치인이 돼있을 거라고 약속할게. 그때 내가 공항으로 너를 직접 마중 갈게. 꼭 한 번 우리나라에 와줘."

지나가는 인사치레라고 생각했던 그런 헤어짐의 인사말은, 2년 뒤 국제회의 참가 차 방문한 싱가폴과 인도네시아에서 결코 빈말이 아님이 증명되었다.

"Sim, 싱가포르에 왔다면서? 반드시 나를 만나고 떠나야 하는 것 알지? 우리 대학교 앞에서 이틀 뒤에 만나자."

싱가포르에서 쉐린과 혹룡을 만나 얼마나 많은 수다를 떨었는지 모른다. 말레이시아에서 만난 딜라 역시 고작 일주일간 함께 생활했던 나를 자기 집으로 초대하고, 자국의 친구처럼 대해주었다. 삼 년 뒤에는 모로코 친구인 나오팔을 서울에서 다시 만났다. 모두가 소중한 인연들이다. 앞으로 평생 동안 끊어지지 않을 소중한 인맥이 전 세계에 펼쳐져 있다는 것이 감사하고 벅차다.

전 세계 누구를 만나도 친구가 될 수 있다는 것, 어떤 누구와도 대화를 할 수 있다는 용기, 한국 대표가 된다는 무게감을 경험하게 해준 소중한 프로그램, 〈국제청소년광장〉. 국제활동 홀릭이 된 나의 가장 큰 부스터가 아니었을까?

영어회화, 그놈의 영어 장벽 넘기

5일 동안 태권도에 대한 지식이 전무한 친구들에게 음악에 맞춰 태권무를 지도한다는 것은 생각보다 훨씬 어렵고 까다로운 일이었다. 특히나 가장 핵심적인 것은 태권도를 영어로 지도해야 한다는 것. 캄보디아에서 수차례 여러 친구들을 교육하고, 또 시범도 보인 나였지만 이번 문제는 또 달랐다. 이곳은 한국이기 때문이다. 한국인의 공통된 특징일지도 모르는 지점이 나에게도 있었는데, 바로 '한국인 앞에서 영어 하기'에 대한 두려움이었다. 영어를 할 줄 아는 외국인 사이에서 영어를 할 때는 전혀 긴장하는 바 없이 영어가 술술 나왔는데, 이상하게 한국인 앞에서 영어를 하자면 '내 문법이 혹시 잘못되지는 않았을까?

내가 말한 문장이 유창하게 들리지 않으면 어쩌지? 틀린 발음이 있어서, 혹은 내가 혀를 잘 굴리지 못해서 사람들이 나를 비웃으면 어떻게 해야 하나?'라는 두려움이 나를 사로잡았다. 특히나 이곳은 한국을 대표하는 내로라하는 대학생들이 수두룩 빽빽하게 활동하고 있는 곳이 아닌가?

태권도를 지도하는 첫 시간, 팀장인 윤진언니를 비롯해 태권도 유단자들이었던 정은언니, 현석오빠, 광희가 내 지도 과정을 지켜보고 있었다. 모로코, 이집트, 인도, 인도네시아 등 20여 개국에서 모인 친구들과, 레크리에이션 팀원들이 기대에 찬 눈으로 나를 바라보자 도저히 영어로 수업을 지속할 수 없을 것 같았다.

"기본동작을 먼저 배워보겠습니다. 태권도의 주된 급소 중 하나인 명치는 몸통지르기를 통해서 공격할 수 있습니다. 몸통지르기는 엄지손가락을 네 손가락 위에 살짝 얹듯이 쥐고, 몸통 직선 방향으로 지르는 것이 아니라 상대방의 명치, 그러니까 주먹이 가운데로 질러지도록 방향 설정하는 것이 중요합니다. 이때 주춤서기 자세는 말을 타는 자세와 비슷하게 취해주면 됩니다…"

'도대체 이 말을 어떻게 영어로 표현하지?' 생활 영어가 아닌 태권도의 용어와, 태권도의 동작에 관련한 세세한 설명을 하려니 숨이 턱턱 막혔다. '내가 괜히 태권도 팀을 운영하겠다고 했나?' 하고 후회하면서 눈빛이 흔들리고 있을 때. 윤진언니가 다가와서 따뜻하게 이야기해주었다.

"고은아. 태권도를 가르칠 때, 완벽하게 모든 것을 토씨 하나 안 틀리고 영어로 설명할 필요는 없어. 오히려 몸으로 부딪히면서 이렇게! 이렇게 하세요! 하면서 구체적으로 동작을 손봐주는 것부터 시작할 수 있는 거야. 그리고 지금 너의 문제는 한국인 앞에서 영어 하기가 부담스럽다는 거야. 우리 신경 쓰지 말고 네가 하던 대로 편안하게 말해. 광장 프로그램에 처음부터 유창하게 영어를 할 수 있었던 사람은 생각보다 많지 않아! 많은 친구들이 너와 똑같은 시기를 겪고 나서 원어민처럼 영어를 잘할 수 있게 된 거야. 지금 이 시기가 제일 중요하고 반드시 넘어야 할 산이야. 죽이되든 밥이되든 네가 책임지는 거야 알 겠지?"

팀원들이 믿어주고 전적으로 나에게 맡겨주니 오히려 힘이 솟았다. 그 순간 부터는 한국인 앞에서 완벽한 영어를 구사해야겠다는 부담감이 사라졌다. 어 느새 참가자들과 품새에 대한 이야기를 자연스럽게 하고 구체적인 동작에 대 해서 설명하다 보니 품새의 원리와 기본 동작들의 핵심 자세를 설명할 수 있 었다. 7년이 지난 지금, 나는 학교에서 영어전담으로 일하면서 원어민 관리 업 무를 맡고 있다. 때로는 선생들 앞에서 원어민 선생님과 대화를 해야 하는 상 황이 오기도 하는데 그때마다 문득 생각이 난다. 한국인들 앞에서 영어를 자 신있게 말하는 문제를 극복하지 못했더라면 어떻게 되었을까? 윤진언니와의 대화는 내 영어 인생에서 가장 큰 터닝 포인트였던 순간이었다.

How to apply?

국제 청소년 포럼   http://www.ncyok.or.kr

▶ 국제 청소년 포럼(구: 국제청소년광장) 여성가족부와 한국청소년단체협의회가 추진하는 〈국제청소년광장〉은 세계 각국의 청소년들에게 전 세계적 문제들에 대한 대안과 해결책을 함 께 모색하고 공유할 수 있게 하는 기회를 제공한다. 더불어 외국 청년들에게 한국의 사회·문 화에 대한 올바른 이해제공을 통해 세계 속에 한국의 위상을 알리는 의미 있는 프로그램이다. 국제교류활동을 한국(서울 및 국내 주요도시)에서 경험할 수 있다는 장점이 있다.
• 대상 만 18세~ 24세의 고등학교 졸업 이상의 청소년 중 영어 구사가 가능한 자
• 지원서 접수 7월 초순
• 활동 내용 - 국가별 사례발표, 그룹 분과 토론
           - 외국인 청소년 약 70명과 함께 전체 총회진행 및 청소년 선언문 채택
           - 한국 문화 연수

내가 참가했던 21회 캠프에서는 각국 참가자들이 서울 가든 호텔과 충북 괴산군 청소년 수련원을 베이스캠프로 삼아 『카이로 아젠다 성취를 위한 청소년의 역할(The role of youth for achieving the Cairo Agenda)』을 주제로 전 세계적 이슈인 인구문제와 공중 보건, 가족의 존엄성 등에 대해 논의했다.

여기서 「카이로 아젠다」라는 것은 1994년 이집트 카이로에서 열린 인구개발회의에서 채택한 것으로 현재까지 인구문제를 다루고 있는 선언문 중 가장 본질적인 관점에서 인구문제를 바라본 선언문이다. 〈국제청소년광장〉에서는 해마다 달라지는 국제적 이슈에 대응하여 그 안건을 선정하는데 이번 주제의 테마는 인구문제였던 것이다.

크게 1. 가족의 존엄성 보호 2. 지속가능한 발전을 위한 세계 인구 3. 세계 공중 보건 증진의 주제로 분과별 세미나를 개최하여 주제별 전 세계 현황 파악 및 협력 방안을 토론하고, 주제에 관련한 각국의 사례 발표를 듣고, 국가별 사례를 공유한다. 그 결과를 토대로 그룹토론과 전체 총회가 열리게 되고 최종적으로는 참가자들이 직접 작성한 서울 선언문을 채택하는 것이 큰 줄기이자 목표였다.

생전 처음으로 외국인 친구들과 국제 사회의 이슈를 토론하고, 선언문을 채택하고, 연극을 하는 경험은 매 순간 머리카락이 곤두설 만큼 긴장되는 순간의 연속이었지만 용감하게 도전한 것을 결코 후회하지 않는다. 세계의 청소년들과 뜨거운 열정으로 7박 8일간 지낼 용기가 있는 학생들에게 강력 추천!

베트남 국영 방송 〈VTV〉,
단독공연을 하다

여성가족부 선발 〈ASEAN+3〉 하노이 Youth Festival 국제회의 한국 대표

국가 **베트남(아시아)**
수도 **하노이**
언어 **베트남어**
활동도시 **하노이**

휴지통에서 꽃 핀 지원서 한 부

청소년을 세계의 주역으로! 국제회의 행사 참가단
– 〈Youth festival ASEAN+3〉 참가자 모집

청소년 단체협의회 홈페이지에서 새로운 국제행사 대표 선발 공지를 보자마자 3일 동안 잠이 오지 않을 만큼 설렜다. 〈국제청소년광장〉을 마치고 돌아온 지 일주일밖에 지나지 않았지만, 10월에 열리는 국제 행사에 꼭 가보고 싶다는 생각 때문이었다. 여성가족부에서 왕복 항공료의 70%를 지원해주고, 베트남의 주최측이 현지 체제비를 지원해주다니! 결과적으로 왕복 항공료의 30%만으로 황금 같은 기회를 얻을 수 있는 것이었다. 도전하고 싶다는 생각이 번쩍 들었다. 하지만 자기 소개서를 써내려가던 나는 5분 만에 좌절을 경험했다. 「인류 전통문화 가치 증진과 보존을 위한 청소년들의 협력에 관한 주제 발표문」을 영어로 작성하라는 지원서의 항목을 발견하고 고민에 빠졌기 때문이었다.

'에구구…. 두 장으로 된 영어 발제문을 첨부해서 지원하라니! 해외 유학파들 많은데 나같이 국제활동과 전혀 상관없어 보이는 교육전공자에, 해외봉사 경험이 한 번밖에 없는 사람을 한국 대표로 뽑겠어? 시간 낭비하지 말고 그냥 포기해야겠다.'

언제나 '국제'라는 단어가 붙은 활동에 지원서를 쓸 때 고민은 똑같았다. 영어 공인 성적이 높은 사람이나 해외 경험이 많은 사람이 뽑힐 것 같은데 무의미한 경쟁률을 올려주는 것은 아닐까? 라는 생각이 머리를 지배했다. 지원 네 시간 전까지 반포기 상태였다. 하지만 마감 한 시간 전에 극적으로, 노트북 휴지통에 들어가 있던 서류를 복원시키고 다시 내가 할 수 있는 선에서 한번 써보자는 생각에 이르렀다. 도대체 이 주제가 나와 맞기나 한 걸까라고 생각하고 있던 차에 좋은 소재가 스치듯이 생각났다. 그 해 3월부터 초등학교에서 하고 있던 〈UNESCO 세계 문화 유산 통합 이해교육〉 교육봉사활동이 인류 전통문화 가치 증진 보존을 위한 협력 방안으로 잘 맞아떨어졌다. 한 번 마음을 고쳐먹고 지원서를 쓰다 보니 막힘없이 술술 써내려가졌다. 국제회의의 필수 조건 〈외국어 구사능력 [원어민, 상, 중, 하]〉 체크란에서 마지막까지 망설였다. 토익이나 텝스 같은 것을 공부해본 적도 없고, 입학해서 첫 방학을 캄보디아와 한국에서 종횡무진 돌아다니기 바빴기 때문에 공인 인증 성적이 있을 리 없었다. 그러나 회화 실력만큼은 이제 자신할 수 있었기에, 용기 있게 '상'에 체크하고 공인 성적에 '응시 경험 없음'이라고 적었다. 당연히 떨어질 게 분명하다고 생각했다. 하지만 결과는 최종 합격! 홈페이지에서 합격자 명단을 확인하고 나니 내가 꿈을 꾸고 있는 것 같았다.

〈Youth Festival ASEAN+3(베트남)〉에 참가할 최종 합격자를 공고하오니 대상자는 파견 준비에 차질이 없도록 하여주시기 바랍니다. 이번에 선발되지 못한 분들에게는 위로의 말씀을 드립니다.
*지도자: 손정은
*최종 합격자: 송시경, 심고은, 정태웅, 김민기
*예비후보자 2명

면접 당시 1차 서류 전형을 통과하고 남은 면접 대상자만 15명이었다. 15명 중에 3명이라고 생각하자 가망이 없어 보였다. 좋은 경험하는 셈 치고 갔던 면접. 심사위원 세 명에 지원자 네 명이 한 면접장에 앉아서 긴장된 공기를 함께했다. 내 옆자리에 앉은 친구는 국제학과에 다니는 대학생이었는데 영어를 어찌나 잘하는지 막힘없이 모든 질문에 능수능란하게 답했다. 주눅이 들었다. 그런데 그 쟁쟁한 참가자들을 제치고 당당히 합격한 것이다. 영어 공인 성적조차 제출하지 않았던 내가 말이다. 심지어 예비 후보자는 고려대학교 정치외교학과 학생이었다. 심사위원이 볼 때 내가 정치외교 전공인 그 친구보다 이 활동에 더 적합한 사람으로 생각되었다는 것이 뛸 듯이 기뻤다. 이로써 '영어 토익 900정도는 되고 능통한 영어 스피킹 실력을 갖춘 사람들만이 국제 활동에 승산이 있다.'라고 쓰여있는 몇몇 대외 활동 정보 카페 댓글을 반증할 수 있게 되었다. 도전조차 하지 않고 포기해버렸다면 어쩔 뻔했을까? 일단 한번 해보는 것이 무조건 맞다. 나중에 담당 부장을 만나게 되었을 때, 그 다양하고 쟁쟁한 사람들 중에 왜 하필 나를 뽑으셨는지 물어볼 기회가 있었다. 간사님은 이렇게 말씀하셨다.

"사실은 내가 이번 〈국제청소년광장〉 프로그램도 맡고 있었어요. 몰랐죠? 나는 그때 심고은 씨 활약을 아주 생생하게 들었어요. 한 번씩 내가 프로그램 진행 상황을 확인할 겸 괴산 수련원에 가서 한 바퀴 둘러보면 그때마다 고은씨가 팀원들이랑 연습을 하고 있더라고요. 그 공연이 이번 〈국제청소년광장〉에서 얼마나 하이라이트 역할을 톡톡히 했는지 몰라요. 20명이나 되는 외국 친구들이 태권도를 처음 접했을 텐데도 절도 있게 딱딱 맞게 움직이더라고요. 그 마지막 장면은 감동적이기까지 했어요. 팀장으로 일하는 저 심고은이라는 친구, 책임감 있게 잘하는 학생이구나! 하는 믿음이 있었어요. 이런 친구야 말로 국제행사에 한국 대표로 뽑혀야 한다고 생각했지요. 그런데 마침 이번 국제회의에 지원한 것을 보고 무척 반가웠어요. 정치외교학, 국제관계학 전공자들이라고 해서 더 우대해주는 것은 없어요. 우리 심사에서는 생생한 경험, 책임감, 그리고 열정이 중요했어요. 축하해요."

"저를 그렇게 좋게 평가해주셨다니…. 정말 감사합니다. 이번에도 더 열심히 준비할게요."

생각지도 못한 우연이 필연을 만든 셈이었다. 무엇이든지 최선을 다하고, 내 있는 열정 그대로를 마음껏 뽐내기로 다짐했다. 이번 베트남 행사에서도 내 방식대로 한국을 잘 표현하고 오리라!

태권도와 「GEE」 댄스로, 국영 방송 〈VTV〉 메인 공연에 서다!

"우리 공연이 전국 방송에 생중계 된다고? 어쩌지?"

"미안해. 우리도 자원봉사자라서 오늘 전해 들었어. 호텔에서 하는 게 아니라, 〈VTV〉로 생중계 되어서 베트남 전 국민이 시청할 거래. 음…. 한국으로 치면 〈KBS 열린음악회〉 특별공연 같은 거야. 내가 한국

TV 많이 보잖아. 딱 그런 느낌이야."

오후 네 시. 개막식 공연 세 시간을 앞두고 우리에게 전달된 베트남 측 자원봉사자 쯔엉의 이야기는 우리를 아연실색하게 만들었다. 탕롱하 노이Tang long Hanoi 개막식 리허설이 그 발단이었다. 출국 전에 청소년 단체협의회 간사님으로부터는 '한국의 전통 문화 공연을 준비하라'는 짧은 멘트 외에는 정보를 얻지 못했었다. 문화공연은 우리 〈ASEAN+3〉 참가자들끼리만의 축제라고 생각하고 가벼운 마음으로 공연을 준비했었다. 그러던 우리에게 놀라운 소식이 들렸다. 베트남 전역에 오늘 밤 행사가 국영 방송으로 생방송 된다는 것이다. 게다가 공연 장소에 수백 명의 하노이 시민들이 참석한단다. 소규모의 무대라고 생각했던 우리는 원래 「춘향전」을 준비했다. 태권무도 공연 후보에 올랐었지만 단체로 추는 춤의 성격이 강해서 네 명의 참가자로는 태권무의 흥을 살리지 못할 것이라는 의견이 나왔다. 짧은 시간에 연습하기 어렵다는 점, 나를 제외한 나머지 대표는 준비되지 않았다는 점 또한 중요한 문제였다.

"「춘향전」이 나은 것 같아요. 한국의 전통극이면서도 당시 조선사회의 모습을 자연스럽게 보여줄 수 있고, 조선남녀의 사랑 이야기를 실감나게 표현할 수 있잖아요."

"그렇네. 우리 한복도 가져왔으니까 딱인데? 태웅이가 이몽룡, 민기가 성춘향 하면 되겠네."

모두가 만장일치였다. 하루를 꼬박 연습해서 이제 리허설만 기다리고 있던 차였다. 그런데 리허설 겸 들러본 무대 규모가 상상을 초월했다. 각국의 참가자들과 우리는 놀라지 않을 수 없었다. 특히 영어로 연극을 준비한 것이 걱정되기 시작했다. 베트남 현지인들이 영어를 완벽하게 들을

수 없을 가능성이 컸고, 생각
보다 재밌지 않으면 어쩌나 하
는 생각 때문이었다. 리허설을
마친 우리는 두 시간밖에 남
지 않은 상황이었지만 공연 내
용을 바꾸기로 마음을 먹고
맹연습에 돌입했다.

저녁 8시부터 시작되었던
축제 개막식은 〈ASEAN+3〉 각
국 대표단이 주 게스트가 되
어 개막식에 참여하는 형태였
고, 모든 참가국이 축하 공연
을 하는 식으로 진행되었다.
정말 많은 환영 인파에 축제
분위기가 광장에 가득했다. 한
국 대표단의 입장 순서. 모두

하노이는 온통 축제 물결. 온 시민이 동참한 리허설 현장

가 한복을 입은 채 무대 중앙에서 하노이 시민에게 큰 절을 하여 시민
들의 환영을 받았다. 드디어 공연시간! 마음을 가다듬고 준비했던 무대
에 올랐다. '전통문화 가치와 보존을 위한 청소년의 역할'이라는 주제에
맞게 내가 먼저 무대로 올라가 태권도를 퓨전 캐논변주곡에 맞춰 공연
했다. 혼자 하는 공연이라 무척 떨렸지만 그 누구도 쉽게 경험할 수 없
는 일을 내가 해내고 있기에, 한국 대표로서 실수하지 말아야겠다는 생
각으로 여유 있게 마무리 지을 수 있었다. 다음 순서로는 한국인보다
더 K-pop을 잘 알고 춤도 잘 추는 쯔엉의 지도 아래 완성된 소녀시대
의 「GEE」 공연. 민기언니와 태웅이, 쯔엉이 한복을 입고 공연했다. 전통

전국으로 생중계 되었던 〈VTV〉 공연 현장

의상인 한복을 입고 현대음악에 맞추어 춤춘다는 것이 이색적이었다. 베트남 현지에서 최근 인기를 끌고 있는 음악이어서인지 많은 사람들이 따라 불러주고 박수 쳐주었다. 뜻깊고 의미 있는 공연을 마친 뒤 우리는 모두 기쁨과 뿌듯함으로 서로를 격려하며 끌어안았다. 길지 않은 시간을 연습했지만 성공적으로 무대를 마친 서로에 대한 자랑스러움과 격려였다. 공연이 끝난 후 자리로 돌아가는 200미터 가량의 행진 행렬 사이에서 놀라운 풍경을 맞이했다.

"한국사람 좋아요. 멋있어요. 언니~~~! Gee, Gee~~~! 태권도 멋있어!" 하는 한국어가 들리는 동시에 주위의 환영 인파들과 스텝 분들이

러시아워. 오토바이 출근 진풍경!

우리와 사진을 찍기 위해 기다리고 있었다. 베트남에서 한국 드라마가 인기 있어서인지 우리를 연예인처럼 대우해주었다. 한복을 입은 우리의 모습이 신기했나 보다. 예쁘게 봐주신 베트남 분들이 너무 감사했다.

　나는 봉사여행도 좋아하지만 '그냥 여행' 또한 사랑한다. 책 한 권 들고 바다 소리를 들으면서 쉼을 누리는 여행. 얼마나 행복하고 평화로운 일인가. 언제고 한 번은 다시 베트남에 또 여행 오게 될 것이다. 결혼을 해서 아이들과 함께 자유여행을 온 나를 상상해본다. 오토바이가 빵빵 대는 하노이 시내를 이리저리 누빌 수도 있겠고 좋은 호텔에서 편안하게 수영을 하는 호캉스로 휴식을 즐길 수도 있을 것이다. 하지만 확신한다. 각국 대표 청소년단들과 함께 빨갛게 플랜카드가 수놓인 하노이에서 함께 고생하며 퍼레이드 무대를 꾸몄던 5일간의 기억이 베트남을 더 강렬하게 기억하게 해줄 것이라고.

준비된 베트남 신부, 쯔엉

거리엔 온통 'Tang-Long Hanoi'라고 쓰여진 빨간 플랜카드다. 스무 발자국 마다 걸려있다고 해도 과장이 아니다. 베트남 정부가 주관하고 베트남 청년연합단체《HCYU》Ho Chi Minh Communist Youth Union가 총괄했던 이 행사는 10월 5일부터 8일까지 3일간 진행되었다. 이 축제를 위해서《ASEAN》(아세안) 가입 국가와 한국, 일본, 중국, 총 13개 국가에서 지도자 1명, 참가자 4명, 총 5명씩 파견되었다. 우리들은 탕롱하노이Tang long Hanoi 행사의 초청 VIP로 소개되었다. 그렇다면 왜 2010년에 베트남에서 이런 크고 중요한 국제 행사가 열렸을까? 2010년은 베트남이 ASEAN(동남아시아 국가연합)의 순회 의장국을 맡으면서 동남아시아 국가 간 화합과 협력을 우선시하고 강화시키기 위한 다양한 연계행사를 추진하고 있던 시기였다. 특히 베트남이 하노이로 수도를 옮긴 지 1000년이 되는 중요한 해였기 때문에 더욱 규모가 큰 축제가 되었다. 이 어마어마한 행사에서 우리 자원봉사자 코디네이터는 누구일까? 바로 키 155센티미터 자그마한 몸집에 뿔테 안경을 쓴 20살 대학생 쯔엉이다. 상큼한 포니테일에 명랑한 눈동자. 누가 봐도 총명해 보이는 소녀였다.

"우와? 한국어를 잘하는 베트남 대학생이라니. 쯔엉. 어떻게 우리를 맡게 된거야?"

"난 17살부터 한국 드라마를 봤어. 한국 드라마를 너무 많이 봐서 이제 웬만한 사랑 고백은 한국어로 다 할 수 있는 것 같아. 한국 남자들이 너무 멋진거 있지. 3년 정도 드라마를 보니 한국어 실력이 많이 늘었고 마침 한국인들을 사귈 수 있는 자원봉사가 있기에 지원했어. 오늘부터 4일간 난 한국 팀을 전담하면서 베트남어 통역을 담당할 거야."

놀랍게도 그녀는 이 모든 이야기를 한국어로 해주었다. 우리가 고민하는 상황에서는 언제나 현명한 판단을 내려주고, 어려운 점이 있으면 우리보다 먼저 본부로 달려가서 일을 해결해주었다. 심지어는 우리 팀이 공연 문제로 힘들어할 때, 함께 무대에서 소녀시대 춤을 함께 춰줄 정도로 정신적 지주가 되어줬던 쯔엉.

베트남을 떠나는 마지막 날, 쯔엉이 조심스럽게 선물 하나를 손에 쥐어준다.

"어제 베트남 시장에서 언니를 생각하면서 열쇠고리에 Onni(언니)를 새겨달라고 했어. Sim은 이제 내 친언니나 다름없어."

"쯔엉, 3일 내내 우리와 함께하느라 시간도 없었을 텐데. 고마워. 영원히 잊지 않을게."

행사 둘째 날 밤, 쯔엉과 나눴던 대화가 기억에 남는다.

"우리 집은 남매가 정말 많아. 그래서 나는 어렵게 공부를 했어. 그런데 한국어를 공부하다 보니 한국에서 꼭 일하고 싶어졌어. 언젠가 꼭 한국으로 갈 테니까 기다려. 정말 잘생기고 멋있는 한국 남자와 결혼할 수도 있고. 우리 부모님도 내가 그러길 원하셔."

"쯔엉. 한국 드라마에 나오는 연애와 결혼 생활은 조금은 비현실적이기도 해. 아마 우리나라 모든 여자들이 그렇게 예쁘고 친절하지 않을걸? 우리를 봐. 하하. 그리고 모든 남자들이 다 이민호나 원빈은 아니야. 여기 있는 태웅이를 보라구. 그리고 어쩌면 가부장적인 성격의 남자를 만나게 될지도 몰라. 혹시 결혼할 상황이 된다면 꼭 잘 알아보고. 너와 정말 멋진 사랑을 할 수 있는 사람을 만나. 한국에 대한 환상으로 쉽게 결혼할 상대를 찾지 않기를 바라."

쯔엉은 한국으로의 국제 결혼을 진지하게 생각하고 있었다. 이렇게 똑똑하고 예쁜 신부가 우리나라에 와서 살게 될 수 있겠구나. 뉴스에서 다뤄졌던 국제 결혼의 다양한 사례들을 떠올리며 부디 쯔엉이 좋은 남자를 만나서, 지금 가지고 있는 한국에 대한 아름다운 이미지를 평생 간직하면서 살 수 있기를 바라본다. 많은 결혼 이주민 여성들이 한국에서 육아와 가사 그리고 일터에서 갈등을 겪는다. 언어와 문화 충돌, 고향에 대한 향수. 혹은 우리가 보내는 그들에 대한 차별적 시선이 그 원인일 것이다. 심한 경우는 가정 폭력에 시달리기도 한단다. 최근 국제 결혼으로 인한 그들의 아픔과 고통이 공론화되어 처우가 개선되고는 있지만 이 문제는 아직까지 해결의 연장선상에 있는 이슈이다. 부디 쯔엉을 비롯한 다른 많은 신부들이 한국에서 행복하게 살 수 있기를 바라본다. 베트남 여행을 통해 이렇게 또 한 명의 사람을 얻고, 한국의 '수많은 쯔엉'의 현실에도 감정이입을 해본다.

How to apply?

국제회의 행사 참가단 -Youth festival ASEAN+3   http://www.ncyok.or.kr

▶ 국제회의 행사 참가단 여성가족부는 청소년의 세계 시민의식 함양 및 국제역량 강화를 위하여 매년 〈청소년을 세계의 주역으로, 국제회의·행사 참가단〉을 선발하여 지원하고 있다. 선발된 청소년은 대한민국 청소년 대표단 자격으로 다양한 국가에서 개최되는 국제회의·행사에 참가한다.
- 대상 만 18세~24세 대한민국 청소년
        영어로 의사소통 가능한 자
        (※우대사항) 한국 전통공연 지도 및 공연가능, 한국 전통문화 전시 유경험자
- 지원서 접수 9월 초순
- 활동 내용 - 주제발표 (한국참가자 대표 7~10분 이내, 영문발표)
           - 한국 전통문화 공연 및 전시

★ 생생 체험 Tip

국제교류활동에 지원할 때, 자신이 어떤 우대사항 조건에 해당하는지 꼭 체크하는 것이 좋다. 이번 국제회의에 경우 '한국 전통공연 지도 가능자 및 공연 유경험자' 항목이 합격에 큰 역할을 했다. 자신이 우대사항에 들어갈 수 있는 필살기 하나는 준비해두자.
문화체험도 좋은 경험이었지만 이 프로그램의 백미는 마지막 날. 〈ASEAN+3〉의 전체 일정 중 세 번째 날 오전에 포럼이 열렸다. 이 포럼을 통해 각기 다른 분야에서 활동하고 있는 〈ASEAN+3〉 각국의 청년이 자국의 전통문화와 전통가치의 보존과 증진을 위해서 무엇을 할 수 있는지에 대해서 아이디어를 내고 의견을 발표할 수 있는 기회가 제공된다.

다른 나라의 발표를 들으면서 왜 청소년들이 문화와 전통가치의 보존과 증진을 하는 주축이 되어야 하는지, 이러한 중요한 책임을 소홀히 할 경우 어떻게 할 것인가에 대해서도 다양한 의견을 들어볼 수 있다. 3일이라는 짧은 시간 동안 그 어느 때보다 깊고 강하게 아시아를 배웠다. 아시아 각국의 내로라하는 청소년 대표들과 함께 웃고 이야기하며 그들의 이슈를 우리의 이야기로 끌어들여 같이 고민하는 프로그램이다. 살아있는 경험. 단순히 베트남을 여행하러 갔다면 절대로 얻을 수 없는 생생함. 이 프로그램은 해마다 전 세계에서 열리는 국제회의 내용이나 성격이 다를 수 있으므로 자주 홈페이지에 들어가서 내게 맞는 국가와 주제를 체크해보는 것이 중요하다. 대한민국 청소년 대표로 국제회의에 참여하는 경험을 가져보고 싶은 사람에게 추천!

04 중국

초등학생
글로벌 리더 만들기

미래에셋 〈우리아이 글로벌 리더 만들기 대장정〉 상해 인솔 요원

국가 **중국(아시아)**
수도 **북경**
언어 **중국어**
활동도시 **상해**

참가자가 아닌 인솔자가 되다

"선생님 저 둘리예요. 공부가 힘들어도 꼭 나중에 선생님 돼서 담임선생님 해주세요."

상해에 다녀온 지 2주가 지났는데 응원의 문자 메시지가 날아든다. 교대생이 된 지 채 1년이 되지도 않은 새내기 예비 교사가 인솔 교사가 되어 상해에 다녀왔다. 10월 중순에 있었던 활동이라 교수님들을 일일이 찾아뵈면서 강의에 공식적으로 결석하는 사유를 제시하고 공결처리를 해야 했다. 그럼에도 불구하고 이 프로그램에 꼭 참여하고 싶었던 이유는 150명의 초등학생들을 직접 인솔하여 해외에 데려가보는 활동이 거의 유일무이하기 때문이다.

서류 전형, 면접 전형을 어렵게 통과하고 3주 전부터 매주 주말, 오리엔테이션에 참석하여 상해에서 어떤 일이 일어날 것인지, 멘토들이 해야 할 일이 무엇인지 철저하게 배웠다. 또 다양한 돌발 상황에 대비하는 여러 가지 방법을 숙지하면서 아이들을 맞을 준비를 시작했다.

"여러분은 인솔자 교육에서 실제로 아이들이 조를 짜서 움직이는 활동을 가상 체험해볼 것입니다. 이런 과정을 통해서 아이들을 이해하고, 발생할 수 있는 여러 가지 돌발 상황을 인지할 수 있어야 해요. 진짜 멘토의 자격을 갖추는 거죠. 현장에서 아이들의 안전을 책임지는 것이 바로 인솔자이기 때문에 한순간도 긴장을 놓쳐서는 안 됩니다. 아이들은 현장에서 4박 5일 동안 상해 주요 명소를 둘러보며 견문을 넓히고, 경제 활동에 관한 각종 임무를 수행해야 합니다."

담당 선생님의 말씀을 들으니 안전하게 무사히 돌아오는 것만으로도 큰 미션이라는 생각이 들었다. 24시간 동안 아이들을 담당하여 돌보는 여정. 미래의 교사가 될 나에게 새로운 도전이다. 훗날 내가 교사로서 학교에서 헤쳐나갈 여러 가지 어려움을 미리 겪어보는 신선한 계기가 될 것 같았다.

인천공항에서는 본격적으로 아이들을 인솔하는 임무가 맡겨졌다. 총 15조로 이루어진 150명 중 내가 맡은 아이들은 10명. 총 열다섯 명의 인솔자가 각 조의 인솔자로 활동한다. 남자 다섯 명과 여자 다섯 명으로 구성된 우리 조원 아이들 중 남자 셋은 오리엔테이션 내내 활동지를 이탈하거나, 교사의 지시사항을 제대로 숙지하지 않아 안전사고의 위험이 컸던 개구쟁이들이었다. 때문에 더욱더 긴장하면서 각별한 주의를 기울였다.

150명 대규모 초등학생들이 상해로!

"선생님, 여권이 없어졌어요."

"어디에 뒀는지 기억나니?"

"아까 게이트 앞 의자에 앉아있을 때부터 없어졌어요."

선웅이가 울음을 터뜨릴 것 같은 얼굴로 내게 말한다. 여권이 없으면 출국조차 못 하는 상황.

"4조 조장 선생님, 혹시 김선웅이라는 아이 여권 못 보셨나요?"

"같이 찾아봐요. 아! 여기 의자 밑 구석에 떨어져있었네요. 용케 이걸 찾았네요. 못 찾았으면 어쩔 뻔했어요."

"휴. 선웅아. 여권은 항상 가방에 두어야지. 앞으로는 잘 챙겨야 해."

태어나서 처음으로 공항에 와보는 아이들이 많았다. 짐을 부치는 일, 여권을 챙기는 일, 공항 검색대를 통과하는 일 하나하나가 인솔자의 일이었다. 아이들이 없어지지는 않는지, 혹시 모를 비상 사태에 대비하기 위해 긴장의 끈을 놓을 수 없었다.

상해의 중심에서 물물교환을 외치다

상해 푸동 공항에 도착하여 인원 점검을 끝내고, 본격적으로 상해 탐
방이 시작되었다. 4박 5일간의 일정 중 주요 방문 장소는 예원, 상해 임
시정부, 상해 강교학교, 동방명주, 상해 미래에셋 타워 등이었고 아이들
은 이곳에서 경제와 관련된 글로벌 프로젝트를 진행했다.

기억에 남는 일정은 〈남경로 거리 프로젝트〉와 〈상해 강교학교 친선
방문〉이다. 이 프로그램은 단순히 아이들을 가르치기보다는 실제 상황
을 부여하고 그 안에서 아이들이 직접 체득하면서 배우는 것을 중요시
한다. 그 예로 〈남경로 거리 프로젝트〉는 상해 제일 번화가인 남경로에
아이들이 직접 가서 한 조씩 주어진 시간 안에 미션을 수행해 오는 일
을 한다.

바쁘다 바빠! 환영식을 준비 중인 강교학교 교직원들

미션 1. 거리에서 상해 사람들을 만나 국제 금융 도시가 되는 방법 물어보기
미션 2. 외국인에게 자신의 물건을 물물 교환해 오기
미션 3. 당신이 생각하는 서울은 어떤 곳인지에 대해 인터뷰하기

우리 조는 〈외국인에게 자신의 물건을 물물 교환해 오기〉 프로젝트
를 맡았다. 초등학교 5학년 아이들이 외국인에게 직접 말을 걸고, 백
원짜리 동전 한 개를 가치 있는 물건으로 바꾸어 오는 이 활동을 할
수 있을까?

아이들은 저마다의 방법으로 세계 각국에서 온 외국인에게 말을 걸
었다. 손짓 발짓을 이용해서 배지, 가방, 시계 등의 물건으로의 교환에
성공했다. 한국에 대해 알리고, 홍보하는 역할까지 해냈다.

"선생님, 아까 그 외국인 아저씨가 저한테 시계 풀어주시던 거 보셨

어요? 저 능력자예요. 영어로 와치watch와
치! 했는데 아저씨가 알아들었어요."

아이들 얼굴에 생기가 돌았다. 아이들
이 외국의 거리 한복판에서 자유롭게 돌
아다니면서 이야기하는 프로그램이라니!
경제 기업만이 만들 수 있는 깨어있는 멋
진 미션이었다.

예비 교사의 입장에서 가장 가슴 뛰었
던 프로그램은 다름 아닌 학교 방문 행사
였다. 친선 방문 프로그램인 〈상해 강교학

'한국 친구들아 환영해!' 듬직한 강교학교 학생회장단

교 방문 프로그램〉은 글로벌 리더들이 자기 또래의 국제 친구들을 만
나서 서로 이해하고, 친구들의 학교 문화를 체험하자는 취지로 이루어
졌다. 상해 강교학교에서는 우리 팀 150명과 함께 짝을 지을 150명의 친
구들을 선발해두었고 성대하게 환영해주었다. 프로그램은 상해학교의
급식 체험, 자신의 짝에게 선물하기, 그리고 서로의 전통놀이 체험하기
순서였다.

"선생님, 중국어를 못하는데 어떻게 대화를 하죠?"

"부끄러워요. 내 짝꿍이랑 팽이치기를 해야 하는데 제가 설명할 수 있
을까요?"

제일 부끄러움을 많이 탄 아이는 가장 활발했던 지원이. 잘생긴 짝
꿍을 만나자 얼굴이 발그레해지면서 내 뒤로 숨는다. 이 아이들이 2시
간 남짓한 시간 동안 제대로 된 우정을 쌓아갈 수 있을까? 걱정은 잠시
였다. 처음에는 어색하기도하고, 말이 전혀 통하지 않는 짝꿍들이었지만
선물을 교환하고, 우리 전통놀이인 팽이치기를 통해서 마음을 나누어
갔다. 언젠가 꼭 다시 만날 것을 아쉬워하면서 운동장에서 300개의 풍

선을 날렸다. 돌아갈 시간이 되었을 때는 눈물까지 흘리면서 헤어짐을 아쉬워했다. 이런 과정을 통해 아이들은 중국 학교를 직접 체험하고, 상해 초등학생들과 직접 이야기 나누면서 글로벌 리더로서의 자질을 또 한 번 기를 수 있었다.

고학년을 어린이로 대하지 말라!

처음 이 프로그램에 지원했을 때, 내가 인솔해야 할 아이들이 초등학교 5학년이라는 사실에 무척 놀랐었다. 대부분의 대기업이나 정부에서는 고등학생이나 대학생을 대상으로 해외체험이나 탐방 프로그램을 제공하는데 반해 이 프로그램은 150명 모두가 초등학생이었기 때문이다. 초등교육을 전공하고 있는 학생이었지만 아직 1학년이던 당시는 초등학교 5학년 학생의 발달 상태가 어떤지 제대로 파악하지 못했었다. 그래서 그렇게 어린 아이들이 해외에 나가서 제대로 배워 올 수 있을지, 주어진 프로그램에 대해 잘 이해하고 많은 것을 느낄 수 있을지 의아해했었다. 걱정은 기우였다. 활동을 하면서 아이들은 너무나 성숙하게 일정에 따라주었고 주어진 프로젝트를 훌륭하게 수행해냈다. 활동 첫날 아이들에게 꿈이 무엇이냐고 물었었다.

"엄마가 공무원 하래요. 월급이 잘 나오고 안 잘린대요."

"저는 가수 하고 싶어요. 춤추고 노래하는 거 좋아해요."

"애들 가르치는 게 좋아요. 선생님 하고 싶어요."

막연한 장래 희망을 이야기했던 아이들은 정확히 4일 만에 달라졌다. '미국에서 활동하는 가수, 외교관, 중국에서 일하는 국제 은행원'과 같이 구체적이면서도 좀 더 넓은 꿈을 이야기했다. 그런 모습을 보면서 교사를 꿈꾸면서도 초등학생에게 국제활동을 경험하게 하는 것에 회의적이었던 내 모습을 반성했다. 그리고 '경험한 만큼 꿈의 크기가 커진다.'라는 내 신념을 앞으로 내 교실에서도 적용해보기로 마음먹었다. 토닥토닥! 봉사활동 오길 참 잘했다.

아직 멀었군, 심 선생

"싫어요. 왜 그래야 하는데요?"

지금 생각해도 그런 악동들이 또 있을까 싶을 정도로 개구쟁이였던 3인방. 이 아이들 때문에 인솔활동 내내 마음이 무거웠다. 내가 교사가 되어서 아이들을 잘 지도할 수 있을까 회의감을 느낄 정도로 힘든 날도 있었다.

"힘내요. 심고은 씨."

모든 인솔자 선생님들이 아이들의 모습을 보면서 내 어깨를 톡톡 두드려주고 갔다. 아이들 탓만 하면서 하루가 갔다. 내가 다른 아이들을 맡았으면 어땠을까 수없이 생각했다.

활동 삼 일째, 상해 아쿠아리움. 수족관에 와서 더욱 신이 났는지 모든 활동에서 줄을 이탈하면서 뛰어다니던 세 명의 아이들이 너무 힘들었다. 이제는 거의 윽박을 지르는 수준이 되었다. 더 무섭게, 더 엄격하게 해야겠다고 마음을 먹었다.

"지성아, 성훈아, 민종아 앞에 봐. 앞만 보고 걸어! 줄 맞춰."

"선생님, 물고기들이 머리 위에 있는데 저거 좀 보면 안 될까요?"

순간 부끄러운 마음이 들었다. 내가 뱉은 말을 곱씹어보니 웃음이 나왔다.

'그렇네! 머리 위에 물고기가 있는데 어떻게 앞만 보고 줄 맞춰서 걷겠어. 당연히 위를 올려다보고 두리번거리는게 맞지!'

'그래. 이렇게 대형 아쿠아리움에 와서 머리 위로 고래들이 지나다니는데 내가 어린아이였어도 좋아서 팔짝팔짝 뛰어다니지 않았을까?'

아이들을 내 틀 안에 가두려고 해서 그 개구쟁이들이 더 튕겨 나가려고 했던게 아닐까? 때로는 조금 자유롭게 아이들에게 시간을 주는 것도 필요하겠구나. 아이들의 마음을 알아봐야겠구나. 이 짧은 찰나의 일화가 내 교육 철학을 바꾸었다.

"선생님이 안 된다고 하시니까 더 하고 싶기도 했어요. 저희도 5학년인데 정말 위험한 일은 하지 않아요. 너무 떠들고, 말을 안 들어서 죄송해요. 그치만 조금은 이해해줬으면 좋겠어요."

마음을 툭 터놓고 세 명과 이야기하니 그제서야 반성의 마음이 들었다. 그리고 마지막 남은 하루는 조금 내려놓을 수 있었다. 두 줄로 딱 맞추어 걷고, 소란스럽지 않게 조용히 지내는 것. 그것은 오히려 교사의 편안함을 위한 일이 아닐까? 친구들과 함께 웃고 떠들고 끊임없이 움직이는 게 이 시기에는 당연한 일이겠구나. 교사의 역할이 꼭 훈육관의 역할이 아니어도 된다는 생각을 하고 함께 즐기고 함께 신기해하니 아이들이 내 품안으로 쏙 들어오는 느낌이었다. 아이들의 마음을 일찍 알아서 다행이다. 훗날 내가 맡을 우리 반 아이들에게는 조금의 숨 쉴 공간을 마련해줘야겠다고 생각했다. 이렇게 또 하나 배워간다. 시행착오는 있었지만 담임 되어보기 연습을 이렇게 삼 년 먼저 성공적으로 마친다.

How to apply?

KB글로벌리더대장정 멘토&스탭   http://www.ivitt.com

▶ KB글로벌리더 대장정(구: 우리아이 글로벌리더 대장정) 경제캠프는 2006년부터 11년간 미래에셋자산운용과 함께 진행해온 경제교육 프로그램으로 그동안 3,774명이 참여한 바 있다. 어린이펀드에 가입한 어린이·청소년이 참여 대상이다.
캠프에서는 100여 명의 학생이 참여해 상하이 현지의 대학과 과학기술관, 동방명주, 예원 등 연구시설과 명소를 탐방해 중국 경제와 문화를 배우는 기회를 얻는다. 또 외국인과 소통을 통한 소비 체험과 물가 체험 등을 통해 어려운 경제 논리를 쉽게 이해하는 수업도 진행된다.

- 대상 국내 4년제 대학 또는 대학원 재학 및 휴학생
   (우대사항) 중국어 회화 가능 및 신 HSK 5급 이상 소지자 우대
- 지원서 접수 9월 초순
- 활동 내용 – 상해 곳곳의 명소 및 대학 탐방
   – 아시아 경제의 현황과 중국의 문화를 멘토의 역할로 직접 체험 가능

★ 생생 체험 Tip

인솔자는 단순히 봉사단원으로 선발되는 것보다 훨씬 더 까다롭게 선발되며 다양한 능력이 요구된다. 면접 당시 개인기 요청을 받기도 했다. 아이들과 잘 어울릴 수 있는지, 활발한 성격인지를 파악하기 위함인 것 같았다. 무대에서 춤을 추거나 신나는 노래를 부를 정도로 타고난 끼가 없던 나는 2AM의 「밥만 잘 먹더라」라는 노래를 아이들을 주제로 개사해서 어렵게 난관을 통과했었다. 사람들을 깜짝 놀라게 할 실력이 없더라도 애썼다는 평가를 받을 정도로는 준비해두자.

대외활동의 참가자 역할만 해오다가 인솔역할을 맡으니 참가 전부터 주어지는 일이 다양했다. 학부모님께 직접 전화를 걸어 아이의 일정을 소개해 드리고, 아이들이 특별히 아픈 곳이 있는지, 아이의 성격은 어떤지 미리 파악해야 한다. 또, 전국에 퍼져있는 아이들을 직접 데리고 오기 위해 지방마다 버스가 배치되고 지방 대표 인솔자가 아이들을 인솔해 온다. 인솔자 중에서 선택적으로 자원을 받는데 나는 경남 지역을 지원해서 진주 참가자 20명을 서울까지 픽업하였다. 물론 집에 데려다주는 역할도 내 몫이었다. 순수 활동 기간 이전에 2주에서 한 달 정도는 출국 준비를 위한 다양한 일들이 있다. 그러니 인솔자로 파견을 나가는 경우는 그 전 일정들을 미리 여유롭게 비워두는 것이 좋다.

05 말레이시아. 쿠알라룸푸르

한여름 밤의
뜨거운 국제회의

《IPPF》(세계가족계획연맹) 말레이시아 Youth Forum 한국 청소년 대표

국가 **말레이시아(아시아)**
수도 **쿠알라룸푸르**
언어 **말레이어**
활동도시 **쿠알라룸푸르**

〈국제청소년광장〉에서 만난 〈Top-us〉 단장,
《IPPF》를 추천하다

어찌 보면 이 기막힌 기회는 모두 대구지회
〈탑어스〉Top-us 단장 현석오빠의 덕이다. 나에게
국제활동에 대한 자신감을 심어준 〈국제청소년
광장〉. 그 당시 한국 대표 40명의 참가자들 중
일부들은 자신들이 '타버스'에서 왔다고 소개
했다.

"저는 '타버스'에서 오게 되었고, 이런 회의 경
험이 없지만 앞으로 열심히 하겠습니다."

자기 소개마다 '타버스'에 속해있다고 이야기
하는 사람들을 보면서 도대체 '타버스'의 정체가
무엇인지 아리송했다. 그중에 가장 대화를 많이

했던 대구지회 단원들 중 현석오빠에게 그동안의 궁금증을 모두 토해냈다. 그랬더니 오빠가 한참을 웃으면서 대답했다.

"'타! 버스'가 아니라 '탑어스Top-us'야. '최고가 되는 우리'라는 의미를 가지고 있어.《인구보건복지협회》소속의 대학생 봉사단 이름이고, 내가 거기 대구지회의 단장을 맡고 있지. 대부분 사회복지학과 아이들이 많아. 성·생식 보건에 관한 주제가 이번 청소년광장의 주제와 잘 맞아서 많은 학생들이 추천을 받아 이 프로그램에 참가하게 된 거야.《인구보건복지협회》는 예전에 우리나라 '둘만 낳아 잘 기르자!' 시절에 우리나라 산아정책을 이끌어서 유명해진 단체고 지금도 꾸준히 아동 복지, 산모 교육 등 다양한 분야에서 영향력을 끼치고 있는 단체야."

그제야 모든 궁금증이 풀리고, 동시에 그 봉사단에 호기심을 가지게 되었다. 광장 프로그램이 끝나면 충북 지역에서 나도 한번 활동해봐야지 하는 생각에 이것저것 묻다가 우연히 오빠가 바로 전 해에 인구복지협회에서 선발하는 〈IPPF 아시아 태평양 청소년 국제회의〉 대표에 선발되어 국제회의에 다녀왔다는 사실도 알게 되었다.

"국제회의라니! 정말 대단하네요. 어렸을 때부터 외국에서 자랐어요? 그 수많은 외국인들이랑 성·생식 보건에 관한 주제로 토론하고, 이야기를 나누고 함께 지내다가 왔다고요? 저는 다른 주제는 몰라도 이 주제는 정말 전문적인 용어가 많은 것 같아서 오빠가 대단해 보여요."

놀란 나는 토끼눈을 하고 오빠를 존경스러운 눈으로 바라봤다. 겸연쩍은 듯이 웃으면서 오빠가 대답을 이었다.

"협회의 임원 분들은 청소년 대표를 뽑는 명확한 기준을 가지고 계셔. 우리 협회에서 활동하면서 직접 다양한 경험을 해본 사람, 한국의 인구복지협회가 어떤 활동을 펼치고, 인구정책을 잘 시행하고 있는지를 잘 알고 이야기 할 수 있는 사람이 회의에 참여해서 협회를 대변할 수 있는 거니까."

"그럴까요? 그래도 영어 면접이 있으니 떨리는 게 사실이에요."

"솔직히 내 영어 실력은 해외에서 몇 년씩 살다 온 네이티브에 가까운 친구들에 비하면 게임이 안 될걸. 그래서 의기소침한 상태로 면접에 갔었지. 그래도 자신감 있게 내가 아는 것을 차분히 이야기한 부분을 좋게 봐주신 것 같아. 협회에서 하는 다양한 활동을 이끌면서 나름대로 지식도 많아진 상태였고. 삼 일간이지만 그 회의의 경험은 정말 값졌어. 꼭 추천하고 싶어! 강력 추천이야!"

'세상에는 스펙업카페(다양한 대외활동 및 취업 관련 활동 정보를 공유하는 카페)에 없는 신기한 경험을 할 수 있는 단체도 많이 있구나. 당장 지원해보자!'

심장이 두근거렸다. 〈광장〉프로그램을 마치는 즉시 충북지회에 전화를 걸었다. 그리고 일주일 뒤에 〈탑어스〉Top-us에 입단할 수 있었다.

탑어스 활동을 통해 1년 동안 충북지역 인근의 다양한 인구문제 관련 활동에 관심을 가질 수 있었다. 그리고 〈다 같이 돌자 동네 한 바퀴〉 프로젝트, 〈미혼모 여성 보호〉 프로젝트 등 많은 프로그램을 이끌면서 어느새 충북지회 단장이라는 자리에 오를 수 있었다. 또 6개월 뒤에는 전국 지부 〈탑어스〉 부회장을 맡아 《에티오피아 가족계획연맹》 사람들과 회의를 기획하는 경험을 하기도 했다.

차근히 준비한 소망. 마침내 2011년 4월, 잊고 있었던 '2011《IPPF》 말레이시아 총회' 공지가 다음카페에 올라왔다. 드디어 때가 왔다고 생각했다. 서류 전형, 영어 면접 등 2개월에 걸친 치열한 선발 절차를 거치고 마침내 일 년 만에 현석오빠의 뒤를 이어 2011년도 한국 단독 대표가 되었다. 멀고도 험난했지만 쿠알라룸푸르 회의장으로 가는 기회를 스스로 일구어낸 셈이다.

무겁고 격식 있는 국제회의? 재미있는 대화가 오가는 이야기 한 마당

쿠알라룸푸르 한 호텔의 국제회의장. 이곳에 한국인은 나 빼고는 아무도 없었기 때문에 내가 하나 뿐인 한국 대표다. 작년 〈국제청소년광장〉에서는 40명이나 되는 한국 대표들이 든든하게 뒷받침하고 있었기 때문에 심도 있는 주제를 혹 이해하지 못해도 중간 중간 친구들에게 물어가면서 대답할 수 있었다. 하지만 이번에는 쉽지가 않다.

'Reproductive health commodity security(피임 도구 및 약품의 공급량)', 'HIVHuman immunodeficiency virus(인간 면역 결핍 바이러스)', 'MARMaterial morbidity rate(일정 기간 내에 특정의 질환에 걸리는 환자수를 인구 1000명, 1면명 또는 10만 명으로 표시한 것)' 같은 의학적 용어들이 정신없이 오간다. 약어들이 한 문장 안에도 서너 개씩 쓰이는 이번 회의를 단독으로 참가했으니 정신을 바짝 붙잡고 있지 않으면·안 되었다. 한 번 흐름을 놓치면 오롯이 20분짜리 주제에 한국의 발

아름다운 쿠알라룸푸르의 밤

열띤 회의의 현장. 오늘의 논제가 뭐지?

언 기회가 사라진다. 이것은 해당 국가의 위상과도 직결되는 일이다. 정말 눈알이 핑핑 돌 지경이었다. 탁구처럼 진행되는 활발한 토의의 흐름을 놓치면 안 된다. 최종 선발되면서 나에게 주어진 수많은 자료더미들은 대부분 『성 생식 보건 및 권리에 관한 각종 전문 용어 해석집』과 그동안의 선언문들이었다. 그 자료를 그나마도 읽고 분석해 오지 않았더라면 큰 코 다칠 뻔 했다.

국제회의라 하면 다들 양복 입고 앉아서 마이크 앞에서 자기 차례에 차갑게 이야기하는 그런 회의만을 생각한다. 그러나 이번 회의는 참 놀랍다. 때로는 수업 같고 때로는 게임 같으며 때로는 캠프 같다. 외국인 친구들은 참 발표를 잘한다. 번쩍번쩍 손을 들기도 하고 사회자이면서 삼촌뻘인 팀Tim에게 성적인 농담도 서슴지 않는다. 심지어 팀은 능

뜨거운 열기의 회의 현장. 사회자는 필리핀에서 온 지로스

숙하게 그것을 맞받아치고 모두가 함께 재미있게 웃는다. 아무래도 우리 회의의 주제가 「성·생식 보건에 관한 아시아 태평양 지역 청년들의 역할」이기 때문이기도 할 것이다. 주제가 주제인 만큼 아시아 태평양 지역 23개국에서 온 대표들은 HIV와 낙태Abortion에 관한 수업을 들었다. 한국에서는 꾸벅꾸벅 졸기 일쑤였던 HIV수업, 과연 이곳에서는 어떻게 풀어낼까? 강사는 들어오자마자 소주잔을 양손에 들게 하고 반반씩 물을 담은 다음 빨대로 그 물을 빨아들여 다른 사람에게 전달하도록 한다. 이렇게 여러 차례를 거친 후 강사님이 시약을 모두의 컵에 주사하면 대부분의 이들은 보라색으로 색이 변하지만 어떤 이들의 컵은 초록색으로 변한다. 강사님이 초록색 컵을 가진 사람들이 결국 HIV에 감염된 사람임을 상징한다고 말하자 모두가 충격에 빠졌다. 놀라운 수업이다.

또 한 가지가 더 있다. 참가자들은 강사가 나누어준 콘돔을, 아무렇지

힘든 회의 끝에 문화체험 온다. 부킷빈탕의 활기찬 모습

않게 포장지를 벗겨내어 사용법에 대해 토론하면서 HIV에 대해서 의견을 나눈다. 한국에서 수십 년 동안 교육 받아온 나는 콘돔이라는 단어가 사용될 때마다 괜히 얼굴이 붉어졌고, 대화의 차례가 와도 목소리가 기어들어가기 일쑤였다. 그러나 외국 대학 친구들의 반응은 놀라웠다. 여자와 남자 성별에 상관없이 이 주제에 대해 거리낌이 없고, 다들 어떻게 해야 HIV감염을 막을 수 있을지 활발한 토론을 이어갔다. 이번 수업은 나에게 너무나 이상적이면서도 신선한 충격을 안겨주었고, 한국에서 단 한 번도 받아보지 못한 새로운 성교육이자 토론 수업이었다.

2박 3일의 짧은 기간이었지만 많이 배워 간다. 다양한 대외활동을 동시에 하던 대학교 2학년 시절. 하나하나 패스하는 마음으로 많은 것을 감당하고 있던 나에게 선택과 집중, 그리고 전문성과 책임감이라는 단어를 떠올리게 한 것이다. 나와 같은 나이 또래의 아시아 국가 친구들이 얼마나 다양한 생각과 해박한 지식을 가지고 있는지 눈앞에서 생생히 본 2박 3일. 다음 대외활동에서는 지금보다 더 성장해있는 나를 만날 수 있도록 더욱 더 노력하기로 다짐했다.

여행마침표

국제회의에서 만난 다양한 친구들

통역인 료지가 뒷받침해줬던 유미

우리 참가자들이 신기해하면서도 부러워하던 친구가 한 명 있는데, 그녀는 일본에서 온 유미(Yumi)다. 이곳 〈지역 청년 포럼〉Regional Youth Forum은 아시아 태평양 지역의 23개국의 나라가 모두 단 한 명씩의 청소년 참가자를 선발한다. EDExecutive Director라고 불리는 각국의 위원들은 대형 홀에서 국가적인 차원에서 실제적인 정책 이슈 대해 토론하고, 청소년 대표들은 '청소년들이 우리 지역 사회에서 해야 할 성 생식 보건에 관한 역할'에 대해서 논의한다. 그런데 신기하게도 일본인 참가자는 두 명이었다. 처음에 굉장히 의아했다.

'일본 협회의 입김이 세긴 센가 보네.'

하지만 그것보다 나를 놀라게 한 것은 남자 참가자였던 료지가 여자 참가자였던 유미의 담당 통역사였다는 것이다. 유미는 사회복지를 전공한 대학생인데, 이 회의에 참가할 만큼 전공지식은 충분했다. 하지만 해당 내용을 영어로 표현하지 못하기 때문에 유미의 생각을 표현할 수 있도록 통역을 지원해주었다고 한다. 어떻게 아주 작은 행사인 청소년 포럼에 통역을 붙일 수 있는지 일본의 그 저력이 실로 놀라웠다. 사회자 자야마르Jayamalar가 어떤 질문을 하면 료지는 "She speaks only Japanese."라고 이야기하거나, 자신이 대신 이야기하곤 했다. 내가 토론의 요지와 포인트를 잡기 위해 온 신경을 집중하는 동안 료지는 친절하게 유미에게 회의의 상황을 전달했다. 일본 협회 측의 이러한 지원이 있었기 때문에 유미는 일본의 사례를 구체적으로 이야기하고 선언문에 자신이 원하는 문장을 만들어 넣을 수 있었다.

말레이시아 참가자 피드, 몸이 녹아내릴 것만 같은 호스트

말레이시아 참가자였던 피드는 자신이 개최국가의 참가자라는 사실에 무척이나 책임감을 느꼈던 것 같다. 2박 3일간의 회의 중 첫날 밤에는 24명의 참가자를 이끌고 트윈 타워와 여러 쇼핑몰들을 돌면서 부키트 빈탕Bukit Bintang 거리를 안전하게 안내해주었다. 둘째 날에는 나와 라오스 참가자 오, 베트남 참가자 으웬, 중국 참가자 왕슈, 홍콩 참가자 키코를 데리고 네 시간 동안이나 말레이시아 관광에 동행해주었다.

"피드 어떻게 그렇게 영어를 잘할 수가 있어? 너랑 나랑 동갑인데 정말 신기해. 난 그동안 영어를 헛 배웠나 봐. 비결이 뭐야?"

"우리나라는 옛날부터 영국의 영향을 받아서 그런지 영어 사용이 혼재되어 있는 나라야. 학교 교육을 받지 못한 사람들 외에는 거의 대부분 사람들이 영어로 대화가 가능해. 영화관에 가면 미국 영화는 자막이 나오지 않을 정도야. 그래도 내가 노력하지 않으면 영어를 마스터할 수가 없어. 영어로 된 신문을 읽고, 날마다 팝송을 들었어. 매일매일 노력했지."

'다음번에 이런 회의에 오게 된다면 놀랄 만한 실력으로 다시 만날 수 있도록 해야겠어.'

영어를 배우기 쉬운 나라였기 때문에 영어를 잘한 것만은 아니다. 그가 한 영어 공부이야기를 주욱 듣자, 내 자신이 반성이 되었다.

대회에 참가해서 빡빡한 하루 회의 일정을 소화하는 것만으로도 녹초가 될 지경인데 피드는 얼마나 피곤했을까? 말레이시아를 알리고, 참가자들이 조금이라도 자기 나라를 긍정적으로 기억하기를 바라는 피드의 마음이 느껴졌다.

'민간외교관'이라는 건 그를 두고 한 말 같다.

이민호에 빠져 회의에 늦을 뻔한 중국 참가자 왕슈

한국 문화의 위상은 내가 한국에서 느끼고 생각했던 그 이상이다. 그야말로 상상 초월이라는 단어가 걸맞다. 작년 캄보디아 프놈펜의 중앙 광장에서 모든 청소년들이 한국 노래에 맞춰 한국 춤을 배우던 충격, 베트남에서 우리에게 소녀시대의 춤을 가르쳐주기까지 하던 쯔엉의 기억. 그건 정말 시작이었나 보다.

"한국에서 온 참가자구나! 이민호 좋아해? 나는 너무, 너무, 너무 좋아해! 내 아이패드와 핸드폰 배경 사진 모두 이민호로 도배되어있는걸. 네가 한국인인 게 얼마나 부러운지 몰라. 내가 한국에 살았다면 난 매일 방송국 앞에 서있었을 것 같거든!"

왕슈가 소리를 지르면서 반가운 듯이 내 두 손을 꼭 잡았다. 이민호가 주연인 《시티헌터》가 한국에서 그날 끝나면 1시간 뒤에 중국자막이 올라옴과 동시에 시청할 수 있다. 왕슈는 심지어 회의가 진행되는 그 날에도 새벽 3시까지 시티헌터를 봤다. 베트남 친구 으웬도 《시티헌터》라는 말이 나오자마자 소리부터 질렀고, 몽골 참가자는 빅뱅 대성의 교통사고 소식을 이미 알고 있었다.

'이렇게 핫한 뉴스들을 벌써 꿰고 있다니!'

이곳 모든 사람들은 한국인을 좋아하고 호기심에 넘치고 우리에 대해서 더 많이 알고 싶어 한다. 이것이 한류, 그리고 미디어의 힘인가 싶다. 나보다도 한국 가수와 배우를 더 잘 알고 있는 이 친구들. 나도 모르게 어깨가 으쓱해진다.

국제가족보건연맹(IPPF) 아태지역 청소년 회의   http://www.ppfk.or.kr

▶ 보건복지부, 인구보건복지협회와 연계해 인구·보건문제 등을 연구·홍보·봉사하는 전국연합동아리 〈Top-Us〉는 대학생들이 우리 사회 인구문제에 대한 인식 및 대안을 모색하고, 성건강 증진을 위해 인구보건협회가 운영하고 있다. 〈Top-Us〉는 1년에 한 번 말레이시아 쿠알라룸푸르에서 열리는 IPPF 아태지역 청소년회의에 파견하기 위해 한국 대표를 선발한다. 한국 대표자는 회의에 참석해 저출산 등 국내 보건복지 현황 등에 대해 발표하고 세계 각국 대표 학생들과 다양한 보건복지 정책에 대해 토론한다.

• 대상 〈Top-Us〉(인구문제를 생각하는 대학생들의 모임) 단원인 대학생
• 지원서 접수   5월 중
• 활동 내용   - 저출산, 고령화 등 국내 보건복지 현황 등에 대해 발표
               - 세계 각국 대표 학생들과 다양한 보건복지 정책에 대해 토론

★ 생생 체험 Tip

이번에 소개하는 대외활동은 국제회의이기 때문에 선발 과정부터 까다로웠다. 일단 〈탑어스〉 내에서 지회 봉사단 단장, 전국지부 임원진들에게 가산점을 주었다. 그리고 면접 전형에서는 PPT를 만들어 인구문제에 관한 프리젠테이션을 영어로 발표했다. 선발 후에도 『IPPF 전문 용어집』을 비롯해 담당자 선생님이 가득 안겨주셨던 다양한 공부할 거리를 읽고 정리해보았다. 또 그것을 영어로 바꾸어 내 의견을 전달할 수 있는 충분한 연습과, 마인드 맵핑이 필요하다. 필리핀 참가자로 우리 참가단의 대표로 선발된 지로스는 이 회의를 참가하기 위해 3개월 동안 공부를 했다고 말해줬다. 이 회의 대부분의 참가자들은 기본으로 2년, 3년 연속 참가한 학생들이었다. 따라서 이 회의가 어떻게 진행되는지, 주된 화제가 무엇인지 너무나도 잘 알고 있었다. 그에 뒤처지지 않으려면 만발의 준비가 필요하다. 힘든 준비 과정이 있는 만큼 열매는 단 법. 누구도 할 수 없는 경험을 하게 될 것이다.

페이스북 Everywhere!
딜라와 다시 만나다

《IPPF》(세계가족계획연맹) 말레이시아 Youth Forum 한국 청소년 대표

호텔 708호로 걸려온 전화

"헬로!"

"Sim, 나야 딜라!"

3일간 진행되던 국제회의의 첫날. 일정을 마치고 호텔에서 쉬고 있는데 호텔 프론트를 통해 외부에서 전화가 한 통 걸려왔다. 딜라였다! 작년 〈국제청소년광장〉 프로그램에서 모두를 언니 오빠라고 부르면서 인기를 독차지 했던 딜라! 나는 여러 참가자들 중에서도 특히 딜라를 좋아했다. 그래서 딜라를 내가 지도하는 태권도 공연 팀에 스카우트하기도 하고, 같은 그룹이 아니었는데도 불구하고 매일 연습실 구석에서 수다를 떨면서 친하게 지냈었다. 이번 회의 장소가 말레이시

국가 **말레이시아(아시아)**
수도 **쿠알라룸푸르**
언어 **말레이어**
활동도시 **푸트라자야**

아라는 이야기를 듣자마자 제일 먼저 떠오른 생각은 '딜라의 나라구나! 연락해봐야겠다.'였다. 그러고는 출국하기 전에 미리 페이스북으로 쿠알 라룸푸르에 머무를 예정이라는 메시지를 보내놨었다. 원래는 딜라가 캄 보디아에 갈 계획이 있어서 못 만날 수도 있다고 했었다. 그런데 그 약 속이 취소되어 내가 머무르는 호텔에 전화해 내 이름을 토대로 호텔 방 번호를 알아내어 겨우겨우 연락이 닿은 거란다. 내가 이 호텔에 있다는 정보만으로 나를 수소문해서 찾아준 게 너무도 고마워서 눈물이 날 뻔 했다.

"Sim, 회의가 끝나면 일정이 어떻게 돼?"

"인도를 가려던 일정이 취소됐어. 여동생이 오기로 했는데, 그 뒤에는 동남아시아 지역을 좀 돌아보려구."

"그럼 동생이 오는 날 밤까지는 우리 집에서 지내. 내가 회의가 끝나 는 날 호텔로 데리러 갈게. 친구 좋다는 게 뭐니!"

"오마이 갓! 고마워. 딜라, 쿠알라룸푸르가 은근이 치안이 걱정되는 도시라던데, 동생이 올 때까지 혼자 지내려니 막막했었어. 정말 고마워!"

딜라는 한국에서 내 덕을 정말 많이 봤다면서 이제는 갚을 차례라고 연신 흥분을 가라앉히지 못하는 말투로 약속을 정하고 끊었다.

말레이시아 전통을 체험하다

"Sim, 말레이시아에서 제일 해보고 싶은 게 뭐야?"

"음…. 난 지난 한 달간 유럽여행을 하고 돌아왔어. 그런데 유럽에서는 건물만 보고 온 느낌이야. 우리가 〈워크캠프〉를 하지 않은 이상 그냥 유 럽의 예쁜 마을, 탑, 성당과 사진 찍고 온 것 같았어. 나는 사람들 깊숙 이 들어가서 함께 있다 오는 여행이 체질인 것 같아. 그냥 네가 사는 그 대로에 내가 들어가는 여행을 하고 싶어!"

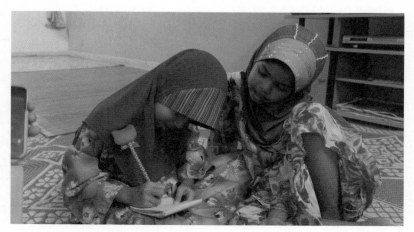

내 이름은 말이야! 열심히 적어주는 딜라의 조카들

"사람을 여행하고 싶은 거구나. 아! 우리 아버지 제사일이 오늘인데 거기 나랑 함께 갈래?"

"정말 내가 가도 될까? 좋아!"

이보다 더 좋은 여행은 없다고 생각했다. 딜라의 가족을 만나면 딜라의 삶, 그리고 말레이시아의 문화를 고스란히 느껴볼 수 있을 것 같았다. 그렇게 나는 딜라와 함께 쿠알라룸푸르Kuala Lumpur에서 1시간 30분가량 떨어진 딜라 고향으로 가게 되었다.

딜라 고향에 도착해 딜라 어머니와 큰언니를 만나 쇼핑을 하고 딜라의 둘째엄마 집으로 갔다. 말레이시아는 이슬람 국가이기 때문에 한 남자가 네 명까지 부인을 맞을 수 있단다. 그래서 딜라는 두 명의 어머니가 있다. 각 어머니로부터 형제가 다섯 명 정도씩 된다니 엄청난 대가족이다. 둘째어머니 집에서 치러진 오늘 제사를 위해 한국에서는 잘 볼 수 없는 엄청난 대가족이 모여 음식을 만들고 있었다. 조카들은 내가 외국인이라는 사실에 신기했는지 나에게 이것저것을 끊임없이 물었고, 딜라

말레이 전통 결혼식장에서. 딜라의 친구들과

의 어머니, 이모, 삼촌들은 나를 따뜻하게 맞아주셨다. 우리나라였다면 제사에 외국인을 데려온다는 일이 쉽지 않은 일일 텐데 모두들 나를 반겨주었다. 사려 깊은 딜라는 나를 위해 말레이시아 전통의상을 가져와주었고, 딜라의 어머니는 나를 위해 스카프까지 해주셨다. 오늘 하루는 이슬람 여성이 되는 거다!

의식이 시작되고 20명의 남자 친척들이 얇은 경전을 처음부터 끝까지 읽기 시작했다. 점점 졸음이 쏟아졌지만 눈을 부릅뜨고 어떤 말소리가 들리는지 듣기 위해 노력했다. 중간에 '라일라하일라와'라는 단어가 100번 정도 들리고 나서 비로소 다른 식순이 진행되었다. 태어나서 처음해본 색다른 경험이었다.

언젠가 이태원의 이슬람 모스크를 방문했을 때 나는 남자들만 중앙문으로 들어가고 여자들은 구불구불한 계단을 통해서 2층으로 올라가는 게 남녀 차별이라고 생각했다.

"여자들이 1층에서 함께 예배를 드리면 남자들이 기도에 집중할 수

푸트라자야 정부청사의 멋진 야경

없기 때문에 여자들이 다른 층을 씁니다.”

　사원 관계자 분의 대답을 들은 나는 당돌하게도 ‘그럼 남자들이 2층을 쓰면 안 될까?’라고 생각했었다. 무슬림이 인구의 상당수를 차지하는 이 나라에서 또 다른 비슷한 장면을 목격했다. 제사를 지낼 때 남자들은 중앙에서 의식을 주도하고, 밥도 중앙에서 먹는다. 여자들은 부엌 언저리에서 밥을 먹고 기도도 부엌에서 드렸다. 자칫 남녀 차별적으로 보일 수 있는 부분이 있지만 내 잣대로 그것을 판단할 수는 없다. 그들의 문화이기 때문에 잘 알지 못하는 상태에서 함부로 생각할 수만은 없는 일이다. 그래도 이슬람 문화의 한 단면을 눈으로 직접 보고 체험하니 느껴지는 점이 많다. 기회가 된다면 딜라나, 이웃 나라의 무슬림 여자 친구들에게 이러한 문화 현상에 대한 의견을 물어보리라 다짐했다.

　나도 한쪽 구석에서 여자 친척들과 앉아서 밥을 준비하고, 저녁 식사를 하려는데 TV로만 보던 광경을 목격했다. 모두가 수저 없이 손으로 음식을 먹고 있었다. 인도에서만 그렇게 먹는 줄로 알았다. 그런데 이곳 사람들도 부슬거리는 밥을 손으로 긁어모아 치킨비프커리와 함께 밥을 먹었다. 그들처럼 쉽게는 되지 않아 20분 동안 밥 반의 반 공기를 겨우 입에 넣었지만 매우 재미있고 독특한 체험이었다. 딜라의 가족들도 내가 말레이시아 전통의상을 입고 손으로 음식을 넣고 있는 모습이 기특했는지 연신 반찬을 집어 입에 넣어주고는 환하게 웃어주었다.

이틀 뒤면 한국에서 동생이 도착하는데, 나와 동생이 지낼 숙소에 대해 계속 걱정해주고, 호텔마다 함께 찾아가주면서 적당한 호텔을 고민해준 딜라. 사람이 많은 혼잡한 길거리에서는 행여나 내가 길을 잃을까 손을 꼭 잡고 이끌어주던 그녀. 유럽 여행 한 달을 포함한 타국에서의 긴긴 여행에 너무 오래 지쳐있었는지 나는 그 친절이 눈물나게 고마웠다.

딜라의 집은 쿠알라에서 30분 정도 떨어진 푸트라자야Putrajaya라는 말레이시아의 행정 수도 기능을 하는 곳이다. 깔끔한 주거촌인 이곳은 매우 안락하고 편안했다. 딜라는 자신의 침대를 내어주고 자신은 간이침대에서 잠을 청했다. 그러면서도 나를 위해 페칸바루로 가는 에어아시아 항공티켓을 알아보는 데 분주했다. 다른 나라 친구와의 인연이 이렇게 까지 깊게 발전하다니. 나를 진심으로 대해주는 그녀의 모습을 보면서 '온 마음을 내어주는 우정'을 진하게 느꼈다. 말레이시아를 여행한 것이 아니라 말레이시아 사람과 문화를 잘 여행하고 돌아가는 것 같아서 그 어떤 여행보다 보람찼다.

일리아스 가족이 되어
파당 지역 축제의 인기스타가 되다!

파당시장과 함께 지역 축제 뉴스 인터뷰 및 VIP 참석

한 달 학원비를 투자해 동남아시아 여행을

나에게는 7살이나 어린 여동생이 하나 있다.

"언니, 어디가?"

"응 이번에는 한 달간 유럽 여행을 하고, 바로 그날 다시 출국해서 말레이시아 국제회의에 참석할 거야. 그리고 10일간은 한국에서 오는 친구와 쿠알라룸푸르에서 출발해서 인도를 자유여행 하고 오려고."

"좋겠다. 나는 언제 대학생이 되지? 내가 열심히 공부하고 있을 여름 방학에 언니는 세계를 누비다가 오는 거겠네…. 나도 해외봉사 다녀보고 싶다. 나도 한 번 해보면 잘할 수 있을 것 같은데 잘 다녀와. 이번 방학에는 공부에 집중해야

국가 **인도네시아(아시아)**
수도 **자카르타**
언어 **인도네시아어**
활동도시 **페칸바루, 파당**

겠어."

"응 미안해. 삼 년 뒤에는 우리 같이 해외봉사활동도 같이 하고 즐겁게 함께 다니자. 조금만 더 힘내 동생!"

한창 내가 신나게 해외를 오갈 때, 동생은 이제 막 입시 준비에 접어든 학생이었다. 고등학생에게 여름 방학과 겨울 방학이란, 부족한 공부를 채워주고 수능 준비를 슬슬 시작해야 하는 시기라서 해외여행은 꿈도 못 꾸는 시기다. 동생과 한 번쯤 함께 해외봉사를 다녀오고 싶었지만 아직 너무 어리다고 생각했다. 언제나 내가 다녀온 이야기를 해주면 눈을 반짝이면서 밤을 새도록 내 이야기를 들어주었다.

이번 말레이시아 국제회의는 3일 만에 종료되었는데 아무래도 주변 국가를 더 여행하고 싶어 인구복지협회 담당자님께 15일 일정으로 티케팅을 부탁드렸었다. 용기 있게 자유여행을 해야겠다고 생각했지만 혼자서 동남아를 십 일이나 다니자니 너무 외로울 것 같았다. 전화로 나의 이런저런 고민을 들어주시던 엄마는 의외의 제안을 하셨다.

"소은이를 데려가는 건 어때? 이렇게 좋은 기회가 어디 있겠니. 십 일이나 너 혼자 여행을 한다면 걱정인데, 오히려 네가 동생이랑 함께 있으면 엄마는 안심일 것 같아. 혹시 구석구석에서 봉사할 만한 일들이 생기면 동생도 좀 경험시켜주고. 그게 우리 딸들에게 잊지 못할 추억으로 남게 될 거야."

"역시 엄마는 신여성이야. 정말 괜찮겠어? 소은이 학원은 어떡하고?"

"방학 열흘 정도 공부 안 한다고 해서 등수가 몇백 등 떨어지겠니? 엄마는 차라리 소은이가 10일 동안 조금 더 넓은 세상을 공부하고 왔으면 좋겠어. 학원 한 달 안 보내는 비용으로, 엄마가 여행 경비 지원해줄게! 아빠도 동의하셨어."

쿨한 부모님의 결정으로 급작스럽게 동생의 동남아시아 여행이 확정

되었다. 그 소식을 들은 동생은 너무 좋아서 삼 일 내내 잠을 설쳤을 정도로 신이 나있었다고 한다. 급하게 홍콩을 경유하는 비행기 티켓을 구매해서 소은이에게 보내주었다.

"너 정말 혼자 올 수 있겠어?"

"응 언니. 영어로 의사소통할 수 있으니까 잘 찾아갈 수 있을 거야. 나혼자 인천공항에서 홍콩을 경유해서 쿠알라룸푸르로 가다니! 생각만해도 짜릿한 경험이야. 마중만 잘 나와있어. 내가 곧 그리로 갈게!" 그렇게 다소 용감한 자매의 10일간의 동남아 자유여행이 시작되었다.

말레이 딜라가 소개시켜준 인도네시아 딜라

쿠알라룸푸르에서 국제회의가 끝나고, 무사히 동생과 합류를 해서 자유여행을 시작하게 되었다. 우리의 다음 목적지는 인도네시아로 결정되었다. 아무 계획이 없던 우리가 인도네시아 페칸바루라는 작은 소도시로 여행하게 된 것은 신기한 인연 때문이다. 소은이가 도착하기 삼일 전, 한 쇼핑몰에서 딜라의 또 다른 친구가 나에게 반갑게 인사를 건넸다. 딜라와 〈SEYAP〉이라는 국제 토론 프로그램을 같이했던 인도네시아 대학생인데 청소년 개발부에서 일하다가 말레이시아에 올 수 있는 기회를 얻어 3일 동안 프로그램에 참여하고 며칠 뒤에 돌아간다고 했다. 마치 내가 말레이시아 딜라를 〈광장〉에서 만나서 다시 쿠알라룸푸르에서 만난 것처럼, 말레이시아 딜라도 이 친구를 다시 재회한 것이다. 우연찮게도 그 만남이 하루 겹쳐서 우리는 모두 부킷 빈탕거리에서 함께 만나 이야기를 나눌 수 있게 되었다.

신기한 건 이 친구의 이름도 '딜라'라는 것. 말레이 딜라는 우리를 타임스퀘어 건물에 데리고 갔고 그곳에서 말레이 딜라의 직장 동료와 또다른 직장 동료의 가족과 모두 만나 식사를 하면서 이야기꽃을 피웠다.

인도네시아 딜라는 한국에 무척 관심이 많았고 무척 친절하고 재밌는 친구였다.

"Sim, 그럼 너의 다음 일정은 어떻게 되는 거야?"

"음, 에어아시아를 이용해서 방콕과 파타야를 둘러볼까 해. 그런데 아직 숙소도 비행기 표도 안 구했어. 오늘 저녁에 해봐야지. 그런데 아는 친구가 없어서 조금 슬퍼. 이왕이면 친구가 있는 도시에 가서 그 나라를 조금 더 배워보고 싶기도 한데 말이야."

"그래? Sim, 혹시 내가 사는 도시에 올 생각은 없니? 인도네시아 페칸바루라는 지역인데 매우 작은 소도시기는 해도, 내가 있으니까 네가 머무르는 동안 우리 집에서 지내면서 인도네시아를 흠뻑 느껴보는 건 어때?"

"우와! 정말? 내가 그래도 될까? 너희 가족에게 실례가 되지 않는다면야 대찬성이지!"

"당연하지, 우리 가족은 내 친구들을 언제나 환영해. 파당이라는 곳에 우리 가족들이 다 살고 있는데, 내가 고향에 내려갈 거니까 고향집에도 같이 가보자. 곧 있을 라마단 축제에도 함께 참여해보면 좋을 것 같아."

평소 그 나라 사람들의 삶에 깊숙이 들어가보고 싶어 했고, 무엇보다 내 제2외국어가 아랍어라서 그런지 이슬람교의 큰 행사인 라마단을 체험해 볼 수 있다는 사실이 너무나 흥미로웠다. 나는 망설이지도 않고 내 태국 일정을 대신해 인도네시아로 가겠다고 약속해버렸다. 아쉽게도 인도네시아 딜라는 다음 날 인도네시아로 떠나야 해서 일찍 가게 되었고 일주일 뒤에 딜라의 도시에서 만나기로 약속하고 헤어졌다. 그리고 이틀 뒤 나는 인도네시아 페칸바루로 가는 비행기를 예약했다.

페칸바루 모스크 전경. 나라마다 모스크 디자인에도 특색이 있다

새로운 도시 페칸바루, 모험가가 되어 출발

"Sim, 다시 한 번 잘 생각해봐. 아무리 인도네시아 딜라가 내 친구라지만, 그 동네는 볼 게 아무것도 없어. 뭣 하러 그 시골 동네에 간다는 거야? 이왕이면 방콕이나 발리 같이 여행하기 좋은 곳을 가봐."

페칸바루로 떠나기 하루 전까지 말레이시아 딜라는 인도네시아 작은 소도시에 초대되어 가는 나를 말렸다. 혹여나 내가 휘황찬란한 여행지라고 기대하고 갔다가 실망할까 봐 노심초사하는 얼굴이었다.

"딜라, 나는 정말로 괜찮아. 관광이라면 이미 유럽에서 한 달 내내 하고 왔는걸. 멋진 호텔에서 수영하는 휴식, 아니면 화려한 야시장에서 즐기는 여행은 나이가 들어서도 충분히 할 수 있어. 이렇게 친구가 있을 때 그 친구네 집에서 일주일 동안 함께 살아보는 여행은 내 생에 많지

딜라네 대가족. 남자친척 여자친척, 아이들이 따로 식사를 한다

않을 경험이라고 생각해. 난 이런 게 여행이라고 생각해."

이렇게 이야기하자 딜라도 더 이상 나를 말리지 않았다. 하긴, 페칸바루로 가는 비행기를 끊고 인터넷으로 검색해봤지만, 한국인이 페칸바루를 여행했다는 블로그 글은 눈 씻고 찾아봐도 없었다. 아마도 여행지로 적합하지 않거나, 아직 알려지지 않은 미개척지겠지. 하지만 가지 않은 길을 가본다는 설렘 또한 즐거운 것이었다. 노트북으로 페칸바루를 검색해보니 네이버 백과사전에 다음과 같은 설명이 나왔다.

파칸바루Pakanbaru라고도 한다. 페칸바루란 '새로운 시장'이란 뜻이다. 수마트라 섬 중부의 서쪽 연안에 있다. 수마트라에서 가장 오래 전부터 개발되었을 뿐만 아니라 전통적 문화 중심지인 미낭카바우 지역(파당 고원)을 배후에 끼고 있기 때문에 그 문호로서 중요한 위치를 차지한다. 따라서 1680년 이후에는 네덜란드의 상인들이 상륙하여 향신료 무역기지가 되었다. 적도 부근이기 때문에 기후는 고온다습하고 연평균 강수량은

4,000mm가 넘는다.

"수마트라 섬이라면 평소 지진으로 신문 뉴스에서 가끔 소개되는 지역 아니야 언니?"

"응, 몇 년 전에도 크게 뉴스에 났던 것 같은데. 뉴스에 나오는 지역을 다 가보네. 이번 여행은 뭔가 신비하면서도 뜻깊은 여행이 될 것 같아!"

나와 동생은 마치 새로운 탐험을 하는 탐험가의 마음으로 쿠알라룸 푸르에서 한 시간여 동안 날아, 페칸바루 공항에 도착했다. 공항이라고 부르기 민망한 작은 규모로, 과연 이곳이 소도시임을 증명해주는 것 같았다. 출구로 나가자마자, 젊은 남자 둘이서 'SIM GOEUN, SIM SOEUN'이라고 프린트되어있는 작은 종이를 나무젓가락에 붙여 귀엽게 흔들고 있었다. 그들의 이름은 토리와 티코! 딜라의 친한 친구들인데, 딜라로부터 퇴근 시간이 될 때까지 우리의 시내 관광을 맡아달라는 특명을 받고 마중 나왔다고 한다.

"어서와! 배고프지? 밥부터 먹자. 인도네시아 전통 요리 먹어본 적 있어?"

"아니! 제대로 된 전통 요리 먹어보고 싶어"

"좋아, 그렇다면 인도네시아 전통 요리 집으로 모실게!"

인도네시아 전통 방식으로 지어진 으리으리한 집으로 들어가니 처음 보는 음식들이 많았다.

"이건 나시고랭, 이건 사테, 이건 사삐. 우와 많다. 마음껏 먹어. 손으로 먹을 때는 쌀이 잘 뭉쳐지도록 먹어야 해."

"말레이시아에서 손으로 먹어보기는 했지만, 익숙치 않아서 입에 들어가는 게 얼마 없어."

한참을 밥알들과 실랑이를 하다 울상으로 말하니 티코가 웃으면서 직접 시범을 보여주었다.

"잘 봐! 손으로 먹을 만큼의 밥을 적당하게 모은 다음 밥을 꾹꾹 눌러 뭉쳐. 그리고 슬쩍 든 다음 스냅을 이용해서 입안에 휙! 하고 넣는 거지. 어때?"

"오! 정말 된다! 된다! 은근히 이렇게 먹는 게 더 내 스타일인 것 같은데?"

인도네시아 음식은 하나같이 내 입맛에 맞았다. 외국 음식은 거의 못 먹는 게 없다고 자랑을 해놓은 터라 토리가 권유한 '호랑이 심장'을 두 개나 먹었다. 티코와 토리가 뒤로 넘어갈 듯 깔깔대면서 웃는 걸 보니 이건 왠지 남성에게 좋은 음식이었던 것 같다! 어찌되었던 그들의 음식을 맛있게 먹으니 얼마나 좋아하던지. 음식 이야기를 하면서 훌쩍 친해진 느낌이 들었다. 이렇게 시간 가는 줄 모르고 페칸바루를 관광하고 나자, 딜라가 서둘러 우리를 데리러 와 주었고 정신없이 피곤한 우리들을 위해 숙소를 마련해주어 편안한 밤을 보낼 수 있었다. 우리나라로 치면 자기 혼자 대도시에 와있는 것이라 원룸에서 지내는데 우리가 편하게 지낼 수 없을 것 같아 호텔을 따로 잡아주었다고 한다. 한 번밖에 만난 적 없는 나와 동생을 위해 엄청난 친절을 베푸는 딜라에게 말로 다 할 수 없는 고마움을 느꼈다.

일리아스 그룹으로 대활약하다

딜라의 고향은 파당 지역! 딜라는 성인이 되어 페칸바루에서 지내고 대부분의 식구들은 파당 지역에서 뿌리를 내리고 산다고 한다. 딜라의 차를 타고 네 시간을 달려, 해가 뉘엿뉘엿 질 즈음이 되자 딜라의 집에 도착할 수 있었다. 가는 길의 풍경은 한가함 그 자체였다. 평화롭고 행복해 보이는 사람들. 답답하고 복잡한 서울 생활을 벗어나 이렇게 인도네

시아 어느 섬에서 울퉁불퉁한 진흙길을 달
리고 있는 이 여행이 참 즐거웠다. 딜라의 큰
엄마 댁에 도착하자 우리나라의 대명절에
친척집에 들른 것처럼, 60명도 넘는 대가족
이 딜라의 큰집에서 식사를 하고 있었다. 세
상에나!

"딜라, 어서와. 외국인들이 함께 왔네? 이
친구들은 누구니?"

딜라의 큰엄마가 반가운 눈으로 우리를
봤다가 다시 딜라를 번갈아 보면서 물었다.

"네, 큰엄마. 한국에서 온 제 친구들이
에요. 라마단을 기념하는 축제를 구경하
고 싶다고 해서 이렇게 고향까지 데리고 왔
어요."

특종 찾아 삼만 리. 우리를 취재해주신 기자아저씨

"그랬구나! 반가워요. 편안히 쉬다가 지칠
때쯤에 한국으로 돌아가! 음식은 배가 터질
만큼 마련되어있으니 어서 와서 먹어! 그리고 모든 가족들에게 인사해!"

인도네시아 전통 축제를 보러 온 이곳에서 일 년에 한 번씩 모인다는
가족 모임까지 볼 수 있다는 게 너무나 신기했던 저녁 식사. 모든 가족
들이 뷔페에서 볼 수 있는 동그란 접시에 닭고기, 밥 등 여러 가지 반찬
을 담아 마룻바닥에 그릇을 두고 식사를 하고 있는 진풍경이 펼쳐져있
었다. 어느새 적응이 되었는지 이제 손으로 밥 먹기는 일도 아니었다. 아
랍어가 제2외국어인 나지만 그래도 이슬람 가정 문화에 대해서는 무서
움이 알게 모르게 존재했던 것이 사실이었다. 전통의상을 입은 남자들
이 한 방에 가득 모여 밥을 따로 먹고 있었다. 내가 말을 걸어도 되는 것

일까 생각하면서 쭈뼛거리고 있었는데, 쓸데없는 기우였다. 너무나 가정적이고 친절한 이슬람 남성들. 모두가 친절하고 유쾌했다. 어느새 딜라의 가족 사이에서 깊은 편안함을 느꼈다.

본격적인 마을 축제가 시작되던 다음 날 아침. 딜라가 60장이 넘는 티셔츠를 나누어주느라 분주해 보였다.

"딜라, 이 티셔츠는 뭐야?"

"응, 이건 우리 가족만의 특별한 전통인데. 가족 티셔츠를 맞췄어. 등 뒤에 '일리아스 그룹'이라고 쓰여 있는 게 보이지? 우리의 성씨가 일리아스인데 이 티셔츠를 입고 축제에 가. 소속감을 느끼기에도 좋고, 뭔가 즐거운 행사 같아서 오래전부터 그렇게 해왔어."

"정말 신기하다. 가족애가 남달라 보이는데?"

"응, 우리 가족이 이 마을에서 꽤 숫자가 많은 편이라 이 티셔츠를 입고 행사장에 가면 우리 가족을 쉽게 찾을 수 있어. 너희가 온다고 해서 너와 소은이의 티셔츠도 준비해뒀어. 자! 입어봐."

"정말? 고마워 딜라! 그럼 오늘도 우리도 고은 일리아스, 소은 일리아스로 활동할게!"

블로그를 찾아보니, 이슬람 성월인 라마단이 시작되는 10일 전부터 인도네시아 무슬림들은 자신의 큰집이나 부모님이 살고 있는 집에 온 가족이 모여 기도한다. 그리고 점심을 같이 하고 조상의 묘지를 찾아 다시 기도하는데, 이를 루와한Ruwahan이라고 한다. 바로 그 루와한을 우리가 직접 경험하게 된 것이다. 이 지역 역시 라마단을 앞두고 대대적인 지역 축제가 열리고 온 마을 사람들이 그 축제를 즐긴다. 먼저, 축제 첫날 아침에는 그들의 조상의 성묘에 따라갔다. 60명의 친척들이 같은 티셔츠를 입고 산을 올라가는 모습은 진풍경이었다. 한국처럼 풀을 뽑고 산소와 같이 생긴 곳에 술을 뿌릴 것이라고 예상했지만 술을 마시지 않는 무슬림이기 때문에 라임수를 조상에게 뿌린다고 한다. 할아버지 댁에서 추석에 성묘를 가는 경험과 흡사한 경험을 이곳에서 하다니. 이들도 우리와 다를 것 없이 그렇게 살아가는 사람들이었다.

드디어 마을 페스티벌이 벌어지는 현장. 라마단이 시작되기 이틀 전, 기념으로 읍내 단위의 마을 축제에 우리가 떴다! 모든 사람들이 일리아스 그룹이 등장하자 웅성웅성거린다. 모르긴 몰라도 이 마을에 지주 집안이었던 것 같다. 뼈대 있는 가문쯤 되나 보다. 지역 유지인 그들이 한국인까지 데려오자 시선은 모두 우리에게 집중되었다. 딜라의 이모가 나에게 카누대회에 나가겠느냐고 물었다.

"Sim, 카누대회에 참여해 볼래? 여자부 경기에 도전해보자."

"그럴까요? 한 번도 해본 적은 없는데 재밌을 것 같아요."

문화체험이라면 뭐든 가리지 않는 나니까 당연히 하겠다고 했다. 내가 앞에 타고 이모가 뒤에 탄 후 2인 1조로 열심히 노를 저었다. 수많은 사람들 속에서 긴장하면서 정신없이 노를 젓는 것에만 집중을 하고 있었는데 얼떨결에 일 등을 하게 되었다. 모두들 환호성을 지르며 다가왔다. 재미있게도 Sim의 경기력이 너무 좋았다며 즉석에서 나의 팬클럽이 결성되었다. 우리는 다 같이 노래를 흥얼거리며 카누를 타고 맛있는 것을 사 먹으면서 온 힘을 다해 즐겼다. 그렇게 크게 웃은 것은 정말 오랜만이었다. 그 순간 정말로 '행복하다'고 생각했다.

축제 다음 날, 딜라는 오늘은 어제보다 다섯 배나 많은 사람들이 참가하는 큰 행사가 있을 것이라고 이야기해주었다. '설마 얼마나 많은 사람들이 오겠어?'라고 생각한 것은 큰 오산이었다. 정말 규모가 어마어마했다. 인도네시아 전통가옥 모양의 배가 수십 척이 지나다니고, 사람들은 물장구를 치면서 저마다의 방식으로 축제를 즐겼다. 신기한 색깔의 수박을 먹고 노래를 부르고 웃고 떠들면서 축제를 마음껏 즐기던 차였다. 소은이와 나는 둘 다 처음 보는 이 광경에 감탄사를 연발하여 이곳저곳을 돌아다녔다.

"좀 더 높은 곳에서 축제를 구경해볼까? 저 위에 단상 쪽으로 가자!"

"언니, 저기 경호원들이 둘러싸고 있는 사람. 뭔가 대단한 사람 인가 봐. 괜히 옆에 갔다가 위험해질 수도 있을 것 같아. 여기 뒤쪽에 조심히 서있자."

말을 하기 무섭게 검은 양복을 입은 경호원들이 우리를 향해 다가왔다. 슬그머니 내려가려던 차, 그 '대단한 사람'이 우리에게 손짓을 했다. 두려움 반, 호기심 반으로 단상 위로 올라가게 되었다.

"딜라, 저분은 누구셔?"

"이 파당 지역 시장님이셔. 그런데 우리가 반가우신 모양이야."

"우리가 누군 줄 알고? 얼른 내려가자. 무서워!"

딜라가 깔깔 웃으면서 시장님이 계신 곳으로 손을 잡아끌었다.

"Sim, 저분은 날 알아. 내가 미리 말하지 못한 게 있는데. 사실 나는 미스 인도네시아였어. 그래서 시장님과도 자주 뵙곤 해. 내가 피부색이 다른 외국인을 데리고 왔으니 뭘 좀 물어보고 싶으신가 봐."

딜라가 미인대회 1등 출신이라니! 어쩐지 좀 심하게 예쁘다 했었다. 우리가 이런 인기 스타의 친구였다니! 우리가 VIP석으로 가자, 그때부터 수십 명의 뉴스 기자, 신문 기자들이 우리 주변으로 몰려들기 시작했다. 시장님은 간단히 딜라와 대화를 나누더니, 우리에게 인사를 건네고 우리와 함께 나란히 서서 뉴스 인터뷰를 시작하셨다!

"언니 이게 무슨 일이지? 우리 지금 뉴스에 나오고 있는 거야?"

"응, 생방송인 것 같아. 시장님과 함께 뉴스라니! 살다 살다 이런 일도 있네."

기자들이 수첩을 펴고, 시장님의 말씀 한마디 한마디를 열심히 적

시원하다! 흥겨운 축제 한마당

었다. 시장님이 편안히 웃으면서 우리의 어깨를 감싸면서 마이크를 넘겨주셨다.

"우리 지역에 방문하게 된 계기가 무엇인가요?"

"네, 딜라라는 친구를 통해 이 지역을 알게 되었어요. 이 마을 축제가 유명하다고 하기에 꼭 방문해보고 싶었어요. 한국인으로는 이 지역에 처음 방문하는 것이라고 하던데, 정말 와볼 만한 축제라고 생각합니다. 좋은 경험을 하게 해주셔서 감사합니다. 이 아름다운 축제를 꼭 한국에 돌아가서 알리도록 하겠습니다!"

시장님은 흡족하다는 듯이 마이크를 넘겨받았다.

"네, 한국에서까지 우리 지역의 축제를 보러 오는 것으로 보아, 이제 우리 지역의 축제가 세계로 발돋움을 하고 있다는 것이 확실해지고 있습니다. 앞으로도 우리 축제가 점점 더 널리 알려지도록 노력하겠습니다."

과연 시장님이시다. 발 빠르게 우리의 멘트를 캐치해서, 이 지역 축제를 곧 세계적인 축제로 포장하셨다. 뉴스 인터뷰가 끝나자 이번엔 신문사 기자들이 우리 주변을 둘러쌌다. 기자들은 아마도 내일 자 지역신문과 TV에 우리가 톱으로 등장할 것이라고 했다. 바로 그날 저녁에 떠나야 했기 때문에, 시장님의 저녁 식사 초대도, 우리가 나온 방송도 보지 못한 채 다시 페칸바루로 돌아온 것이 아쉽기만 하다.

그날 밤 가족들과 인사를 하는데 모두들 눈물이 그렁그렁했다. 3박 4일이라는 짧은 시간임에도 불구하고 모두들 정이 들었나 보다. 잠시나마 일리아스 가족이 되어 잊을 수 없는 추억을 선물 받았다. 먼 친척도 아닌 타국에서 온 우리를 위해 최고의 호의를 베풀고 사랑을 나눠준 고마운 사람들. 꼭 다시 올게요, 일리아스 그룹!

08 인도네시아. 탄중피낭

자유여행인 듯
자유 아닌 교육봉사여행

탄중피낭대학교 라디오 게스트 및 탄중피낭 초등학교 초청강연

라디오 깜짝 게스트가 되다!

하루살이 여행자에게 내일이란 없다. 하지만 그만큼 예상치 못한 몇 배의 기쁨이 새로운 인연과 함께 찾아오기도 한다. 페칸바루에 도착한 첫날, 딜라가 우리의 다음 여행지는 어디냐고 물었다.

"글쎄…. 일단 싱가포르에 친구가 있어서, 그 친구를 만나면서 이틀 간 묵을 예정이야. 그런데 그 뒤에는 어디로 가야 할지 모르겠어. 우리에겐 에어아시아 항공이 있으니까 문제없어! 하하하. 추천해줄 만한 곳 있니?"

"아! 싱가포르 주변이라면, 페리를 타고 한 시간만 가면 다시 인도네시아가 나와. 그곳에 내

국가 **인도네시아(아시아)**
수도 **자카르타**
언어 **인도네시아어**
활동도시 **탄중피낭**

뛰어들고 싶은 바다. 휴양지로 유명한 탄중피낭의 풍경

친구가 사는데 그 친구에게 연락해볼까? 외국인 친구 사귀는 것을 너무 좋아해서. 작년에는 그 친구 집에 크로아티아에서 온 친구들이 다녀 갔다고 했거든."

"정말? 우리야 너무나 큰 행운이지! 배를 타고 다른 나라로 넘어가는 것도 좋은 경험이겠다."

두 시간도 채 지나지 않아 엠마라는 친구에게 페이스북 메시지가 왔다.

"안녕, Sim! 딜라에 집에 머물렀으면 엠마의 집에도 꼭 머물러야 해. 숙식을 모두 제공할 테니 꼭 우리 동네에 들르도록 해!"

유머 넘치는 메시지에 깔깔 웃으며 우리는 흔쾌히 그 초대를 받아들였다. 싱가폴에서 페리를 탄 지 한 시간. 우리가 마치 VIP가 된 것처럼, 배에서 내리자 이번에도 어김없이 엠마의 친구가 'SIM GOEUN'이 적힌

흰색 종이를 흔들고 있었다. 우리는 그 친구의 차를 타고 멋진 방갈로에 하루 묵은 후 다음 날 엠마를 만나러 떠났다. 엠마와 연락할 수단이 페이스북밖에 없었기 때문에 만날 시각을 정하고 접선지인 근처 호텔로 찾아갔다. 놀랍게도 엠마는 세 대의 오토바이와 함께였다. 우리의 짐을 싣기 위해서 엠마는 여동생 파마사리, 남자 친구 유자까지 섭외해서 우리를 편안히 에스코트했다. 외국에서의 오토바이 타기는 언제나 신나는 경험이다. 한국에서는 쉽게 하지 못하는 일인데도, 베트남이나, 캄보디아, 인도네시아에서는 꽤 자주 접했었다. 바람이 내 살갗을 직접 스치는 느낌. 이국적인 공기를 마시면서 달리는 느낌이 아주 짜릿했다. 때로는 자동차보다 오토바이가 주요한 교통수단인 도시들이 낭만적이라는 생각이 든다. 집에 도착하자 엠마의 어머니가 기다리고 계셨다. 서로 통성명을 하고, 직업 소개를 마쳤는데, 놀랍게도 엠마의 어머니와 여동생은 모두 인근 초등학교의 교사로 일하고 있었다.

"우와! 정말 신기하네요. 외국에서 저와 같은 직업의 분들을 만날 일이 거의 없었거든요."

"그래, 나도 마찬가지다. 몇 년 있으면 한국에서 초등교사로 일하겠네! 우리 아이들이 너희들을 보면 정말 유익한 시간이 될 것 같은데. 혹시 내일 우리 학교에 너희들을 초대해도 되겠니? 교장선생님께 공식적으로 여쭤봐야 하겠지만 흔쾌히 허락하실 거야. 한국 문화에 대해서 소개해주고, 한글을 가르쳐준다면 아이들에게 잊지 못할 시간이 될 거야. 이 아이들이 보는 최초의 한국인이 바로 너희가 될 거고!"

생각지도 못하게, 탄중피낭에서의 봉사여행이 시작되었다. 어떤 나라에 가서도, 그 나라에 초등학교에 꼭 방문하고 싶어 하던 나인데, 아주 좋은 기회가 생겼다. 더구나 초청 강연이라니! 비록 하루뿐이지만 열심히 준비해서 가야겠다는 생각을 하면서 저녁을 먹었다. 아이들에게 즐거운 경험을 안겨준다는 생각 때문인지 엠마의 어머니도 한껏 들떠 보였다. 라마단 기간이라 저녁 여섯까지 무렵까지 기다렸다가 모두 함께 식사를 했다.

이런저런 이야기를 하다가 저녁에는 엠마가 졸업한 대학을 구경가보기로 했다. 엠마의 대학으로 오토바이를 타고 떠나면서 "엠마, 너에게 대학이란 어떤 곳이야?"라고 물었다. "나에게 많은 배움을 준 곳이야. 나에게 잊지 못할 추억을 준 곳이고." 배움을 주었다는 말이 참 인상적이었다. 엠마의 대학에 도착하니 밤 8시임에도 불구하고 엄청난 인원의 학생들이 수업을 기다리고 있고, 심지어 계단에 앉아서도 공부를 하고 있었다. 모두들 엠마와 같이 배움의 기쁨을 누리고 있는 것 같았다. 엠마 덕분에 우리는 방송실로 안내되었다. 신기한 듯 이곳저곳을 둘러보는 사이 엠마가 DJ와 이야기를 나누는가 싶더니 흥미로운 이야기를 전했다.

"이 친구에게 너희 이야기를 했더니, 라디오 생방송에 게스트로 섭외해도 되겠냐고 하는데? 한국에서 온 친구들을 소개하는 코너로 한 시간 분량 정도가 될 거야. 요새 슈퍼주니어부터 시작해서 많은 한국 가수들이 인기를 끌어서 대학생들이 한국인 게스트를 정말 흥미로워할 거라고 했어! 어때? 해볼래?"

오늘의 깜짝 게스트가 된 것이다.

"고민할 게 뭐 있겠어! 바로 오케이지! 우리가 게스트로 초대되는 거야?"

인도네시아에 오니 연예인이 된 기분이었다. 뉴스, 신문, 학교 초청 강연에, 심지어 라디오 게스트라니. 매일매일이 믿어지지 않는 꿈같은 하루의 연속이었다. 우리의 방송이 교내 전체에 울려 퍼진다고 하니 영광이었다. 문자 메시지와 페이스북으로 실시간 질문을 받고, 우리가 그에

탄중피낭 대학교 라디오 초대 게스트! 떨리는 생방송의 순간

대답하는 형식으로 방송을 이어갔다.

"Sim, 방금 들어온 질문을 읽어 드릴게요. 어떻게 탄중피낭이라는 곳에 여행을 오게 되었나요? 사실 우리 지역은 패키지여행으로만 여행하는 지역이고, 세계적으로 잘 알려진 곳은 아니거든요."

"네. 저는 말레이시아에 국제회의 때문에 방문했다가 딜라와 엠마라는 친구와의 인연으로 이곳에 오게 되었어요. 한국인인 우리들을 이곳에서 좋아해줘서 정말 기쁩니다. 한국에 대해 궁금한 게 있다면 질문해 주세요."

한국에 대해 궁금했던 여러 질문들이 페이스북으로 쏟아져 들어왔다. 슈퍼주니어, 빅뱅을 아는 친구들이 그들을 실제로 봤냐고 묻기도 하고, 우리에게 노래를 불러달라고 주문하기도 했다. 일일 홍보 대사가 된 우리는 생방송이라 떨리기는 했지만 재미있는 경험을 마치고 감사 인사를 전하고 나왔다. 라디오 방송을 마치고 나가니 엠마가 우리를 학장실로 안내했다. 방금 라디오를 들으신 학장님께서 우리를 초대해주신 것이다.

그곳에는 학장님을 비롯한 여러 교수님들이 우리를 환영해주셨다. 생각지도 못한 환대와, 귀빈 대우에 어쩔 줄을 몰랐다. 대학 문양과 이름이 새겨진 니트 선물도 받고, 대학에 걸릴 홍보 기념사진 촬영까지 마치고 비로소 집으로 돌아갈 수 있었다. 돌아가는 길에 탄중피낭에서 유명한 야시장에 들러 라마단의 밤을 즐기면서, 엠마의 친구들과 새벽까지 서로의 이야기를 주고받았다. 생생하게 펼쳐지는 우리의 신선하고 흥미로운 여행이야기에 모두 귀를 기울여주었다.

탄중피낭 초등학교에 일일교사로 초빙되다

탄중피낭 초등학교 교장실. 온화한 미소의 교장선생님이 우리를 따뜻하게 맞아주셨다. 엠마 어머니의 노력으로 우리는 탄중피낭을 떠나는 날 아침, 초등학교에 방문할 수 있었다.

"한국에서 오셨다고요? 파마사리의 반 아이들과 열심히 대화를 나눠주세요. 모두 착하고 순수한 아이들이에요. 한국이라는 나라에 대해서 많이 배울 수 있는 시간이었으면 합니다."

교무실에서 한국의 교육 과정과 인도네시아의 교육 과정의 차이가 어떤지, 한국의 학교 문화는 어떤지 선생님들과 이야기를 나누면서 시간을 보낸 후, 파마사리가 담임으로 있는 반을 방문했다. 우리나라로 치면 초등학교 4학년 정도의 학생들이 공부하고 있는 교실로 들어갔다. 20명 남짓한 아이들이 나무 책상에 차분히 앉아 연필로 공책에 무엇인가를 열심히 쓰고 있었다. 모니터나 어떤 수업 도구도 없이 칠판 하나가 다인 아담한 교실. 우리가 급습하자 아이들은 부끄러운 듯 놀란 얼굴로 우리를 바라보았다.

"안녕하세요. 한국에서 온 Sim과 Sony예요. 오늘은 여러분들과 인사 나누고 한국에 대해서 소개하는 시간을 가지려고 해요."

김치! 순수한 미소로 맞아준 파마사리네 반 아이들

　파마사리가 인도네시아-영어 간 통역을 맡아주어서 수업을 편하게
해나갈 수 있었다. 언제나 그랬듯, 가져간 태권도 도복을 입고 태권무
를 선보이자 아이들이 호기심에 가득한 눈을 하고 박수까지 신나게 쳐
준다. 모두가 함께 일어서서 간단한 동작들을 배우니 어느새 어색함은
사라지고 모두가 하나가 되었다. 이어지는 수업은 한국어 수업. 소은이
는 영어로 간단한 생활 한국어 몇 문장을 가르쳐주었다. 인도네시아어
도 물론 글자는 알파벳을 사용하지만 발음은 조금씩 차이가 있다. 전날
부터 한국어 발음을 가르치려면 어떻게 해야 하나 고민하며 엠마에게
자문을 구했다. 확실이 미리 코티칭Co-teaching을 준비해가니 어려움 없이
학생들에게 '잘 먹겠습니다.', '사랑해요.' 문장을 효과적으로 이해시킬
수 있었다. 네 시간이라는 짧은 시간이었지만 아이들과 헤어지려니 울
컥 눈물이 났다. 사소한 가르침 하나에도 눈빛이 달라지는 아이들, 배움
에 가득한 욕구가 눈가에 묻어나는 것이 참 예뻐 보였다. 언젠가《인도
네시아 한국 국제학교》같은 곳에서 아이들을 가르치면서 이런 지역에

라마단 기간을 함께한 내 친구들. 해 진 후 꿀맛 저녁!

봉사를 와보고 싶다는 생각이 한가득이었다. 탄중피낭을 떠나는 마지막 날, 우리의 여행이 끝을 향해 가고 있었다. 탄중피낭 식구들은 왜 이리 정이 많은지. 눈이 부을 지경까지 펑펑 울면서도 몇 번이나 끌어안고 토닥이고를 반복했다. 한국에 오면 국빈처럼 대접해주어야겠고 소은이와 마음에서 우러나온 맹세를 하고 돌아섰다. 모두와 꼭 서울에서 만나자고 약속을 하고 다시 싱가포르로 가는 배에 올라탔다.

말레이시아 국제회의가 안겨준 10일의 자유 시간 동안 나는 사람 여행을 다녀왔다. 그 어떤 여행보다 사람 냄새가 폴폴 풍기는 정겨운 시간들이었다.

국가나 사회 또는 남을 위하여 자신을 돌보지 아니하고 힘을 바쳐 애씀. '봉사'라는 개념의 사전적 정의이다. 꼭 가난에 허덕이는 사람들에게 먹을 것과 마실 물을 제공하고, 긴급 재난 상황에서 목숨을 구해주는 활동만이 봉사는 아니라는 것이다. 우리는 자유여행 속에서도 깨알같이 한국을 알리는 홍보 대사가 되면서, 우리를 부르면 언제든지 달려갔다.

우리 자매의 이번 여행이 바로 앞서 말한 봉사의 개념을 포함한 문화여행이 아니었을까?

'요즘' 인도네시아 청년들과의 대담

라마단은 이슬람력 기준으로 아홉 번째 달을 의미하며 무슬림에게 매우 신성한 달로 여겨지는 금식월을 뜻한다. 라마단은 이슬람 선지자 무하마드가 메카에서 메디나로 이주한 사건인 헤지라 도중 겪었던 고난 과정을 체험하기 위한 종교적 행사다. 매년 라마단이 언제부터 시작되는지는 이슬람이 신성시하는 초승달을 관측한 후 확정이 되는데, 이에 대해 이슬람 종파 간의 이견도 많아서 인도네시아 종교부가 공식적으로 발표한다. 무슬림들은 라마단이 시작되기 전 11개월 동안에는 죄를 짓지만 라마단 월에 금식, 기도하고 자선하여 1,000배로 많은 빠할라(알라신이 선행을 하는 사람에게 주는 영적인 보상)를 받아 1년 동안 지은 죄를 사함받고, 깨끗한 삶을 축하받는다고 믿는다. 라마단은 무슬림의 5대 의무인 기도, 신앙고백, 금식, 희사, 성지순례 중 금식의 의무를 수행하는 기간이다. 라마단 기간의 낮에는 음식과 음료를 섭취해서는 안 되며, 담배도 피워서는 안 된다. 성적 활동, 심지어 불건전한 생각을 해서도 안 된다고 한다. 라마단 기간은 자기 성찰과 어려운 사람을 배려하는 기간이기 때문이다. 이 기간 동안 여행하면서 우리는 더 없이 의미 있는 문화체험 기회를 얻었지만 한편으로는 그들에게 미안한 마음을 가질 수밖에 없었다. 그들이 먹고 마시지 않는 동안에 우리가 무언가를 먹는 모습이 그들에게 얼마나 참기 힘든 고통일까? 음식은 최대한 소식하고 때로는 함께 굶을 수 있었지만 물은 정말 포기하기 힘들었다. 8월 무더위에 물 한 모금 마시지 않고, 해가 뜰 때부터 질 때까지 버틸 수 있는 이들의 의지가 정말 놀라웠다.

"유자, 우리가 해질녘까지 물도 마시지 않고 함께 노력해보려고 했는데 잘 안 되서 미안해. 그런데 너희 의지가 정말 대단하다. 참지 못하는 순간은 없어?"

"물론 힘들기도 하지. 하지만 어렸을 때부터 해온 일이고, 이슬람 인구가 우리나라 전체의 88% 정도잖아. 그래서 전 국민이 함께한다고 생각하니까 내 운명이고 의무라고 받아들이고 있어. 금식월이 가지는 본연의 뜻 또한 우리에게는 의미가 크고. 대신 해가 지고 새벽 한 시까지 다섯 끼 정도는 먹어두니까 괜찮아! 으하하하!"

실제로 라마단 기간 야시장에는 하루 종일 굶었던 사람들이 북적북적 모여들어 저녁을 먹느라 한창이었다. 센스가 넘치는 유자는 우스갯소리처럼 이야기했지만 이렇게 가까이에서 대화를 나누고 이들 삶에 깊숙이 들어와보니 그들의 깊은 신앙심을 더욱더 생생히 느낄 수 있었다.

"엠마, 많은 사람들이 이슬람 테러리스트들에 대해서 두려운 생각을 가지고 있잖아. 너희들은 어떻게 생각해?"

나는 예민한 문제일지도 모르는 주제를 조심스럽게 던졌다.

"사실, 무슬림에도 수많은 파들이 있어. 교회에도 여러 가지 종파가 있는 것처럼. 우리들도 그들의 행동이 100% 옳다고 생각하지 않아. 그들은 우리와 같은 부분도 있지만, 다른 교리를 가지고 실천에 옮기는 경우가 많거든. 우리 역시 그들이 생명을 소중하게 생각하지 못하는 부분에 대해서는 이해하지 못해. 내가 배운 나의 종교는 '평화'를 사랑해. 그런데 그들이 왜 그렇게 행동하는지 답답하기도 해."

엠마가 편안하게 대답해주자, 다른 궁금증도 해결하고 싶어졌다. 이번엔 엠마보다 조금 더 자유로운 사고방식을 가진 엠마의 동생에게 물었다.

"파마사리, 이슬람 종교를 가진 국가들은 일부다처제인 경우가 많잖아. 너는 그것에 대해서 어떻게 생각해?"

파마사리가 깔깔 웃으면서 대답했다.

"Sim, 물론 우리에게 그런 제도가 있지만 그건 굉장히 높은 고위층 사람들에게 더 자연스러운 일이야. 평범한 일반 사람들에게는 생각보다 쉽지 않은 일이거든. 왜 그런 줄 알아? 두 여자를, 두 가정을 다스린다는 것은 남자에게 엄청난 능력이 필요한 일이야. 웬만한 경제적 능력과 센스가 없다면 쉽지 않은 일일 수밖에 없어. 옛날에는 모르지만 우리 세대에는 생각보다 그렇게 사는 일반 계층의 가정들은 많지 않다고 보면 돼."

"그렇구나! 그럼 너의 경우는 남편이 둘째부인을 맞는다고 해도 이해할 수는 있어?"

"아니! 나는 이해하지 못할 것 같아. 나는 질투심이 많거든. 재미있는 사실이 하나 있어. 남편이 둘째, 셋째부인을 맞으려면 첫째부인의 동의가 필요해. 가령 아이가 없다거나, 아들을 낳지 못하면 첫째부인에게 남편이 둘째부인을 얻을 것을 묻게 되기도 하고, 첫째부인이 아예 남편에게 제안하기도 해. 그런데 첫째부인이 동의하지 않는다면 원칙적으로는 결혼을 여러 번 하기 힘들어."

"그렇구나, 나는 무슬림 사회가 가부장적인 부분이 있다고 생각했는데, 신기한 면모도 있네?"

파마사리가 웃으면서 엠마와 유자를 가리켰다. 옆에서 늘 지켜본 바로는 유자는 언제나 자상하고 엠마는 조금 무뚝뚝했지만 항상 꼭 붙어 다니는 다정한 커플이었다.

"유자를 봐, 아직 결혼도 안 한 연인인데도 불구하고 꼭 잡혀있는 게 보이지 않아? 요새는 세상이 많이 달라진 것 같아. 최근 우리나라 연인들을 보면, 여자가 더 강하고 남자들이 부드러운 경우도 많아."

신문에서 알 수 없는 생생한 그들의 이야기. 파마사리와 나눈 대화가 인도네시아 전체, 이슬람 국가 전체를 대변할 수는 절대로 없지만, 변화하고 있는 일부 풍토에 대해서도 배울 수 있는 '살아있는 사회수업' 시간이었다.

초보 인솔자
딱지 떼기 프로젝트

《코피온》청소년 봉사단 필리핀 A팀 인솔

국가 **필리핀(아시아)**
수도 **마닐라**
언어 **타갈로그어**
활동도시 **마닐라**

초보 인솔자, 필리핀에서 재도전!

이번엔 잘할 수 있을 것 같았다. 아니 잘하기를 원했다. 1년 전에 상해로 다녀온 〈우리아이 글로벌 대장정〉 프로그램은 인솔자로서의 능력을 처음으로 시험해본 중요한 시험대였다. 잘 마련된 프로그램이 준비되어있었고, 여러 번 파견되었던 숙련된 인솔자들 속에서 나는 초짜 인솔자 중 한 명이었다. 2-3년차 인솔자 언니 오빠들을 보면서 나도 언젠가 저렇게 여유 있는 인솔자가 되고 싶다고 다짐했었다. 한 번 더 기회가 온다면 그때는 지금보다 더 잘하고 싶었다. 그러던 중 나에게 절호의 기회가 찾아왔다.

'2011년 동계 《코피온》 해외봉사단 인솔자 모집!
국제교류활동 유경험자. 교육전공 관련자 우대'

　나를 위한 공고 같았다. 하지만 쉽지는 않을 것이라 생각했다. 《코피
온》에서 주최하는 〈지마켓 해외봉사단〉을 다녀왔던 대학생들은 인솔자
지원 시 가산점을 받는다. 인연이 닿지 않아서인지, 나는 소규모 파견 형
태의 봉사는 해보았지만 대외활동의 대표주자라 할 수 있는 〈지마켓 해
외봉사단〉, 〈해피무브 봉사단〉을 한 번도 경험해보지 못했다. 단체봉사
단 활동을 해보지 못했기 때문에 해외봉사단의 인솔자로서는 선발이
어려울 수도 있을 것 같았다. 인솔은 개인 파견의 문제가 아니라 학생들
을 단독으로 인솔하고 현지에서 잘 적응할 수 있도록 도와주는 역할을
하는 것이기 때문이다. 결과는 예상 외로 합격! 단체 단위의 해외봉사단
을 경험하지는 않았지만 다양한 대외활동, 그리고 크고 작은 해외봉사
단의 소그룹 파견 경험을 높이 사주신 것 같았다.
　정말 하나하나 배우는 입장에서 모든 것을 놓치지 않고 준비했다. 인
솔자 교육부터, 참가자 합숙 오리엔테이션, 참가자 확인 전화, 국제봉사
학습 계획 준비까지 3개월 동안 꾸준히 출국을 준비해나갔다. 내가 맡
은 학생들은 중학생 3학년 두 명, 고등학교 1학년 세 명, 고등학교 2학년
세 명, 고등학교 3학년 한 명으로 이루어진 중 고등학생 봉사였다. 내 아
이들이 배정되니 담임선생님이 된 것처럼 책임감이 불끈 생겨났다.
　"민정아, 왜 《코피온》 봉사단에 지원했어?"
　"저는 국제교류 활동가가 되는 게 꿈이에요. 아직 어리기는 하지만, 외
고에서 공부하면서 하루라도 빨리 해외봉사를 통해 제 꿈을 어떻게 실
현해야 하는지 알고 싶어서 지원해봤어요."
　"선생님은, 대학생이 되고서야 그런 마음이 들었는데 민정이는 일찍부

터 그런 생각을 하다니 정말 놀랍다. 재균아, 너는?"

"저는 어머니 아버지 두 분 다 인천 공항에서 일하세요. 항상 공항에 자주 가서 비행기를 보면서 나도 해외에서 뭔가를 해보고 싶다는 생각을 했어요. 이번에는 여행보다 봉사활동을 해보면 좋을 것 같다는 생각이 들었고, 봉사를 하다 보면 제 꿈을 찾을 수 있을 것 같았어요."

몇 해 전, 해외봉사활동 내역을 생활 기록부에 기록하여 대입 수시 지원에 이득을 보던 폐해가 많아 '해외봉사 스펙화'가 문제되던 시기가 있었다. 우리가 떠난 해는 이 때문에 교육부가 해외봉사활동을 생활 기록부에 기재하는 것을 금지한 바로 다음 해였다. 그럼에도 불구하고 자비를 들여 소중한 겨울 방학을 할애한 친구들의 마음씨가 무척 기특했다. 그들의 시간과 꿈을 위해서라도 반드시 멋진 경험과 추억을 만들어주고 싶었다.

〈코피온 해외봉사단〉은 특별한 점이 한 가지 있다. 미리 설계되어있는 봉사 스케줄이 없다는 점이다. 인솔자가 제시한 스케줄에 맞춰 시간이 되면 페인트칠하고, 시간이 되면 아이들과 놀아주는 그런 흔한 스케줄이 아니다. 스스로 만들어가는 '국제 봉사학습'이 그 취지이기 때문에 우리팀 스스로 프로그램을 만들어가야 한다. 약 2개월간의 꾸준한 조사와 사전 모임으로, 우리는 코필리아 팀만의 프로그램을 만들었다. 해당하는 교육 프로그램에 따라 미리 준비물과 후원 물품도 한국에서 구매해서 현지에서 사용할 수 있도록 철저히 준비해서 마닐라로 떠났다.

 # 마사랍! 식당에 남겨두고 온 코필리아 팀의 메시지

《SRD 보육원》교육봉사는 두 팀으로 나누어 나흘간 오전 시간에 진행했다. 교육 대상인 아이들이 4세에서 7세 정도로 비교적 어렸기 때문에 놀이와 결합된 프로그램이 많았다. 수업 3일째에는 우리 학생들이 선생님에게 현지어를 직접 배워서 아이들을 교육할 때 사용할 필수적인 표현들을 익혀 수업을 진행했다. 일회용 접시와 나무젓가락으로 소고를 만들어 음악수업을 했는데, 아이들이 너무나 즐겁게 참여해줬다. 벽화 작업 또한 우리 팀의 큰 성과였다.

Hello! 반가워요 선생님!

"Sim, 코펠리아 팀에게 새로운 과제를 하나 주고 싶어요. 학생 식당 벽에 페인트칠을 한 지 정말 오래되었어요. 칠이 벗겨진 것들이 땅에 떨어지는데 가끔씩 어린 아이들이 그 부스러기를 주워 먹기도 해요. 벽을 손으로 만진 후, 음식을 먹어서 아이들 건강이 우려될 때가 있어요. 혹시 다음 주에 페인트칠을 해줄 수 있을까요?"

원장 선생님께서는 새로운 봉사활동을 제안하셨다. 우리 팀은 단순한 페인트칠이 아닌 벽화를 선물해주기로 결정했다. 가장 중요한 것은 무엇을 그릴지였다.

"피부색이 다른 네 명의 아이들을 주인공으로 하는 것은 어때요? 다문화적인 요소가 들어갔으면 좋겠어요."

"좋은 생각이야. 이곳 식당에서는 어떤 차별도 없이 맛있게 밥을 먹을 수 있는 거지! 누구나 맛있게 먹을 수 있다는 뜻을 담을 수도 있고."

"'마사랍'이라는 메시지도 그리는 게 어때요? 필리핀어로 맛있다는 뜻이래요."

마사랍! 코필리아 팀이 만들어낸 맛있는 벽화

"오호! 어린아이들이니까 영어보다는 필리핀어로 써주는 편이 나을 것 같다."

중·고등 학생으로 이루어진 우리 팀원들이 이 작업을 할 수 있을지 처음에는 확신이 서지 않았다. 하지만 그것은 초보 인솔자의 기우에 불과했다. 그림에 소질 있는 지윤이를 중심으로 아이들이 직접 페인트의 색깔을 고르고 붓을 구매하고, 그림 도안을 마련하는 등 각자의 역할에 맞게 책임감 있게 작업을 진행해 나갔다. 이틀 만에 완성된 벽화는 성공적이었다. 그림 하나로 아이들이 식당에서 기분 좋은 점심을 먹을 수 있게 되었다면서, 선생님들도 환하게 웃어주셨다.

활동을 곱빼기 하니, 나눔이 배가 되다!

'주말을 이용해서 우리 팀 프로그램 말고 또 다른 의미 있는 활동도 기획해보면 어떨까?'

인솔자로서 내 학생들이 조금 더 다양한 경험을 하게 해주고 싶었다. 캄보디아에서 봉사할 당시 다양한 기관과 연락을 취해서 캄보디아 보육원, 대학교 등에 방문했던 경험을 십분 활용해보면 어떨까? 새로운 행사를 기획하기 위해 봉사활동 짬짬이 주변 기관에 이메일을 보냈다. 그렇게 해서 이뤄낸 첫 결과는 'SRD 보육원생 가정 방문'. 이 프로그램을 기획한 의도는 SRD에 다니는 아이들의 가정 환경이 얼마나 열악한지를 우리 학생들이 직접 느끼게 하기 위함이었다. SRD기관 아동들 대부분이 거주하는 톤도Tondo지역은 매우 열악했다. 최근 마을에 일어난 두 차례의 대형 화재로 인해 전기와 수도는 모두 끊어졌고 밤에도 전등 없이 생활하고 있었다. 그런 상황 속에서도 마을 사람 모두가 우리 팀원들을 반겨주고, 음식을 내오면서 환영해주는 모습이 인상적이었다.

"재형아, 유미야 너도 봤지? 집의 크기가 허리를 굽히고 들어가 겨우 몸만 누울 수 있을 정도로 비좁았어."

"응 맞아. 한 사람이 겨우 지나갈 정도로 좁은 골목을 지나가니까 전등도 들어오지 않는 집에 네 식구가 앉아서 우리한테 인사를 하더라구."

"키미네 집이 그렇게 어려운 줄 몰랐어, 준영아. 두 달 전, 집에 불이 나서 먹을 것이 없대."

2인 1조로 각기 다른 가정에 방문해본 팀원들은, 긴급 구호 방송으로만 접해왔던 상황에 직접 부딪혀보면서 빈곤에 대해 좀 더 깊이 생각하는 듯 보였다.

두 번째 프로젝트였던 '로하스 고등학교 방문'은 예상보다 큰 성과를 거뒀던 활동이다. 교육대학교 학생으로 평소에도 교육에 관심이 많은 터라 어느 국가에 방문하든지, 가장 방문해보고 싶은 곳이 현지의 학교였다. 학교에 방문해보면 그 나라의 교육 상황을 가장 빠르고 직접적으로 느낄 수 있기 때문이다. 나뿐만 아니라 우리 팀원들이 필리핀의 고등

잦은 화재에도 희망을 잃지 않고 사는 지역 주민들

학교 현장에 직접 방문하여 학생들과 교류한다면 더 많은 것을 배울 수 있을 것 같았다. 로하스 고등학교 교장선생님은 이런 나의 제안을 반갑게 받아들이셨다. 행사 당일 우리 팀원을 맞아줬던 것은 300명의 전교 학생과 교직원들이었다. 현지 학생연주단은 아리랑을 연주하고 필리핀 전통춤을 선보였다. 이어서 전교학생들이 지켜보는 가운데 우리 팀의 공연이 치러졌다. 우리 팀은 한복 패션쇼, 태권도 공연, 한류 댄스 공연, 기념물품 증정식을 마련했다. 한류에 열광하는 필리핀 고등학생들은 우리 팀을 열렬히 환영해주었고, 우리 역시 정성스러운 현지 학생들의 공연에 감사하면서 서로의 문화를 교류하는 시간을 가졌다.

국제교육개발협력전문가로서의 진로 결정

2010년 〈상해 우리아이 글로벌 대장정〉 프로그램은 나의 첫 인솔 교사활동으로, 많은 아쉬움을 남겼었다. 대장 스텝의 지시에 따라 주어진 프로그램대로 아이들을 이끌기에 바빴을 뿐, 주체적으로 내가 아이들에게 더 긍정적인 영향을 줄 기회가 없었다. 아이들이 어떻게 살아왔는지, 무엇이 되고 싶은지, 이번 활동을 통해서 무엇을 느꼈는지에 대해 진지하게 이야기를 나눌 여유가 없었다. 그래서 〈코피온 해외인솔프로그램〉을 지원할 당시, 이번 활동을 통해서는 조금 더 노련한 인솔전문가로서 성장할 수 있었으면 좋겠다고 생각했다. 이번 프로그램은 주변 다른 인솔 교사와 함께 이동하는 것이 아니었다. 오직 나 홀로 인솔 교사가 되어 열 명의 아이들을 이끌고 단독으로 출국하고, 현지에서도 현지스텝과 일정을 주체적으로 결정했다. 그리고 아이들의 모든 생활 전반을 돌봐야 하기 때문에 신중하게 계획하고 신경써야 했다.

특히 이번 인솔활동에서는 무엇보다 교사로서 아이들에게 영향을 미쳤다는 것에 대해 보람을 느꼈다. 해외봉사에 자발적으로 지원한 학생들이 대부분이기 때문에 아이들은 내가 해왔던 다른 봉사활동들에 대해서도 관심을 보였고, 그 이야기를 통해 자신의 꿈을 재설정한 학생도 있었다. 또 당시 학교생활과 교우관계에 대해 이런저런 고민을 하고 있던 유미와는 잠자리에서 이런저런 이야기를 나누다가 잠이 들곤 했다. 나에게 속마음을 터놓는 아이들이 참 고마웠다.

열흘이라는 시간동안 아이들을 인솔하고, 프로그램을 기획하는 모습을 지켜보시던 플로리도 원장선생님께서는 나의 꿈이 무엇이냐고 물으셨다.

"저는 초등교육을 전공하고 있는 대학생이지만 개발도상국에서 사람들을 돕는 데 큰 보람을 느껴요. 한국에서 선생님을 하는 것보다 NGO 일을 해보고 싶어요. 초등학교 선생님이 되는 것도 좋지만 NGO활동가가 되면 항상 이렇게 현장에서 활동하면서 사람들을 도울 수 있지 않을까요?"

10일간의 봉사 끝엔 달콤한 휴식이! 마닐라 인근 바닷가

진로 문제를 고민하던 차에 원장님께 내 생각을 말씀드리자 신선한 대답이 돌아왔다. 생각의 틀을 깨는 현명한 말씀이셨다.

"Sim이 NGO에서 일을 한다면 10년 후에는 그저 행정 업무의 전문가가 될 거예요. 그렇지만 교사가 된다면 교육 전문가가 되는 것이죠. 실제로 우리를 도울 수 있는 것은 교육가들이에요. 그런 면에서 나는 Sim이 교사가 되었으면 좋겠어요. 그리고 꼭 Sim의 제자들을 데리고 다시 와 줘요."

'그렇구나! 왜 초등학교 교사가 단지 한국에 있는 초등학교에서 아이들을 가르치는 역할이라고만 생각했을까? 교직에 몸담고 있으면서도 국제협력과 교육을 한 분야로 결합시켜보려는 노력을 할 수 있지 않을까? 시간이 흐르면 그러한 능력을 통해서 세계 속 다른 현장으로 가볼 수도 있고!'

원장님의 말씀을 듣고 뒤늦게 깨달음이 찾아왔다. 그리고 그때부터 국제개발과 교육을 결합하여 교육현장에서 실현시킬 수 있을지에 대해 진지하게 고민하기 시작했다. 그동안은 초등교사라는 직업이 정말 내 적성에 맞는 것인지 고민하는 데 오랜 시간을 썼다. 그리고 해외에서 활동하기 위해서는 교사가 아닌 다른 일을 해야 할 것이라고 이분법적으로 생각했다. 그러나 이번 봉사활동을 통해 내 전공 안에서 내가 좋아하는 일을 할 수 있는 방향을 찾게 되었다. 마치 꿈을 찾아가는 지도를 얻어가는 듯하다.

여행마침표

인솔자의 자격

"선생님, 재균이 계속 머리가 아프대요. 어떤 약을 먹일까요?"

마닐라에 도착한 지 세 시간 만에 인솔자인 나에게 비상 상황이 발생했다. 현지 기온이 맞지 않은 재균이가 두통에 시달렸다. 한국에서 가져온 구급 비상약을 서둘러 살펴보고 급한 대로 약을 한 알 먹이고 밤을 새워 상태를 지켜보았다. 현지 병원은 문을 다 닫은 시각에, 음식도 입맛에 맞지 않아 고생이 이만저만이 아니었다. 단독 파견된 인솔자에게 이런 상황은 끊임없이 발생한다. 한 번은, 봉사하고 있는 아이들이 목이 마를 것 같아서 혼자 이웃 상점에 물을 사러 가는 길에 총을 들고 서있는 무장 괴한과 정면으로 마주친 적도 있다. 보육원의 정문을 나서서 좁아지는 골목의 코너를 도는데 총을 든 한 남자가 나를 뚫어지게 바라보고 있었다. 덥수룩한 수염에 매서운 눈매를 지닌 남자였다. 양쪽 주머니에 불룩하게 무언가를 가득 넣은 한국인 봉사단원. 한 달 동안 매일 같은 시간에 같은 길을 출퇴근했으니 나는 매우 쉬운 표적이었을 것이다. 코피온(COPION)이라고 쓰여 있는 파란색 활동 조끼 안에는 다음 날 사용해야 할 적지 않은 액수의 활동비도 들어있었다. 그가 한 발짝 한 발짝 나를 향해서 다가오는데 온 몸이 뻣뻣하게 굳는 느낌이었다. 본능적으로 '뛰어야겠다!'는 생각이 들었다. 미친 듯이 10분간을 숙소 방향으로 뛰었다. 남자는 한참을 쫓아오는가 싶더니 내가 호텔 로비로 들어가서 도움을 요청하는 것을 보자 바깥에서 잠시 서성이더니 이내 시야에서 사라졌다. 뉴스에 심심찮게 나오는 필리핀 총기 사건의 주인공이 될 뻔한 순간이었다. 아이들과 함께 있었더라면 어떻게 해야 했을까? 다시 생각해도 심장이 내려앉을 만한 기억이다.

참가자가 아닌 인솔자로 해외를 간다는 것은 단순히 '참가비 0원'에 현혹되어 갈 만한 문제가 아니다. 혹시 단순히 해외여행에 혹해서, 또는 해외봉사단 참가자로 재밌게 활동했던 추억이 떠올라서 인솔자로 지원한다면 적극적으로 말리고 싶다. 투철한 책임감은 필수 요소이다. 9박 10일 동안 잠을 거의 못 자는 생활의 연속이다. 아침 일찍 아이들을 깨워 활동지로 보내고, 활동 중간에 매니저와 다음 활동을 상의한다. 저녁에 아이들과 함께 오늘 일정을 정리하고, 소감을 나눈다. 활동비를 정산하고 한국에 현지 상황도 보고해야 한다. 이 모든 일상에 긴장감은 덤처럼 언제나 따라붙는다.

그럼에도 불구하고, 참 많은 것을 배우고 돌아온다. 남들이 하는 단순한 해외여행에서 하지 못하는 수많은 경험을 할 수 있다는 장점이 있다. 이런 활동이 아니라면, 내가 어떻게 해외 기관의 교장선생님과 인사를 나누고, 보육원 선생님과 일상 대화를 나눌 수 있을까? 국제교류활동, 그리고 특히 인솔활동에는 이런 마약 같은 매력이 있다. 모든 것을 감내할 각오가 되어있다면 인솔 봉사활동은 '꼭 한 번 해봐야 할 봉사여행 버킷리스트 1순위'다.

코피온 해외봉사단(인솔자 부문 지원)

http://www.copion.or.kr

▶ 사단법인 《코피온》COPION은 지구시민 육성을 통하여 지구촌 빈곤 및 이로 인한 기회의 불평등 문제를 해소하고자 하는 목표를 가지고 1999년 설립됐다. 국가와 종교, 이념을 뛰어넘어 전 세계 47개국 150여 개의 NGO 및 비영리 기관과 협력해온 코피온은 유엔 경제사회이사회(UN ECOSOC)로부터 특별협약지위를 부여받은 국제개발협력단체다.

- 대상 해외활동에 주도적으로 참여하고 싶은 대학생 및 일반인
       (봉사활동 및 관련활동 유경험자 우대)
- 지원서 접수 연중
- 활동 내용 – 해외봉사 준비 과정, 현지활동 기획 및 주도
           – 해외봉사단 안전관리 및 위기 대처

★ 생생 체험 Tip

우리 팀이 봉사했던 기관은 필리핀의 수도 마닐라에 위치한 《SRD 보육원》(Day Care Center)이었다. SRD는 기관 인근에 사는 필리핀 사람들의 정착을 돕는 정착지원센터(Settlement House)의 성격이 강하며, 그를 위해 보육과 교육 이외에도 기부 받은 물품을 나눠주거나 싼 가격에 파는 시장을 연다. 또한 무료 급식지원(Feeding program)을 실시하는 등 각종 행사 및 정책을 통해 인근 주민들의 생활을 돕는다. 기관 내에는 행정 업무 총책임자인 플로리도 원장님, 사회복지사인 오비, 간호사 미나가 우리를 전적으로 도와주었다. 그중 우리의 봉사 대상은 SRD 보육센터에 다니고 있는 100명의 학생들, 주변 톤도Tondo 지역에서 살면서 SRD에서 무료 급식지원을 받고 있는 주민들이었다. 9박 10일 동안 기관에서 생활하면서 교육, 문화 행사기획, 현지 주민 구호 물품 배분 등 다양한 활동을 했다. 이번 인솔활동은 24시간 내내 참가자 학생들과 함께했기 때문에 아이들의 생활 모든 면까지 지도하면서 내 스스로 많이 성장하였다. 학생들 간의 트러블 조정하기, 아이들이 이동할 지프니 섭외하기, 저녁 먹을 식당 섭외하기, 해파리에 쏘인 학생 치료하기 등 열흘간 거의 잠을 자지 못할 정도로 바쁘게 움직였다. 체력에 한계가 오기도 했다. 하지만 그만큼 인솔 능력은 쑥쑥 자라났던 활동이었다. 인솔자로서 현지 코디네이터와 유기적으로 협업해서 최대한 질 높은 활동을 찾아나가야 한다는 점도 잊지 말자. 인솔자가 발로 뛰고 다가가는 만큼, 내가 인솔하는 학생들이 하나라도 더 많이 보고, 배워 간다.

10 튀니지

아프리카에는
아프리카가 없다

《월드프렌즈코리아》 대한민국 IT봉사단 문화교육 담당

국가 **튀니지(아프리카)**
수도 **튀니스**
언어 **아랍어**
활동도시 **튀니스, 제르바**

"튀니지? 아프리카야, 유럽이야?"

여름 방학에 튀니지를 다녀왔다고 하면 많은 사람들이 내게 되물어 온 말이다. 나 역시 튀니지라는 이름이 꼭 동부 유럽 어디쯤, 혹은 사우디아라비아 근처 조그마한 나라일 것만 같았으니 놀라울 것은 없었다. 중동 민주화 운동으로 세계가 떠들썩했던 2011년, 그 시초라 할 수 있는 재스민 혁명 소식을 통해 북아프리카에 튀니지라는 조그마한 나라가 있다는 것을 처음 알게 되었다.

〈대한민국 IT봉사단〉(대한민국 인터넷 봉사단의 명칭이 2011년부터 변경되었다.)을 통해 튀니지에서 한 달간 봉사활동을 할 수 있는 꿈같은 기회가 주어졌다. 튀니지라는 나라를 구석구석 알게된 첫 시작은 이러하다.

'사망년'이라 불리는 교대 3학년 1학기는 온갖 조모임으로 점철된 3학년 2학기의 서막이라 불릴 만했다. 각종 멘토링과 〈TaLK〉 프로그램, 〈지방 검찰청 서포터즈 기자활동〉 등의 대외활동을 병행하면서 체력이 바닥까지 떨어져가고 있었다. 더군다나 3학년 2학기 겨울 방학부터는 임용 시험을 준비해야 할 것 같아서 마음이 조마조마했다. 그럼에도 불구하고 이번 여름 방학이 해외활동을 할 수 있는 마지막 기회라고 생각하니 5월부터 가슴이 쿵쿵 뛰었다. 이번 여름에는 어떤 나라에서 어떤 활동을 할까? 습관처럼 매일 대외활동 공고문들을 찾아보다가 또 다시 운명처럼 IT봉사단 공고에서 마우스 커서를 멈췄다. 처음으로 떠났던 캄보디아에서의 행복하고 재밌었던 기억이 떠올랐다. 다시 한번 다른 나라에 가서 그렇게 의미 있는 한 달짜리 봉사활동을 해보고 싶었다.

'이번엔 아프리카에 한번 가볼까?'

그동안 캄보디아, 베트남, 말레이시아, 유럽 등 상대적으로 접근하기 쉬운 국가에서 국제활동을 펼쳤다. 하지만 의외로 겁이 많아서 아프리카에 혼자 여행 가거나 여자 둘이 여행 갈 용기는 나지 않았다. 그런데 국제활동을 통해서라면 아무리 아프리카같이 긴장감 넘치는 곳일지라도 팀원들과 봉사활동을 하면서 안전하게 생활할 수 있을 것 같아 안심하고 지원하게 되었다. 결과적으로는 매일 빈번하게 폭탄 테러가 일어나는 재스민 혁명의 나라에서 생활하게 되는 대반전을 일궈냈지만 말이다.

'올해는 어떤 나라에서 IT봉사단을 요청했을까?'

설레는 마음으로 홈페이지 공지사항의 첨부파일을 열었다. 일단 아프리카 국가에 대한 수요 조사서를 읽었더니, 모로코, 몰도바, 튀니지 정도를 후보군으로 추려낼 수 있었다. 몰도바는 대학에서 IT기초 기술을 가르치는 것이고, 모로코는 지역 센터에서 주민들을 대상으로 하는 활동이 주력인 것 같았다. 마지막으로 튀니지 수요 기관 소개를 보니, '이 기관 보통이 아니다!' 싶었다. 일단 3DSMAX라는 프로그램을 다룰 수 있는 학부 학생들을 찾기 쉽지 않을 것이고, 현지 요청 언어가 불어이기 때문에 이러한 고차원적 내용을 불어로 통역할 수 있는 수준급의 대학생을 찾아서 한 팀을 만들어야 한다.

2010년 캄보디아 문화담당 기파견자입니다.
저와 함께 튀니지에 함께 가실 유능한 IT팀원 2명과,
불어 담당 팀원을 모집합니다.

이번엔 누군가가 나를 뽑아주기 기다릴 것 없이 내가 먼저 팀원을 찾아 나서야겠다고 생각했다. IT 담당 2명, 통역 담당 1명, 문화 담당 1명으로 구성되어 파견되는 이 봉사단에서의 내 역할은 한국 문화콘텐츠를 소개하고, 대한민국을 친숙하게 알리는 일이었다. 내가 지원할《튀니스 사이언스 시티》Tunisie Science City는 과학기술을 접하고 배우는 국민들을 지원하기 위해 설립된 튀니스의 주요 공공기관이다. 내가 지원할 팀은 그중에서도 한국 정부가 지원한《인터넷 플라자》에서 3차원 그래픽 디자인 프로그램을 교육하고, 한국 문화를 알리는 일을 맡을 예정인 것이다.

대한민국 IT봉사단, 튀니지에서 하는 일

51도라는 믿어지지 않는 후덥지근한 날씨에, 우리가 도착한 곳은《튀니지 사이언스 시티》내 게스트하우스. 캄보디아에서와 달리 튀니지 측이 우리의 숙소마저 무료로 제공해주어서 안전하면서도 편안한 공간에서 한 달을 머무를 수 있게 되었다. 강의동 바로 옆 동에 있는 에어컨이

엄청난 규모를 자랑하는 튀니지 사이언스 시티 전경

펑펑 나오는 깨끗하고 안락한 공간이다. 튀니지 최고의 정보접근센터임
에도 불구하고 방 안에는 인터넷이 설치되지 않아 밤늦게까지 강의동
에 남아서 수업 준비를 해야 하기는 했지만 말이다. 우리 미키모나미 팀
은 강의 시간을 주 6일, 오전 8시 30분부터 2시까지로 구성했다. 오전
8시 30분부터 1시까지는 IT 담당 팀원들이 3DSMAX라는 고급 프로그
램을 교육하였고, 1시 30분부터 2시 30분까지는 한국 문화교육이 진행
되었다. 초반에는 프로그램의 어려운 난이도 때문에 쉽게 지쳐버릴 학생
들과 우리 사이에 어떤 연결 고리가 있는지 막막했다. 그 어색함도 잠시,
밤새 준비한 한국어 이름표와 '안녕?'이라는 한국어 한마디로 수업 시간
은 곧 화기애애함이 넘쳤다. 태어나서 한국인을 처음 보는 사람들이 존
재하는 만큼 내 행동 하나하나가 한국을 대표하는 것이라는 생각에 몸

뜨거운 열기의 3DMAX 강의현장

가짐과 마음가짐 또한 바르게 하기 위해 노력하게 되었다. 2년 전 캄보디아에서의 봉사활동은 국제활동의 시작점이었지만 그동안 많은 활동 경험 덕분에 이제는 지난 활동에서의 아쉬운 점을 보완하여 수강생에게 맞는 프로그램을 기획할 수 있는 여유가 생겼다.

이제는 문화교육이 아닌 문화교류!

IT교육을 수행하는 것도 중요한 일이었지만, 이슬람 국가의 문화를 이해하고 포용한다는 마음가짐을 내비치는 것도 중요하다. 베풀기 위해 온 것이 아니라 우리가 가진 것을 나누러 온 것이라는 것을 느끼게 하고 그들의 경계심을 낮추는 것이 큰 과제였다. 우리 교육생들은 대부분이 건축가, 공과대학원 석사생 등 튀니지에서도 고학력을 지닌 자들이었기 때문에 '봉사단'이라는 우리의 이름부터가 그들의 자존심에 상처를 낼 수도 있는 상황이었다. 다른 개발도상국으로 봉사 목적에서 파견되는 경우와 다르게 이 나라는, 정부와의 협약을 통해 외교적 교류 차원에서 《튀니지 사이언스 센터》가 마련된 것이기 때문에 우리가 그들을 '돕는다'는 생각으로 접근해서는 큰코를 다칠 수 있었던 상황이었다. 그동안의 교육 경험이, 다소 조심스러웠던 이번 문화교육에 큰 도움이 되었다. 베트남, 중국, 말레이시아 등 다양한 나라에서 한국 문화를 전파하기 위해 많은 교육 자료들을 준비하면서 나도 모르게 많은 성장을 했던 것이다. 이제는 그들에게 한국 문화를 절대로 '가르치지' 않는다. 문화를 전파한다거나 가르친다기보다 문화를 나눈다는 생각을 가지면, 나도 그들도 훨씬 가까운 마음으로 다가갈 수 있다. 그래서 캄보디아에서 했던 '서예 교육 시간'을 튀니지에서는 '서예 나눔의 시간'으로 바꾸고 이렇게 말했다.

"이번 시간에는 한국의 아름다운 글씨체를 직접 느끼고 경험해보려고 합니다. 옛날부터 한국에는 캘리그래피 문화가 전통처럼 존재했어요. 이것을 서예라고 합니다. 준비된 붓, 벼루, 화선지, 먹을 이용해서 한글을 직접 써보는 시간을 가져보도록 해요. 그리고 우리 팀원들도 튀니지의 전통적인 것들을 알고 싶어요. 혹시 비슷한 문화가 있다면 저희도 배우고 싶어요!"

"'사랑해요'라는 글자가 너무 귀엽게 생겼어요, Sim."

"마크람 질라시! 내 이름은 어떻게 한글로 쓰는 거야? 정말 재밌어요."

"아테프 프리카! 이거 먼저 알려줘. 그리고 내 여자 친구 이름도 알려줘. 선물해주고 싶어."

서로 자신의 이름을 써보고, 한국어를 직접 써보면서 그 어떤 수업보다도 열정적으로 참여했다. 역시 직접 해보는 교육이 가장 인기가 있는 법이다. 림은 한글로 글씨를 쓰는데서 나아가 캘리그래피 명패를 나에게 선물해줬다. 그녀는 내 이름을 아랍어로 써주면서 이렇게 이야기했다.

두 나라의 여인들. 전통의상 교류의 날!

"우리 아랍 문화권 역시 캘리그래피가 정말 발달해있어요. 이슬람 모스크에 가서 자세히 보면 벽면에 수많은 글씨가 그림처럼 새겨져있는 것을 볼 수 있어요. 글씨가 하나의 예술처럼 승화되어있어요. 한국도 우리와 비슷한 점이 많네요. 여러 가지 글씨체를 가지고 이렇게 내 이름을 쓸 수 있다는 게 신기해요. Sim의 이름을 내가 이곳에 아랍어로 써줄게요."

단순히 내가 한글을 가르치고 서예를 가르치는 것보다 몇백 배 의미 있는 일이었다. 이게 진정한 문화교류지!

한복데이 역시 전통의복의 날로 이름을 바꾸어서 공지했다. 팀장 오빠가 《아름다운가게》에서 후원 받아 온 십여 벌의 한복이 그 역할을 톡톡히 해냈다. 더욱이 《KOICA》 튀니지 사무소에서도 우리의 소식을 듣고 다섯 벌 정도의 한복을 빌려주셨다. 놀랍게도 행사 당일 여러 교육생들이 우리를 위해 튀니지 전통의상을 가져와주었다. 우리가 요청하지도 않았는데 '교류'라는 의미에 걸맞게 우리에게 체험시켜주고 싶었다면서 멀리서부터 의상을 챙겨 교육장에 나타난 것이었다. 우리가 교육생들에게 저고리 매는 법을 설명해주면, 그들 역시 우리에게 전통 의상을 입는 법에 대해서 번갈아 알려주었다. 그리고 마지막으로는 모두가 어우러져서 기념 사진을 찍었다. 한국인이 튀니지인이, 튀니지인이 한국인이 되어, 어우러지는 멋진 그 순간은 아직도 내 기억 속에 남아 있다.

승기오빠 팬은 아프리카에도 있어요

설마가 사람 잡는다. 이곳에도 역시 한류는 있다. 아프리카에 한류라니! 튀니지의 관광 명소, 시디부사이드Sidi Bou Said. 터키의 지배를 받던 18세기에 튀니지의 부호가 대저택을 지었으며 1920년대에 프랑스의 화가이자 음악학자인 루돌프 데를랑게르Rodolphe d'Erlanger 남작이 파란색과 흰색을 주제로 도시를 꾸미는 작업을 시행한 이후 주변의 지중해와 조화된 아름다운 도시 경관으로 유명해졌다고 한다. 아프리카의 산토리니라고도 불린다. 꿈처럼 찾아온 첫 주말, 시디부사이드에 찾아가 가장 경치 좋은 커피숍에서 우리의 주말을 즐기고 있을 때였다. 화장실에 가려고 일어나서 이리저리 두리번거리고 있는데, 히잡을 두른 젊은 여학생들이 나를 뚫어지게 쳐다보다가 조심스럽게 다가왔다. 놀랍게도 그들이 처음으로 나에게 건넨 말은 다름 아닌 한국어.

"한국 사람이에요?"

"어! 네 맞아요. 한국에서 왔어요. 한국말 알아요?"

내가 대답하는 동시에 그 세 명의 여학생들은 서로 손을 맞잡고 깡충깡충 뛰었다. 태어나서 처음으로 보는 한국 사람임을 기뻐하면서 말이다. 우리를 이렇게 반가워해주는 사람이 있다니! 너무 놀라워서 우리

그리스에 산토리니가 있다면 튀니지에는 시디부사이드가!

테이블로 셋을 초대했다. 이제 곧 대학생이 될 그들은 한국 드라마 광팬
이었다. 동시에 슈퍼주니어를 너무 좋아해서 시디부사이드 지역 팬클럽
에도 가입했다고 했다. 슈퍼주니어 오빠들이 공연을 오지 못하는 환경
이기 때문에 이 지역 팬클럽 회장은 일정 비용을 걷어서 극장을 빌려 슈
퍼주니어 콘서트 DVD를 상영하면서 팬들과 실제 공연처럼 즐기기도
한다고 한다.

　이승기의 열렬한 팬도 튀니스에 있다. 《사이언스 시티》에서 수업을 하
면서 쉬는 시간에는 어색함도 없앨 겸, 한국 문화를 홍보하기 위해 한
국 가요들을 틀어놓았다. 이승기의 「나와 결혼해줄래?」, 「정신이 나갔었
나 봐」 노래가 나오자 문 밖에서 웅성대는 소리가 들렸다. 무슨 일인가

나가봤더니 고등학생으로 보이는 다섯 명의 소녀들이 얼굴이 상기된 채로 한국에서 왔냐고 물어봤다.

"한국에서 왔어요? 반가워요."

"이승기의 노래 한 번만 다시 틀어줘요!"

"이 노래를 알아요? 정말 놀라워요. 그런데 어디에서 왔어요?"

"옆 교실에서 진행하는 영어 여름 캠프에 왔어요. 한국 노래가 나와 반가워서 쉬는 시간에 찾아왔어요."

사람냄새 폴폴나는 시장, 수크의 평화로운 모습

이승기의 노래가 맺어준 인연으로 우리는 튀니지 남부의 세계적인 휴양지 제르바 섬에 초대받아 가기도 했다. 노래를 들으러 온 그 일행 중 한 명인 고등학생 하이파가 제르바 섬 5성급 호텔 지배인 딸이었는데, 아름다운 자신의 동네를 소개하고자 했기 때문이다. 우리는 한국 음식을 해주고, 그들 역시 우리에게 그들의 전통음식을 소개하고, 많은 문화를 공유해주었다. 불어권인 튀니지에서 한국 드라마를 영어 자막과 함께 보면서 영어, 한국어 실력이 동시에 늘었다는 하이파는 한국어 수업을 열망하면서 이렇게 말했다.

"우리 고등학교에 제2외국어는 일본어, 독일어, 중국어 등이 있는데, 한국어가 없어요. 정말 많은 친구들이 한국어를 배우고 싶어 하는데 한국어를 배울 수 있는 기회는 《KOICA》 단원이 파견될 때만 가능해요. 우리 지역에 영구적으로 파견되거나, 한국어 선생님이 우리 학교에 제

2외국어 선생님으로 오실 날이 꼭 왔으면 좋겠어요."

세계 속의 한국의 위상이 이렇게 드높을 줄이야. 아시아뿐 아니라 어느덧 아프리카 작은 섬지역까지 한류가 퍼져있다는 사실에 새삼 어깨를 쫙 펴게 된다.

편견이라는 색안경을 벗어요

튀니지는 이슬람 국가임에도 불구하고 수도 중심가인 하비브 부르기바 거리에는 민소매를 입은 여성들이 거리낌 없이 거리를 활보하고 있다. 금주해야 하는 이슬람 규율에 얽매이지 않고 자유롭게 맥주를 마시는 사람들도 있다. 오랫동안 프랑스의 통치를 받았고, 혁명으로 쫓겨난 벤 알리 전 대통령이 펼쳤던 개방 정책으로 인해 많은 사람들의 의식이 바뀐 탓이다. 이 때문에 혁명 이후에도 일부 과격한 이슬람 근본주의자들을 제외하고는 전통문화를 수호하려는 사람들과 개방 성향을 지닌 사람들은 평화롭게 공존하며 살아가고 있다. 그럼에도 불구하고 이 두 부류의 사람들이 공통적으로 지키는 규율이 있다면 바로 라마단이다. 라마단 기간에는 일출에서 일몰까지 의무적으로 금식하고 일몰 후에 가족끼리 모여 식사를 한다. 이 기간에는 가정으로 초대해 함께 식사를 하면서 축제와 같은 분위기를 즐기기 때문에 우리 팀 또한 전통 이슬람 가정의 초대를 받아 이슬람 문화에 대해 한층 더 이해할 수 있는 시간을 가졌다. 낮잠을 자지 않으면 견딜 수 없을 것 같은 이 더위 속에서 물 한 모금 먹지 않고 견디는 사람들에게 힘들지 않느냐고 묻자, 웃으며 "라마단은 일 년에 한 달만이라도 굶주림에 지친 사람들의 고통을 나누는 시간이에요. 참아보려고 노력해요."라고 대답했다. 과격한 이미지가 덧씌워진 무슬림에게도 이러한 면모가 있다는 것을 또 한 번 알아가는 시간이었다. 말레이시아와 인도네시아에서 경험한 이슬람 문화를 아프리카에서도 경험하게 되는 순간이었다.

공정하지 못하고 한쪽으로 치우친 생각. '편견'에 대한 사전적 정의이다. 우리는 이 안에서 참 많은 것을 당연시 여긴다. 아프리카. 검은 피부를 가진 불룩 배의 아이들이 햇볕이 내리쬐는 마른 땅에서 힘없이 파리를 쫓으며 한 끼 음식을 호소하는 곳. 혹은 금방이라도 드넓은 초원에서 얼룩말과 사자가 흙먼지를 일으키며 달려 나올 것만 같은 땅. 이것이 누구나 상상하는 그 거대한 대륙의 이미지이다. 그러나 내가 다녀온 북아프리카는 지중해를 옆에 두고 하얀 벽에 파란 문을 가진 집들이 가득했고, 굶주린 검은 피부의 아이들 대신, 히잡을 두른 구릿빛 피부의 소녀들이 있었다. 시디부사이드는 또 어떤가. 그리스 산토리니 섬에 버금가는 아름다운 풍경을 자랑한다. 마을 전체가 흰색 건물에 파란색 대문을 가지고 있어, 어느 곳에서 찍어도 한 폭의 화보처럼 아름답다. 유럽인들의 최고의 휴양 국가가 바로 튀니지라는 소리는 예삿소리가 아니었다. 그동안 다양한 국가를 여행해왔다고 생각했지만 이번 여행을 통해서 아직도 세상에는 내가 바르게 알지 못하는 것들이 많음을 절실하게 느꼈다.

누군가 내게, "꼭 다시 한 번 가고 싶은 나라가 어디예요?"라고 물으면 언제나 망설이지 않고, '튀니지'라고 이야기한다. 쉽게 다시 갈 수 없는 곳이라고 생각하니 그 아쉬움이 더하다. 아랍어로 '잘 가요'라는 단어에는 '또 만날 때까지!'라는 의미가 함축되어있다. 머지않아 다시 만날 때까지, 일랄리까(الى اللقاء) 튀니지!

월드프렌즈 ICT봉사단(구: 해외인터넷청년봉사단)/국제기구 ICT 협력단

https://kiv.nia.or.kr

▶ 월드프렌즈 ICT봉사단 한국정보화진흥원이 주관하는 〈월드프렌즈 ICT봉사단〉 파견 사업은 국가 간 정보격차 해소의 일환으로 추진된다. 한국의 IT인력을 전 세계 개발도상국에 파견해 정보화교육, IT- Korea 홍보 등의 다양한 봉사활동을 전개함으로써 국가 간 정보격차 해소에 기여하고 있다. 4인 1팀의 팀제 봉사단 프로그램으로, 2001년부터 2016년까지 5,710명의 월드프렌즈 ICT봉사단원이 파견됐다.

▶ 국제기구 ICT 협력단 국내 최초로 국제기구(ITU)와 연계하여 아시아·태평양지역 개도국에 봉사단을 파견하여 ICT 교육 및 프로젝트 수행, 문화교류 활동 등 다양한 봉사활동을 전개한다. ICT봉사를 통한 국가 간 정보격차 해소 노력은 디지털 한류 확산에 이바지하고 있다.

• 대상 대학(원)생, 교수, 교사, ICT전문가, 일반인 등
• 지원서 접수 4월 초순
• 활동 내용 – IT 교육: 컴퓨터, 인터넷 교육, PC 및 네트워크 정비
　　　　　　 – IT 프로젝트: 홈페이지 제작, 모바일 앱 제작
　　　　　　 – 기타: IT 강국 KOREA 및 우리문화 홍보, IT 분야 인적 네트워크 구축
　　　　　　 – 한국 문화교육 및 홍보

★ 생생 체험 Tip

이 프로그램은 기관에서 봉사단원들을 뽑아서 팀을 구성해주는 것이 아니다. 공모전처럼, 각각의 팀들이 처음부터 나라와 기관에 대한 정보만을 가지고 30장 정도의 기획서를 제출하고, 팀원의 자기 소개를 첨부하여 서류 전형을 통과해야 한다. 서류 전형을 통과하면 또다시 수십 대 일의 경쟁률을 뚫고 면접을 통과해야만 비로소 튀니지로 가는 단 한 팀에 선발될 수 있는 것이다. 면접을 앞두고 언어 담당자와 IT담당자, 언어 담당자와 문화 담당자가 반드시 미리 모의 수업시연의 호흡을 맞추고 가면 좋다. IT 팀원이 수업하는 내용을 듣고 바로 언어 담당자가 해당언어로 바꾸어 설명할 수 있는지를 구체적으로 평가한다. 모의수업시연 대본을 짜고 철저히 준비해서 면접관 앞에서 능숙하게 수업할 수 있도록 준비하는 것이 포인트다.

이 프로그램은 단순히 봉사단에 합격하는 것뿐 아니라 합격으로 가는 과정도 매우 험난하다. 서류 전형 원서를 넣어보지도 못하고 싸우고 헤어진 팀, 급하게 팀원이 바뀌는 팀, 의견이 맞지 않아서 전혀 다른 국가로 급하게 지원하는 팀, 심지어 현지에서 싸우고 돌아오는 팀들도 많다. 따라서 빠른 시간 내에 최상의 시너지를 자랑할 수 있는 팀원들과 팀을 구성할 수 있어야 한다. 다양하고 놀라운 스펙들로 가득 찬 사람들 중에서 옥석을 가리기란 쉽지 않았다. 더

구나 온라인으로 주고받는 대화들 속에서 사람들과의 궁합을 알아보는 것도 어려운 작업이었다. 몇몇의 팀원과 컨택을 시도하다가 마침내 최상의 구성원 조합이 완성되었다. 불어를 전공하는 통역 담당, IT관련 경력이 화려했던 팀장 오빠 그리고 나보다 한 살 어렸지만 어른스럽고 든든했던 막내 IT 팀원, 문화를 담당하는 나까지. 이렇게 4명의 팀원이 의기투합했다. 몇날 며칠을 새면서 만든 기획서가 통과되고 살얼음을 딛는 것 같았던 날카로운 면접 질문도 모두 물리쳐내자 마침내 2012년 여름 방학은 튀니지에서 열정적인 한 달을 보낼 수 있는 기회가 찾아왔다. 봉사뿐 아니라 진정한 팀워크가 무엇인지까지 배울 수 있는 강력 추천 프로그램이다.

11 미국

미국의 초등학교에
교생실습을 가다!

유타주 Heritage Elementary School 6주 교육실습

국가 **미국(북아메리카)**
수도 **워싱턴 D. C**
언어 **영어**
활동도시 **유타주, 세인트조지**

 # 발등의 불이 떨어졌지만 지원한 미국 교육 실습

임용 시험 준비가 시작되는 3학년 2학기 겨울
방학. 학교 홈페이지 공지사항에 올라온 〈미국
유타 교육실습 6주 프로그램〉을 보면서 동시에
깊은 고민에 빠졌다. 내년 12월에 있을 1차 시험
까지 일 년 남짓 남은 이 시점에 이 프로그램에
참가해도 되는 걸까라는 생각이 나를 무겁게 짓
눌렀다. 임용준비생으로의 신분을 받아들여야
할 순간이 온 것이다.

'같이 스터디를 꾸리기로 했던, 경진이, 신지,
현이에게도 말을 해야겠지? 다른 친구들은 2개
월 동안 기본서를 끝내 있을 텐데, 서울로 시험
을 보는 내가 그 공백을 메울 수 있을까?'

일주일간을 고민하다가 결국은 나다운 선택을 하고야 말았다. 이번이 아니면 평생 동안 다시는 이 소중하고도 신기한 경험을 할 수 없을 거라는 생각이 들었다. 결국, 미국에 다녀와서 남들보다 두 배 열심히 공부하기로 마음먹었다. 다시 한 번 모험을 걸어봐야겠다 싶었다.

　"다녀와 언니, 내가 좋은 정보 있으면 다 가지고 있다가 전해줄게. 언니가 미국에 안 간다면 아마 그 시간만큼 아쉬워하느라 겨울 방학 내내 공부에 집중이 안 될 거야. 다녀오고 집중해서 해. 열심히 하는 사람들은 3월부터 시작해도 충분하다더라!"

　한나의 말을 들으니 힘이 났다. 그래! 4년 동안 방학이든, 학기 중이든 기회만 있으면 어디든지 달려가는 내 모습을 본 친구가 하는 말인데 그 말이 맞다. 분명히 아쉬워하느라 도서관에서도 제대로 집중하지 못할 것이 뻔했다. 한나의 말대로 용기 내어 지원해보기로 했다.

　지난 3년 동안 다양한 국제교류활동을 하면서 개발도상국의 교육환경을 접할 수 있는 기회는 참 많았다. 캄보디아, 베트남 등의 나라에서 활동을 할 때면 항상 이 나라의 학교는 어떤 모습일까 궁금해하면서 시간을 내어 학교 방문을 해보았다. 그러면서 한국의 상황과 비교하고, 개도국이 처한 현실을 어떻게 개선할 수 있을까, 내가 어떤 도움이 될 수 있을까를 생각해왔었다. 반대로 대학교에서 수업을 들을 때면 늘 좋은 수업, 좋은 교육 과정의 사례로 유럽이나 미국의 사례를 접했다. '과연 선진화된 교육이란 무엇일까?', '그들은 어떻게 가르치고, 어떤 교육 시스템을 가지고 있을까?' 하는 궁금증이 일었다. 내가 경험한 교육은 한국식 교육이었기 때문에 개발도상국의 교육 개선책을 떠올릴 때도 한국식에 머물러있었다. 때문에 조금 더 다양하면서도 좋은 사례를 몸소 체험해보고 싶었다. 어김없이 자기 소개서-면접의 과정을 거쳐 학교 대표 장학생으로 선정되었다. 그렇게 1월 초, 6주간의 유타주의 교육실습, 마지막 1주간의 미국 LA, 샌프란시스코, 멕시코 여행이 포함된 기나긴 교육여행을 떠나게 되었다.

 # 수학을 컴퓨터 게임으로 배우고, 할머니가 우리 선생님이 되어준다니!

Heritage Elementary School에는 주 5일 출근해서 오전 8시 30분부터 4시까지 근무했다. 오후 3시까지는 한 학급당 한 명씩, 배정받은 학급에서 아이들의 생활 전반적인 것을 지도하고 담임선생님의 수업을 관찰하거나 직접 수업을 맡아 아이들을 지도한다. 그리고 3시부터 4시까지는 전문 교육 컨설턴트가 미국 교육에서 주목받고 있는 교수법을 전수해주었다. 첫 3주 동안은 5학년 학급에 배정되었다. '어떻게 인사를 해야 할까? 아이들이 반갑게 날 맞아줄까?' 여기가 미국이라는 것만 빼면 이 느낌은 벌써 3년째 교생실습을 나갔던 첫날 느꼈던 감정과 똑같은 것이었다. 떨리는 마음으로 사이몬슨 선생님의 교실 문을 두드렸다. 이미 수차례 한국에서 오는 교생실습 학생들을 만나서인지 아이들은 한국에서 온 동양인 선생님에 대해 굉장히 호의적으로 대해주었다. 순하고 착하고 평온한 아이들. 이들과 함께 3주간의 시간을 보내고 3주 뒤에 3학년 반으로 실습을 하러 가게 될 것이다.

이곳 학교의 주요 특징을 꼽자면 'Smart 교육의 선진화 학교'라는 점이다. 이 때문에 학급의 분위기는 한국의 교실과 매우 달랐다. 수학 시간을 예로 들자면, 20명의 아이들은 크게 4명씩 5조로 나뉘어 로테이션 방식으로 수학 공부를 진행한다. 종이 치면 다음 코너로 이동해서 문제를 해결하는 코너학습이다. 처음 7분 동안 1조는 나눗셈 문제 풀이, 2조는 분수의 곱셈 문제 풀이, 3조는 아이패드 곱셈 프로그램 풀이, 4조는 담임선생님과의 개별지도, 5조는 노트북을 이용한 수학 에세이 작성 활동을 한다. 그리고 선생님이 "Rotation!(돌아요!)" 하고 외치면 1조는 2조

우리와 비슷했던 소방대피훈련. 불이 나면 운동장으로

의 자리로 2조는 3조의 자리로 이동하여 정해진 학습을 수행한다. 이 때, 선생님은 5명으로 이루어진 소규모 학생들을 개별지도하면서 학생의 부족한 부분을 파악하고 그에 맞는 수준별 학습을 제공한다. 아이패드로 수학 문제를 푸는 조는 저마다 교실 뒤에 있는 바캉스 의자에 편안하게 누워 곱셈 게임 어플을 이용해 수학 문제를 푼다. 이렇게 푼 수학 문제 점수는 기록되어 교사에게 전달된다. 교실 다른 한편에는 다섯 대의 넷북이 설치되어있고 아이들은 해당 주제에 대한 수학적 사고력을 이용한 에세이를 작성한다. 그리고 이 활동 결과물 역시 교사에게 제출된다. 전형적인 한국의 수학 시간은 교사가 학급 학생 모두에게 일률적인 수업 내용을 전달하고, 학생 모두는 똑같은 제한 시간과 똑같은 활동주제를 해결한다. 그것과 비교했을 때 이러한 수업 방식은 학생 개개인의 능력을 잘 파악하고, 소규모 지도가 가능하다는 점에서 상당히 효과적이다.

달려도 달려도 끝이 없는 유타주의 아름다운 도로

"오? '스테이션 2'에는 Ms. Sim 이 있네! Sim, 조금만 기다려요!"

실습 첫날부터 수학 시간에 배정된 나는 아이들의 나눗셈 보조 선생님이 되었다. 우리나라로 치면 초등학교 3학년 수준의 나눗셈을 아이들은 상당히 어려워했다.

'영어로 제수, 피제수, 몫을 뭐라고 하지?', '3이 몫이 되고 1이 남는다.'를 어떻게 표현해야 하는 걸까?' 수학 수업 첫날, 내가 알고 있는 지식을 영어로 표현해야 하는 긴장감이 너무 커서인지, 아이들에게 재미있고 효과적으로 수업을 한 것 같지가 않았다.

'담임선생님께 Rotation수업에서 나를 빼달라고 할까? 그렇다면 내가 그저 참관자로서 한 달을 보내야 하는데, 어떻게 하지?'

사이몬슨 선생님께 이 고민을 이야기하니, 그날부터 매일 다음 날 내가 지도할 스테이션의 진도 부분을 복사해서 주셨다. 집에 가서도 수학 용어를 확인하고, 문장제 문제까지 완벽히 지도할 만큼 준비해 가니 스테이션 시간이 아이들과 나와의 '4:1 만남시간'이 되었다.

국어 수업 역시 흥미로웠다.

"애슐린, 이 은색 깡통을 모두에게 나눠줘요. 이 안에는 무엇이 들어 있을까? 애들아?"

"잠시만요, 사이몬슨. 마인드맵 어플리케이션을 켜볼게요."

담임선생님의 질문에 학생들은 먼저 아이패드로 마인드맵 어플을 켜고 'Can'을 가운데 입력한다. 자신이 떠올린 단어는 구글 사전을 이용해 단어의 정의를 찾고 그것을 어휘 어플에 스크랩해둔다. 그 후 담임선생님은 학생들에게 오감을 이용하여 캔을 분석하는 시간을 준 후 그와 관련된 에세이를 써보도록 지도한다. 학생들은 캔을 흔들어보고, 던져보고, 냄새 맡아보면서 이 캔의 내용물을 자유롭게 상상하고, 추론하여 글을 써내려간다. 그리고 일주일 뒤에 캔을 열어 자신이 가지고 있었던 캔에 무엇이 들어있는지 확인한다. 이러한 글쓰기 과정은 학생들의 흥미를 유발하기 충분했고, 그 과정 속에 다양한 활동이 엮여있어 통합적 학습이 가능했다.

컴퓨터를 이용한 놀이 학습도 나에겐 충격적이었다. 학생들은 점심을 먹고 일제히 컴퓨터실로 이동해서 '석세스메이커'Success Maker라는 프로그램을 실행시킨다. 학생들은 자신들이 가지고 있는 아이디로 로그인하고 해당 프로그램은 그동안 누가 기록된 학생의 수준을 판단하여 학생에 맞는 수학과 국어 문제를 제공한다. 학생이 문제를 맞힐 때마다 아이템을 얻을 수 있고 그 아이템으로 방을 꾸미기도 하고, 캐릭터에게 옷을 입히거나 특정한 업무를 수행하게 된다. 국어와 수학을 놀이로 접근

했다는 점에서 이 게임은 참 신선했다. 학생들은 40분 동안 눈을 떼지 못하고 컴퓨터에 집중했고, 지루함 없이 수십 개의 문제를 재미있게 해결했다. 수업을 모두 마치면 당일 수학과 국어의 성취도를 적어서 제출하고 학교는 한 달에 한 번씩 가장 높은 성취율을 기록한 학급에게 선물을 증정한다.

"석세스메이커 시간은 매일매일 기다려져요. 수학이 이렇게 재미있게 된 것은 다 우리 학교의 이 게임 덕분이에요."

이튼이 이야기하자 브리즈가 같이 신이 난 얼굴로 이야기했다.

"네, 지난번에 우리 반이 학교 전체에서 석세스메이커 대회Success maker competition에서 1등을 해서 교장선생님께서 피자를 배달해주셨어요. 매일매일 게임을 하다 보면 어느새 국어, 수학을 잘하게 돼요."

신기한 것은 아이들마다 각자의 레벨을 가지고 있다는 것이다. 제니의 경우는 수학은 3학년 수준, 국어는 5학년 수준이다. 반면, 멕시코계의 오달리는 이민 온 지 얼마 되지 않아서 국어가 1학년 수준이었다. 학생들은 저마다의 레벨에 따른 게임을 통해서 자신의 레벨을 얻는다. 아무도 자신의 레벨을 부끄러워하지 않고, 그 레벨을 어려워하지 않은 채 게임을 한다. 누구도 상처받지 않는 수준별 수업이 한 교실에서 이루어지고 있다는 사실이 참 인상 깊었다.

독특한 학교 행사도 많았다. 대표적인 예로 '수학의 밤'행사가 있다. 학생과 학생의 가족을 초대하여 그들이 각 교실을 돌며 수학 게임을 해결하면서 즐기도록 하는 축제다. 몰몬교의 특성상 대가족을 이루는 이곳 사람들은 할머니, 할아버지부터 1세 영아까지 모두 학교에 방문하여 축제를 즐긴다. 학교는 이들을 위해 저녁 식사를 제공하고 음악회를 개최하는 등 수학이라는 과목을 편안하면서도 재미있는 축제와 연결 지으려는 시도가 돋보였다. 한국의 경우 학교에 부모님이 방문하는 일을 주로

아이패드가 언제나 활용되는 스마트 교실

'우리 아이가 나쁜 일을 저질러서 상담이 필요한 때'라고 생각하는 경우가 많다. 또는 학교는 '부모님이 쉽게 방문하기 어려운 곳'이라는 인식이 크다. 그러나 이곳에서 학교는 '언제든지 부모가 아이들과 즐길 수 있는 곳, 함께하는 곳'의 이미지였다. '부모님의 날', '할아버지 할머니의 날'에는 이들이 방문하여 학교 식당에서 자녀와 함께 점심 식사를 한다. 그리고 학교에 방문한 할아버지와 할머니들이 그날의 강연자가 되어 그동안의 삶의 경험들을 나누고 손자, 손녀 그리고 그 친구들에게 의미 있는 이야기를 전해주는 시간을 갖는다.

글로벌한 교사되기 프로젝트, 그 완벽한 리허설

한국의 교육 실습생들이 유타주에서 실습을 하던 초기에는 워싱턴 교육청과 지역 사회의 우려의 시선이 있었다고 한다. 아시아의 학생들이 미국의 공립 초등학교에서 미국의 학생들을 가르친다는 것이 처음에는 쉽게 받아들여지기 어려운 일이었기 때문이다. 안전상의 문제, 전문성의

학습에 성공을 부르는 석세스메이커 게임 수업!

문제, 언어의 문제 때문에 부정적인 시선이 많았다. 그러나 해를 거듭하면서 유타 지역의 초등학생들은 한국 선생님들에 대해서 폭발적으로 호의적인 관심을 가지기 시작했다. 아이들은 마음을 열고 한국인 실습생에게 다가왔고, 그들이 학교에 잘 적응할 수 있도록 도와주었다. 다소 서툰 영어로 수업을 할 때에도 최선을 다해 수업에 임한다. 불과 3년 전까지만 해도 한국이 어디에 위치해있는지도 몰랐던 학생들이 이제는 한국 전문가가 되었다. '학생들이 내 수업을 잘 따라줄까?'라고 걱정했던 초반의 내 생각은 후반부에 거의 사라졌다. 국적만 달랐을 뿐 미국의 아이들은 한국 초등학교 아이들의 모습과 크게 다르지 않았다. 아이들 역시 한국에서 온 선생님들과 함께하면서 세계 시민으로서의 소양을 함양할 수 있는 좋은 기회를 가진 것이 아니었을까 싶다.

나 역시도 훌쩍 자랐다. '영어로 미국 아이들을 가르칠 수 있다면 다른 국가의 아이들도 가르칠 수 있지 않을까?' 6주간 열 번이 넘는 수업을 진행하면서 영어로 진행하는 교과 수업에 대한 충분한 자신감을 얻었다. 그리고 담임교사로서의 역할도 잘 수행했다는 평가를 받았다. 먼 훗날, 세계 곳곳에 있는 한국 국제학교에서 아이들을 가르쳐보고 싶다는 꿈에 한 발짝 다가갈 수 있었던 값진 경험이었다.

개발도상국 사범대생들이 우리나라로 교육 실습을 온다면?

아프리카연합에 속한 국가들이 몇 년 전 부터 한국의 국제교육개발 협력 NGO인《국경없는교육가회》에 한국의 우수한 교육시스템을 전수 해달라는 요청을 해오고 있다. 50년 만에 놀라운 발전을 이룩한 원인을 '한국의 높은 교육열과 체계적인 교육 시스템'으로 꼽고 있다고 한다. '한국 입시 제도의 폐해, 주입식 교육의 문제점, 학교 붕괴'와 같은 기사와 뉴스를 오랫동안 접하면서 나도 모르게 우리 교육에 한숨만 쉬고 있었는데, 관점을 달리하니 우리 교육에도 다양한 장점들이 있었다. 이 점에 착안하여 우리나라 또한 해외로 실습생을 보내는 역할을 넘어서 해외의 실습생을 받아들이고, 우리 교육 제도를 전수시키는 역할을 할 시점이라는 생각이 들었다. 최근 한국 정부는《아시아태평양국제이해교육원》을 통해서 한국 교사와 몽골 교사의 교환 교수 프로그램을 진행 중이다. 이를 통해 한국의 교사는 몽골에 파견되어 몽골 현지 학교에서 교과 및 한국 문화를 가르친다. 몽골의 교사는 한국 초등학교에서 다문화 수업을 맡아 진행한다. 같은 취지를 교육대학교에까지 넓혀, 개발도상국의 교·사대 학생들을 대상으로 한〈한국교육실습제도〉를 마련하는 것에 대한 가능성을 생각해봤다. 체계적인 한국의 교육 과정, 첨단화 되고 있는 학교 시설, 스마트 교육의 도입, 한국의 학교 문화 등을 관찰하고 노하우를 전수하는 프로그램을 마련할 수 있지 않을까 생각해본다. 먼 훗날 내가 담임을 맡고 있는 교실에 필리핀에서 온 교생들이 찾아오는 날이 오기를 바라본다.

또 하나의 가족, 미국의 창이 되다

　미국 문화를 가장 빠르게 알 수 있는 또 다른 방법 하나는 홈스테이다. 미국 교육실습을 신청하면서 자연스럽게 홈스테이로 미국 가정을 체험할 기회도 얻었다. 영화에서나 보던 다락방, 푹신한 침대와 보들보들한 러그가 깔려있는 아주 아담한 방이 내 방이 되었다!

　"이 조용한 동네에서 한국인 홈스테이는 굉장히 중요한 이벤트야. 여름 방학 6주, 겨울방학 6주 동안 한국에서 새로운 손님이 찾아오는 느낌이야. 자식들 다섯 명을 떠나보내고 우리 부부가 이 큰 집에서 얼마나 적적한데. 너희들과 새로운 음식을 함께 먹고, 주말마다 우리와 문화체험을 가는 일이 우리에게는 큰 기쁨이지."

　홈 맘이었던 제니퍼와 홈 대디였던 컬티스는 잉꼬부부다. 제니퍼는 항공사에서 근무하고, 컬티스는 마을의 한 병원에서 물리치료사로 근무하면서 아들 케이드와 조카 제이콥과 단란하게 살고 있다. 하지만 제이콥은 이제 대학에 막 입학해서 두 달 뒤면 솔트레이크에서 기숙사 생활을 하고, 케이드는 캐나다로 떠날 것이라서 세인트 조지에는 부부 둘만 남게 된다. 이 층짜리 넓은 집에서 두 부부만 적적하게 사는 것이 싫어 한국인 홈스테이를 신청해서 앞으로도 꾸준히 한국 교생들을 받을 생각이라고 한다.

　"Sim, 오늘 학교생활은 어땠어? 아빠가 뭐 도와줄 것은 없어?"

　"다음 주에 있을 첫 수업이 너무 떨려요. 스크립트를 한번 써봤는데 봐주실래요?"

　"음…. 여기서는 introduce보다는 tell이 더 적합한 단어야. 그래도 첫 준비인데도 굉장히 꼼꼼하게 잘했네? 다음 번에는 수업 동영상을 찍게 되면 나를 보여다오! 힘내!"

우리 아빠만큼 자상한 아빠가 미국에도 있다니! 컬티스가 아니었으면 내 수업이 어떻게 되었을까 싶을 정도로 컬티스는 훌륭한 아버지이자 멘토였다. 미국에서의 낯설고 어색한 시간들이 가족과 함께여서 행복했고, 밤새 이어지는 여러 가지 대화 속에서 자연스럽게 미국의 문화를 익히고 한국의 이야기를 나눌 수 있었다. 특히 주말마다 시간을 함께 보내며 다양한 곳을 데려가주셨다. 솔트레이크로 스키여행을 떠나기도 하고 라스베이거스로 쇼핑을 떠나고, 홈맘의 친척들과 만나는 등 재밌는 문화체험 기회가 수도 없이 펼쳐졌다. 일주일에 한 번은 한국 음식의 날로 정하여 제니퍼를 대신해 내가 불고기, 냉면 같은 한식을 만들어 드렸다. 윷놀이와 공기놀이를 통해 가족과 함께 한국의 전통놀이를 해보는 시간을 갖고 한복을 직접 가져가서 부모님들에게 직접 입혀 드렸다.

나는 종교가 없어서인지 어떤 종교에도 거부감이 없다. 그래서 이슬람 문화권에서는 모스크에 방문해서 문화를 체험하기도 하고, 불교 문화권의 국가에서는 불교 사원에 들러 이런저런 이야기를 나누다 오기도 했었다. 그런데 이번에는 몰몬교다. 몰몬교에 대한 세간의 다양한 평가들이 있지만 나는 사람들이 전하는 편견 없이 내 생각과 내가 느껴지는 대로 홈스테이 가족을 대하고 싶었다. 독실한 몰몬교 가정인지라 주말에는 교회에서 예배를 드리기도 하고, 세인트 조지 시내에 있는 몰몬 관련 유적지에 방문하기도 했다. 미국에 가기 전 사전 조사를 하면서 몰몬교도들과 함께 생활한다는 것에 대해 막연히 두려움과 편견을 가지고 있었다. 그러나 실제로 그들과 대화하고 생활하면서 내가 가졌던 편견들이 부끄럽게 느껴졌다. 가족 중심의 종교문화를 토대로 언제나 가족과 함께하는 생활을 추구하고, 순수하고 성실하게 지내는 모습, 타문화에 대해 개방적인 모습 등은 내가 가지고 있었던 몰몬교에 대한 부정적인 시선을 바꾸어놓았다.

해외 국제교육실습프로그램

* 전국 교대 및 사대 국제교류원 사이트

▶ 전국 사범대 및 교육대학교 산하 국제교류원에서 진행하는 국제 교육 실습 프로그램은 다른 국가의 초등학교에서 교육실습을 진행하고, 이후에 다문화 가정 학생들을 가르치기 위한 다문화 음미 경험뿐만 아니라, 예비 교사들의 국제적 유능함과, 언어 능력 향상 등을 통하여 글로벌 리더십을 빌딩하는 데 주목적이 있다. 각 대학마다 프로그램이 진행되는 국가와 기간, 프로그램 성격들이 다르니 자신에 맞는 프로그램에 지원할 수 있도록 자세히 알아보는 것이 좋다.

• 대상 - 대학 2학기 이상 수료한 학부 재학생으로 학점 평정 평균 2.5/4.5 이상인 자
      - 비자발급 등 국제교육실습 참여에 결격 사유가 없는 학생
• 지원서 접수   동계 및 하계 방학 시즌
• 활동 내용 - 교사 보조: 학습지도(개인, 소집단, 학급전체), 채점, 복사 및 학습도구 만들기
           - 교사 활동 도움: 교실, 운동장, 식당, 도서관 및 수업진행

★ 생생 체험 Tip

교육 실습에서 피할 수 없는 미션은 바로 인증수업 통과하기! 실습생은 6주간의 실습기간 중 3주차에 교장과 교감 그리고 담임교사의 참관 아래 한국 문화수업과 같은 비정규 수업이 아닌 정규 수업(Regular Class)을 40분간 영어로 진행해야 한다. 인증수업을 통과하면 현지 미국 교육생 실습생이 받는 것과 똑같은 〈미국실습자격인증서〉가 주어진다. 인증서는 UTAH주의 워싱턴카운티 교육청(Washington County School District)이 제공하는 평가틀(Korean Clinical Practice Evaluation Form)을 통해서 이루어지는데, 교장과 교감, 그리고 담임교사는 제시된 항목에 0점부터 5점사이의 점수를 기록한다. 그리고 그 합산 점수를 통해서 인증 자격 여부가 결정된다. 인턴들은 5점 만점인 20개의 항목 중 0점인 항목 없이 50점 이상을 받아야 합격할 수 있다. 나는 2주차에 인증 수업의 과목으로 과학을, 수업 주제를 '자기장'으로 설정했다. 과학 수업을 영어로 하는 것은 많은 준비가 필요했다. 일주일 동안 수업 내용을 영어로 이해하고, 실험을 구상하고 수업 발문을 영어로 준비하고 연습했다. 내가 한 발문이 교육적으로도 이해 가능한 것인지도 중요했지만, 내 발화가 문법적으로도 정확한지도 고려해야 할 요소였기 때문에 수업 전에 철저하게 발문 하나하나를 확인하고 수정해나갔다. 활동 중심 수업을 만들기 위해 활동지를 제작하고 철가루를 이용한 실험을 캠코더를 이용해 촬영하면서 준비 면에서도 많은 노력을 기울였다. 결과는 총 69점 획득. 교사 전문성, 교수 능력 등 총 20개의 평가 항목에서 각각 5점 만점에 3점 이상을 획득하였는데 이는 미국인 교육 실습

생도 받기 어려운 점수였기 때문에 의미 있는 점수였다.

미국 초등학교 교장선생님과 다른 학년 담임선생님 앞에서 영어로 과학 수업을 해야 하는 부담감, 그리고 영어가 모국어인 현지 초등학생을 가르쳤던 그 용기. 나의 교생실습 기억들 모두를 통틀어 가장 강력하고도, 힘이 되는 소중한 경험이 아니었을까 싶다. 인증평가는 유료이기 때문에 선택에 자율권이 있지만, 반드시 도전해보기 바란다. 교사로서 훌쩍 자라있을 나를 발견하게 될 것이다.

12 수리남

남아메리카에서
한국을 외치다!

《월드프렌즈코리아》〈세계태권도 평화봉사단〉 수리남 태권도 품새 담당

국가 수리남(남아메리카)
수도 파라마리보
언어 네덜란드어
활동도시 파라마리보

도복을 입은 남자들의 초대

생각해보면 나는 《World Friends Korea》의 최대 수혜자이다. 《World Friends Korea》란 KOICA 해외봉사단, 교육과학기술부 해외봉사단 및 개도국 과학기술지원단 그리고 행정안전부의 해외 인터넷 청년봉사단이 대통령 직속 단일 국가 브랜드로 통합된 이름이다. 세상 구석구석의 어려운 이웃에게 든든한 힘이 되라는 사명을 안고 한국의 청년들이 곳곳에 파견되는 정부지원 사업이다. 오랫동안 이리저리 산발적으로 흩어져있던 정부 산하 해외봉사단을 하나로 통합해 2009년부터 《WFK》라는 이름으로 부르게 되었다. 《WFK》는 2009년에 첫 출범하여 글

로벌 청년 양성이라는 정부 시책과 연계해, 본격적으로 연간 5000명 이상을 활발하게 파견하게 되었다. 우연찮게도 내가 대학 생활을 시작한 2010년부터 해외파견 인원이 폭발적으로 증가하여 많은 기회가 대학생들에게 주어졌다. 그 덕분에 나는 여러 정부 부처의 지원으로 세계 곳곳을 누볐다.

2012년 초, 코피온 청소년 봉사단 인솔자격으로 필리핀을 다녀온 나에게 청와대에서 열리는 《World Friends Korea》 발대식에 초대되는 기회가 주어졌다. 대통령과 여러 귀빈이 초대되고, KOICA 봉사단, 퇴직자 봉사단 등 다양한 기관들이 저마다의 경험을 나누는 자리라 흥미로웠다. 더불어 새롭게 출발하는 단원들을 격려하는 흥겨운 자리였다. 그곳에서 도복을 입고 긴장하면서 무대 준비를 하던 20여 명의 태권도복을 입은 청년들이 눈에 띄었다.

'저 친구들은 국기원 대표단인가? 왜 이곳에 와있을까?'

흥겨운 태권무 무대와 긴장감에 손을 쥐게 했던 격파 시범까지 완벽하게 마치고 무대 가운데에 있던 친구가 소감을 이야기했다.

"안녕하세요. 저희는 작년에 〈세계태권도 평화봉사단〉으로 중국, 피지, 우즈베키스탄 등에 다녀온 태권도 봉사단원들입니다. 태권도를 전공한 저희들이 한류와 한국 문화를 전파하는 큰 역할을 할 수 있게 되어 정말 뜻깊습니다. 앞으로는 전 세계 모든 나라에 태권도 평화봉사단이 파견될 수 있는 날이 올 수 있기를 바랍니다."

'태권도로 봉사를 하는 단체가 있구나?!' 청와대에서 대통령과 한 공간에 있었던 것도 영광스럽고 뜻깊었지만 〈태권도 봉사단〉을 알게 된 것이 그날의 가장 큰 수확인 것처럼 느껴졌다. 여러 대외활동에서 항상 태권도를 시범 보이고, 태권도로 수업하면서 한국을 알리는 역할을 했지만, 정규 수업으로써 보다 정식적으로 태권도를 알리는 시간을 가지면 어떨까 생각하던 차였다. 태권도담당 단원들과 통역담당이 한 팀을 이루어 태권도를 정규 과정으로 수업하는 봉사단! 언젠가 꼭 저 활동을 해봐야지 하고 다짐했었다. 그리고 그로부터 2년 뒤 여름 방학, 나는 2014년 〈세계태권도 평화봉사단〉 품새 담당 단원이 되어 수리남으로 떠났다. 이로써《World Friends Korea》와 다시 한 번 인연을 맺었다.

무모한 도전? 무한도전!

서류 전형, 면접 전형이 다 끝나고 전라북도 무주 태권도원에서 150명의 참가자들이 모두 모여 5박 6일간 합숙 교육을 받았다. 본격적인 파견에 앞서, 조금 더 체계적인 교육과 봉사 정신을 기르기 위해서 실기, 태권도 교육, 체력보강, 문화교육 등 다양한 강의가 준비되어있었다.

'내가 못 올 곳을 왔구나. 이리저리 둘러봐도 모두 다 태권도 전공자들인데 내가 너무 과한 도전을 했나?'

내가 배정된 숙소의 13명의 여자 아이들 중 태권도 비전공자는 딱 네 명이었다. 통역담당자인 두 명을 제외하고는 태권도 분야(품새, 겨루기, 시범) 지원자로는 비전공자가 나 빼고 한 명인 셈이었는데, 그마저도 이 친구는 오랫동안 태권도장에서 사범 경력이 있던 친구였다. 해외에서 활동한 경력이 있고, 태권도 4단 자격을 가지고 있지만 태권도 전공자들만 모여있는 이 집단에서 내가 해낼 수 있는 일들이 있을까 하는 생각에 한없이 작아진 상태로 태권도원에서 제공한 셔틀버스에 올라탔다. 그냥 통역으로 지원을 할걸 너무 무모한 도전이었나 하는 생각이 들었다. 전국 대회, 국제 대회를 치르면서 다들 안면이 있는지 서로서로 친해 보였다. 5박 6일간의 합숙 훈련의 첫날, 소강당에서 교육을 받던 중에, 내 옆에 앉아있던 친구가 말을 걸었다.

"안녕하세요? 누나는 어떤 경력으로 여기에 오셨어요? 저는 용인대

태권도학과 재학 중인데, 국
내 작은 대회에서 동메달 딴
경력뿐이라서 부끄럽네요."

"음…. 나는 품새 분야로 왔
고, 태권도 대회에서 메달을
딴 전공자도 아니야. 오랫동안
국제교류활동을 하고, 태권도
관련 용어를 많이 아니까 아
마 필요할 때 통역에도 도움
을 줄 수 있어서 뽑아주신 것
같아."

초등부를 맡은 나. 흰띠들도 진지하다구!

이 친구는 태권도 대회 경
험이 전무하다는 내 이야기를 듣고 눈이 휘둥그레져서 말했다.

"그래요? 그렇다면 누나 정말 대단한 거예요. 저희 과에 품새로 지원
한 친구들도 있었는데, 이번 실기 심사에서 떨어진 아이들이 3명 정도
되거든요."

"그래? 태권도 전공자 중에서도 떨어진 친구들이 있어?"

"네. 꼭 가고 싶다고 벼르던 친구들인데 품새 동작을 정확하게 구현을
못했나 봐요."

"그래?"

"네, 심사위원님 앞에서 품새 실기를 봤는데, 합격한 거니까 제가 인
정할게요! 어떤 나라로 누나가 가게 될지는 모르겠지만 응원할게요. 같
은 나라에 파견되면 잘 지내봐요."

그 친구의 말을 믿고, 힘을 내서 남은 품새 수업에서 최선을 다해 교
수님의 동작 하나하나 놓치지 않고 열심히 배우고 또 익혔다. 합숙 셋째

동남아시아의 기후를 닮은 수리남의 풍경

날, 마침내 국가와 팀원이 발표되는 시간이 다가왔다.

"이번 지원 팀 중 파라과이 팀은 특히 파라과이 사관 학교에서 교육하게 될 거예요. 우리나라의 육군 사관 학교와 같은 곳이에요. 그래서 특히 파라과이의 경우는 국내에서 다양한 시범 경력이 있는 친구들이 뽑히게 될 것입니다. 시범 쪽에 경력이 있는 사람을 중심으로요. 다들 어떤 나라에 배정될지 궁금하죠? 합숙 중간에 발표가 될 예정이니 다들 기대하고 있어요."

내심 이번에는 남아메리카에서 봉사활동을 하고 싶다는 생각에 중남미를 1지망으로 썼지만, 쟁쟁한 실력자를 파라과이에서 요구하는 것으로 보아 내가 갈 곳은 아니구나 하는 생각이 들었다. 중국이든 동남아시아든 내 소박한 실력을 필요로 하는 곳이면 어디라도 상관없을 것 같았다. 하지만 반전은 곧 찾아왔다.

"심고은, 허백호, 조현, 이시윤. 수리남 팀입니다.

"수리남? 어디야? 동남아시아인가 보다!"

파견국이 발표된 동시에 기수 단원 전체가 술렁였다. 모두들 거의 처음 들어보는 나라였기 때문이다. 우리 팀원도 서로의 얼굴을 돌아보면서 어리둥절했다. 급하게 나라 이름을 찾아보자 수리남은 브라질 위에 있는 작은 나라로 남아메리카에 위치해있었다.

"남아메리카! 내가 남아메리카에서 태권도를 가르치게 될 줄이야!"

이렇게 나의 이번 여름 출장지는 수리남으로 결정됐다. 동대문 시장에서 수리남 태권도 협회장님을 위한 선물을 사고, 한 달 동안 쓸 생필품을 인터넷으로 준비하는 등 이 주 동안 꼼꼼하게 준비물을 챙겨나갔다. 드디어 태권도 평화봉사단원으로서 출격하게 되는 날이 온 것이다.

파란 추리닝의 공항패션

이번엔 파란 추리닝이다! 가슴엔 태극기가 달려있고 등에는 태권도 봉사단을 상징하는 글자가 멋들어지게 붓글씨로 새겨져있는 아디다스 추리닝. 네 명에서 맞춰 입고 똑같은 배낭을 메고, 박스 가득 한국 문화 물품을 들고 출국장으로 향하는 발걸음은 날아갈 듯 가볍다. 공항에서 짐을 부치는 즈음이 되면 우리를 지켜보던 사람들이 한 번씩 말을 붙인다.

"어머…! 태권도 국가 대표이신가 봐요? 어느 나라로 전지훈련 가세요?"

이런 질문을 받으면 우리는 멋쩍게 웃으면서 한다.

"아니요. 저희는 태권도 봉사단이에요. 태권도 교육이 필요한 나라가 있어서 그곳에 아이들을 가르치러 갑니다."

"와! 그런 봉사단도 있어요? 우리가 잘 모르는 나라에도 태권도를 하는 사람들이 있나 봐요. 꼭 많이 알려줘서 그 나라 금메달 따게 해주고 와요. 파이팅!"

이렇게 따뜻한 응원을 받다 보면 체력이 바닥나서 나가떨어질 때까지 학생들을 가르칠 수 있을 것같이 힘이 불쑥 솟는다. 네덜란드의 수도 암스테르담을 경유해 수리남의 수도 파라마리보까지 열일곱 시간의 긴 비행을 마치고 도착한 수리남. 수리남 태권도 협회에서 나온 사람들이 우리를 환영해주었다. 숙소는 생각보다 너무나 좋았다. 수도인 파라마리보는 약 열다섯 개의 도장들이 있었는데, 그중 한 도장 관장님이셨던 라몬이 숙소를 제공해주셨다. 태권도 관장이자 의사이기도 한 라몬이 가지고 있는 여러 채의 집 중에서 한 건물을 내어주어 덕분에 안전하게 생활할 수 있었다. 담당 매니저인 티노는 모든 일정을 관리해주었고, 아침, 점심, 저녁때마다 차량으로 식당에 에스코트하는 등 '대표단' 대접을 톡톡히 해주었다. 이런 후한 대접을 보답할 일은 한 달 동안 남김없이 우리가 가진 재능을 기부하는 것일 것이다.

모기가 선물해준 치쿤쿠냐! 백호를 괴롭히다

한국에서 온 태권도 봉사단의 인기는 생각보다 높아서 우리가 조금 무리한 스케줄을 소화하기는 했다. 여러 도장에서 우리 팀의 교육을 요청해왔기 때문에 매일매일 다른 도장을 돌며 6개 도장에서 수업했다. 과연 도장마다의 수준은 천차만별이었다. 매트리스 바닥도 없이 마룻바닥에서 운동하는 도장도 있었고 심지어 술집을 영업하면서 옆 공간을 개조해 시멘트 바닥에서 수업을 하는 경우도 있었다. 술병이 깨져있어 맨발로 수업하다간 자칫 학생들이 부상을 당할 염려가 있어 보였다. 날씨도 덥고 정수기도 없고, 에어컨, 선풍기, 심지어 창문도 없는 곳에서 땀을 뻘뻘 흘리며 태권도를 배우는 학생들을 보면서 새삼 벅찬 감정이 밀려왔다. 운동이 끝나고 팀원인 현이가 이렇게 얘기했다.

"누나, 태권도를 이십 년 가까이 하면서도 이 머나먼 국가에서 태권도를 배우기 위해서 이렇게 열심인 친구들이 있는지 몰랐어! 한 동작이라도 열심히 가르쳐주고 가야겠다."

"그래 맞다. 차량도 운행되지 않아서 1시간도 넘게 걸어와서 우리에게

수리남 전국 태권도 대회 겨루기 심판을 보고 있는 팀원 백호

배우러 오는 아이들을 위해서도 최선을 다하자."

파견 2주차, 에릭의 도장에서 운동을 끝내고 쉬는데 백호의 몸 상태에 빨간불이 들어왔다.

"백호야, 좀 쉬어가면서 해. 숨이 차 보이던데. 지금 정상 컨디션이 아닌 것 같아."

"며칠 전부터 몸에 계속 열이 나고, 팔에 붉은 반점들이 점점 퍼지고 있어요. 벌레에 물렸나? 자꾸 숨이 차고 몸에 힘이 없어. 나 조금만 쉴게. 형."

힘없이 대답하는 백호. 감기 몸살인 줄 알았는데 일주일간 상태가 지속되는 게 심상치가 않았다. 상태를 걱정하던 티노가 우리를 병원에 데려다줬다.

"치쿤쿠냐Chikungunya네요. 중남미 지역에는 모기가 전파하는 다양한 바이러스가 있어요. 댕기열처럼 치사율이 높은 병은 아니지만 훨씬 아프고 고통스러워서 이 병에 걸리면 걷기도 눕기도 힘들어요. 이 몸으로 매일 4시간씩 운동을 지도했다니 놀라운 정신력이에요."

"치쿤쿠냐 그게 뭔가요? 태어나서 처음 들어봐요."

"치쿤쿠냐란 병명은 탄자니아의 한 환자 혈액에서 1953년 최초로 검출된 바이러스의 이름이에요. 모잠비크의 키마코족 언어로 '몸을 구부러지게 한다.'는 의미죠. 온몸에 열꽃이 피고 모든 뼈마디 관절이 쑤시고 아파요. 아마 팔목 발목 근처도 퉁퉁 부었을 걸요?"

"네 맞아요. 온몸이 붓고, 며칠 전에는 열이 39도까지 올랐어요."

단순한 감기가 아니었구나! 팀원들이 모두 긴장한 상태로 의사 선생님의 말씀에 집중했다.

"주사를 맞으면 나을까요? 빨리 나아서 조금 활기차게 학생들을 지도하고 싶네요."

"안타깝지만 치쿤쿠냐는 아직 백신이 없어요. 그저 몸을 푹 쉬게 하는 수밖에 없어요. 열이 나면 타이레놀을 먹구요. 후유증이 언제까지 지속될지 몰라요. 어떤 환자의 경우 1년이 지날 때까지도 관절이 아픈 증상이 있었어요. 모기에 더 물리지 않게 꼭 조심하세요."

백신이 없는 병에 걸리다니. 모든 봉사활동을 떠날 때마다 소양 교육에서 안전 교육, 질병 예방 수칙에 대해서 철저히 교육 받았지만 이런 일이 실제로 벌어지니 무척 걱정이 되었다. 백호가 푹 쉬었으면 좋겠다고 생각했지만 그를 말릴 수가 없었다.

"아파서 누워있으면 뭐 하겠어. 운동을 하는 게 정신 건강에 좋은 것 같아. 애들이랑 뛰고, 놀면 아픔이 좀 잊혀지는 것 같아."

아픈 몸을 이끌고 아이들을 이끌어준 백호가 눈물나게 고마웠다. 아픈 백호 대신 노련하게 수업을 운영해주는 현이. 그리고 그들의 노력이

헛되지 않게 나 역시 통역과 품새 교육에 최선을 다했다. 2주 뒤 한국에 돌아와서 백호는 조선대학교 병원에 입원했다. 통증과 고열이 가시지 않아 입원하게 되었는데, 대학 병원에서조차 치쿤쿠냐에 대해 생소해했다고

자연과 함께한 발차기 연습. 티노네 도장 여름 캠프

한다. 오죽했으면 병원에서 연구진들의 연구 사례 스터디 대상이 되었다고 한다. 당시에 에볼라가 유행이었던 시기여서 처음에는 한동안 격리되었다가, 결국 질병관리본부에서 만들어준 맞춤 백신을 맞고 1개월 만에 완치되어 병원을 퇴원할 수 있었다. 그야말로 목숨을 건 봉사활동이 아닐 수 없다. 앞으로 평생이 가도 치쿤쿠냐라는 이름은 절대로 잊을 수 없을 것 같다.

전국 태권도 대회 심사위원이 되다

우리가 파견된 기간 중 가장 큰 행사는 수리남 전역에서 참가하는 전국 태권도 대회였다. 수리남 태권도 협회장님께서는 우리가 대회의 심사위원으로 활동해주기를 바라셨다. 태권도 종주국인 한국에서 온 봉사단원들이 냉정하고 엄격하게 심사해준다면 더할 나위 없이 고마울 것 같다고 하셨다. 몇 주 뒤에 있을 심사를 위해 에릭의 도장, 티노의 도장 등 모든 도장에서 태권도 대회를 대비해 구슬땀을 흘렸다. 특히 'General Training' 시간에는 많은 학생들이 품새 동작 하나하나를 교정하기 위해 수업 시간이 끝나도 남아서 자세 교정을 요청했고, 겨루기 기술들을 백호에게 물었다.

심사 당일, 잠실 체육관과 비슷한 규모의 파라마리보 체육관에는 전국 모든 태권도장 선수들이 다 모였다. 수리남 태권도 협회장님 테이블 위에는 수십 개의 트로피와 메달이 주인을 기다리고 있었다. 각 도장별로 최정예 멤버들이 선발되어 실력을 겨루는 자리에 우리가 초대된 것만으로도 영광이었다.

"한국에서 온 태권도 봉사단을 소개합니다. 오늘 여러분들의 겨루기와 품새 부문 심사를 맡아주시겠습니다. 공정한 심사 부탁드립니다."

소개 인사가 끝내자 모든 객석에서 박수가 터졌다. 'General Training'을 통해 15개의 도장 사람들을 알고 지내니 모두 반가운 사람들이었다.

"Sim, 우리 도장 사람들을 대표해서 열심히 할게요. 지켜봐주세요. 품새에서 꼭 트로피를 받을 거예요."

품새 심사가 시작되자, 우리가 수정해준 동작들을 뽐내는 참가자들이 보였다. 특히 위카의 태극 7장은 다른 친구들에 비해 확연히 멋졌다. 각각의 동작들에 보다 힘이 느껴졌다. 매일매일 지도한 보람이 있었다. 결국 위카는 그렇게 원하던 메달을 목에 걸었다. 겨루기 심판은 우리 팀의 막내 백호! 장난도 잘 치고 늘 재밌는 농담으로 팀 분위기를 밝게 해줬던 백호가 진지한 얼굴로 "갈라! 차렷!"을 외치면서 휘슬을 불고 있자니 그렇게 멋져 보일 수가 없다. 태권도 이야기가 나오면 진지함이 묻어나는 백호와 현이. 자신의 전공 분야에 대해서 오랫동안 몸담으면서 애정을 가지고 꾸준히 활동한 결과 이런 무대에서도 자신의 역량을 충분히 발휘하는 것 같아 멋있어 보였다. 봉사활동의 묘미란 이런 게 아닐까? 어디에 위치해있는지도 모르던 이 나라에 와서 태권도 대회 심판석에 앉아있을지 누가 상상이나 할 수 있을까? 이렇게 또 하나의 추억이 소복소복 쌓여간다.

남김없이 다 주고 떠납니다

해외봉사를 가면 한 번쯤은 꼭 슬럼프가 온다. 열사병이 있는 나는 더운 나라에 가면 꼭 한 번씩 극심하게 두통에 시달린다. 밥도 먹지 못한 채 하루를 끙끙 앓으면서 타이레놀 한 알을 먹고 열 시간쯤을 자고 일어나면, 내가 왜 이런 고생을 사서 하고 있나 하는 생각을 하게 된다. 쓸데없이 서러운 감정이 들면서 그쯤 되면 어서 한국으로 돌아가고 싶다는 생각이 간절해진다. 하지만 마지막 주차가 되어 교육생들과 헤어질 날이 얼마 남지 않으면 언제 그런 생각을 했냐는 듯 딱 일 주일만, 딱 이 주일만 더 있고 싶다.

'아직 알려주지 못한 것들이 많아. 에디에게 태극 5장을 알려주고 가고 싶은데…'

아직도 많은 학생들의 품새 동작들에 수정해야 할 부분이 보인다. 매일매일 우리를 찾아주는 사람들. 심지어 사범님들도 한국형 태권도 자세와 기술을 조금이라도 더 익히기 위해 열심히 임한다.

"누나, 우리가 이제 곧 떠나는데 아마 한 달 정도 있으면 이 친구들은 우리가 알려준 자세를 금방 잊을 것 같아."

걱정스러운 얼굴로 백호가 이야기했다.

"응 맞아, 1년에 한 번씩 관장님들 중에서 열정적인 사람들이 한국에 방문해서 국기원 연수를 받고 온다더라. 하지만 그분들도 이곳 현지에서 확실하게 아이들에게 가르쳐주려면 뭔가 늘 곁에 두고 쓸 수 있는 교본 같은 게 있으면 좋겠어."

내가 백호의 의견에 거들자 현이가 기막힌 아이디어를 내놨다. 바로 동영상 품새 교본 만들기였다.

"태극 1장부터 품새마다 동영상으로 촬영해서 여기 사람들에게 USB로 전해주면 어떨까? 우리가 견본이니까 이들이 영상으로 가지고 있다가 이걸 샘플로 사용하면 쉽게 따라 할 수 있을 것 같아."

그 어떤 방법보다 좋은 아이디어라고 생각하니 힘이 솟았다. 출국 전까지 3일! 하루에 품새 3개씩을 촬영하며 우리 나름대로의 깜짝 이벤트를 준비했다.

"다시 찍자, 누나. 완벽하지 못했던 것 같아. 조금만 수정할게."

"금강막기가 조금 어색하다. 다시!"

"태극 5장이 이 상태로 교본이 돼서 퍼지면 나 너무 창피할 것 같아. 아쉬워. 다시 할게!"

팀원들이 진지해졌다. 내가 남긴 이 동영상 하나가 우리나라를 대표하고, 그리고 여러 도장에서 견본처럼 쓰일 생각을 하니 긴장이 됐나 보다. 그렇게 3일 동안 심혈을 기울여 만든 '품새 동영상'이 완성이 되었고, 활동 마지막 날 티노에게 전달했다. 내가 받아 왔던 푸른색 바지와 흰색 도복은 미카엘라에게, 태권도화는 위카에게 줬다. 입던 옷까지 남김없이 모두 내어주고 비행기에 오른 셈이다. 태권도를 사랑하는 그들의 열정이 부디 오래도록 남았으면 좋겠다. 우리 팀 긍정쟁이 현이가 항상 외치던 이야기가 있다.

"좋으면 추억, 나쁘면 경험."

곱씹을수록 깊은 맛이 나는 말이다. 행복하고 기쁜 일은 모두다 추억이 되니 좋고, 슬프고 불행하다고 생각하는 일이 있다면 인생의 경험이 될 테니 그 또한 소중하고 값진 시간들이라는 말이다. 매일매일 주어지는 새로운 환경, 작렬하는 태양에 에어컨도 없이 땀을 뻘뻘 흘리며 준비했던 수많은 수업들, 발바닥이 새카매지고, 때로는 유리 조각이 박힐 정도로 정돈되지 않은 바닥에서 운동했던 날들. 당시에는 힘들고 지치는 상황들도 있었지만 돌이켜보니 어느 하나 놓칠 수 없는 내 경험이며 자산들이다. 품새 단원으로의 태권도 봉사단 도전, 무모한 도전과 같았던 거대한 장벽을 결국은 용감하게 스스로 깨뜨리고, 또 한 번 성장한 느낌이다. 내 인생의 잊지 못할 추억 한 자락으로 남을 수리남! 안녕!

13 네덜란드

비행기 시간을
쪼개서 알리는 태권도!

《월드프렌즈코리아》〈세계태권도 평화봉사단〉 수리남 태권도 품새 담당

국가 **네덜란드(유럽)**
수도 **암스테르담**
언어 **네덜란드어**
활동도시 **암스테르담**

미션 임파서블! 암스테르담에서, 13시간 내에
태권도 교육을 완수하라!

다시 생각해도 기가 막힌 일정이었다. 환승지에서의 태권도 교육이라니! 수리남으로 갈 수 있는 여러 항로가 있지만, '네이버 길 찾기'로 따지자면 최적의 이동경로는 '인천-네덜란드-수리남'이다. 수리남은 오랜 옛날 네덜란드의 식민지였기 때문에 물자 교류가 많고, 수리남 사람들이 성인이 되면 네덜란드에서 일자리를 찾거나 공부를 하러 떠나서 KLM 항공사가 그 노선을 운행하고 있다. 남아메리카를 가는데 유럽을 거치다니? 처음에는 이만큼 비효율적인 노선이 있을까 싶었지만 이것저것 따져보니 가장 합리적

인 노선이었다. 17시간의 대장정…. 갈 때까지만 해도 네덜란드의 수도인 암스테르담은 우리가 쉬어 가는 환승지였지만 올 때는 달랐다. 갈 때는 공항만 거쳤다면 올 때는 살아 숨쉬는 암스테르담을 경험할 수 있는 절호의 기회를 잡았기 때문이다.

수리남에서 〈태권도 평화봉사단〉 임무를 무사히 수행하고 한국으로 떠나기 5일 전쯤, 우리팀 담당 매니저였던 티노가 재미있는 제안을 하나 했다.

"내가 젊었을 때, 스페인에서 살았는데, 그때 우연히 태권도 사범님 한 분을 만나서 20년 가까운 세월 동안 태권도와 인연을 지속하게 된 거야. 정말 전설과도 같은 분이셨어. 김무 사범님. 그분에게 아끼던 제자들이 있었는데, 그중의 하나가 나지. 그래서 우리 체육관 이름이 'KIM MOO 체육관'인 거야. 또 그중에 한 명이 암스테르담에서 태권도장을 운영하고 있는데 거기 역시 'KIM MOO 체육관'이야. 그 도장에서 네덜란드 태권도 국가대표가 배출되기도 하니까 그 체육관도 우리처럼 꽤 잘나가는 것 같지 않아?"

유머가 넘치는 티노가 익살스럽게 물었다.

"우와, 그럼 우리 환승지인 암스테르담에도 태권도를 배우는 네덜란드 사람들이 꽤 많다는 거네요? 유럽에도 이렇게 태권도인이 많을 줄은 사실 몰랐어요."

"응, 맞아. 그 도장 관장인 내 친구가 너희 이야기를 듣더니, 네덜란드에 들를 수 있는 시간이 있다면 꼭 와서 태권도 교육을 몇 시간만이라도 해줄 수 없냐고 제안했어. 어떻게 생각해?"

"우리 환승 대기 시간을 잠시 체크해볼게요. 오전 7시에 암스테르담에 도착해서 밤 9시에 다시 인천으로 출발하니까 14시간의 시간이 있네요. 최소 2시간 전에는 다시 공항에 와야 하니까 12시간이 실제 환승 대기 시간인 거네요."

"미션 임파서블이네! 12시간이면 충분히 가능한 시간이야. 오전에 도착해서 출국장으로 나와. 도장에 한국을 좋아하는 친구들이 몇 있어. 그 친구들이 너희를 데리러 갈 거야. 그들과 암스테르담 관광을 하고 도장으로 이동해서 두 시간 정도 도장에서 태권도 교육을 하고, 다시 공항에 오면 될 것 같아. 어때?"

"좋죠! 암스테르담을 경험해볼 수 있다니. 그것도 우리를 안내해줄 친구들이 있다니. 암스테르담 'KIM MOO 체육관'에서 태권도 교육을 해보는 경험도 우리에게 너무나 재밌는 추억이 될 것 같아요!"

사흘 뒤 그렇게 네덜란드 스키폴 공항에 도착했을 때, 김무 체육관까지 우리를 에스코트해줄 벤, 함따, 뚜바를 만났다. 공항에서 인사하면서 놀랐던 것은 이들의 한국어 실력이었다.

벤은 이미 강원도의 한 대학교 태권도 학과에서 일 년 동안 교환 학생으로 지내서인지 한국어 실력이 유창했다. 한국에서 일 년 동안 지내면서 전국 방방곡곡에서 친구를 사귀고, 태권도 대회에 출전하면서 한국인들을 사랑하게 됐단다. 함따와 뚜바는 고등학생과 대학생인 자매였는데 그들은 한국에 한 번도 가본 적이 없는데도, 한국어 실력이 무척 유창했다. 그 비결은 바로 한국 드라마. 〈Viki〉라는 핸드폰 어플리케이션을 통해서 매일 드라마 두 편씩, 삼 년 동안 한국어 리스닝을 했더니 이제 웬만한 표현들은 이해할 수 있는 실력이 되었다고 한다. 중국, 동남아시아, 아프리카에서도 느낄 수 있었던 한류가 유럽 깊숙하게까지 퍼져있다는 사실을 실감한 날이었다. 이들과 함께하니, 암스테르담 여행은 반나절로도 충분했다. 국립 미술관에 설치된 '아이러브암스테르담' 조형물에서 인증샷 찍는 것을 필두로, 운하를 따라 쉬엄쉬엄 걸으며 산책하다 보면 정말 멋진 풍경들을 만날 수 있었다. 중간중간 보이는 노천

카페에서 커피 한잔을 하면서 언제 남아메리카에서 한 달을 지냈냐는 듯 유럽의 거리를 바라보면서 편안하게 휴식을 취했다. 하루 만에 남미에서 유럽으로! 국제교류여행이 아니었다면 이렇게 특별할 수 없었을 여정이다.

네덜란드 김무체육관 사람들. 한국 사범님들을 환영합니다.

"암스테르담에 오면, 유람선을 타야지!"

여행 책자 하나 보지 않고도 그들과 함께였기에 패키지 여행에 온 것처럼 어디든지 척척이다. 'Lovers tickets' 유람선을 타고, 암스테르담 구석구석을 편안하게 바라보면서 그들과 이야기를 나누었다. 태권도라는 공통 관심사가 있으니 만난 지 한 시간도 채 되지 않아 어느새 오랜 친구를 만난 것처럼 편안하게 이야기하게 되었다.

"우리 가족은 원래 네덜란드 사람은 아니야. 우리 가족은 아프가니스탄에서 살고 있었는데 아주 어렸을 때, 그곳은 너희도 알다시피 전쟁터였어. 그때 아버지가 망명 신청을 하고 네덜란드로 건너오게 되었어. 우리 가족은 꽤 대가족인데 당시에 네덜란드 정부에서 지원금을 주어서 생활을 유지할 수가 있었어. 지금은 아버지가 열심히 노력하셔서 대학교수로 일하고 계시고, 우리 가족도 이제 네덜란드인으로 행복하게 살고 있어."

함따와 뚜바의 이야기를 들으니 세계 분쟁 지역 이야기가 바로 내 친구의 이야기가 되었다. 세계가 이렇게 좁다니! 아프가니스탄의 이야기,

세계 속의 한국. 암스테르담 교외지역에 위치한 KIMMOO체육
관 전경

난민 이야기가 어느새 피부로 직접 닿는 생생한 이야기가 되었다.

"뚜바, 한국이 좋아요?"

"네, 한국이 너무 좋아요. 한국 드라마 사랑해요. 한국에 정말 가고 싶어요."

백호의 물음에 뚜바가 또박또박 한국말로 이렇게 대답했다. 일주일에 3일 이상은 꼭 도장에 나가서 태권도를 수련하고 매일매일 한국 드라마를 즐겨 보는 이 사람들. 아시아에 있는 자그마한 나라를 이토록 사랑해주어서 정말 고맙다.

두 시간 동안의 '김무 체육관 특별초청 태권도 교육'은 성황리에 마무리 지어졌다. 아무리 태권도장에서 오래 수련을 했다지만, 사범님도 네덜란드인인 이 도장에서 한국인을 처음 본 아이들도 많았다. 그들에게 한국에서 날아온 도복 입은 사범님들이 얼마나 신기하고 멋져 보였을까? 빠르게 변화하는 태권도 품새, 겨루기 트렌드를 한 땀, 한 땀 정성 들여 지도하고, 동작을 교정해주면서, 이런 게 진정한 봉사가 아닐까 하는 생각을 했다. 내가 가장 좋아하는 것을 가르치고, 그들이 진심을 담아 고맙게 받아들여주는 일, 매일매일 주어도 아깝지가 않다. 20대의 후반부를 달려가는 내가, 아직도 해외봉사라는 중독 증세를 끊어내지 못하는 데는 매일매일 벌어지는 가슴 벅찬 스토리가 끊임없이 이어지는 경험을 잊지 못해서일 것이다. 잘 있어요. I LOVE 암스테르담!

《월드프렌즈코리아》WFK 〈태권도 평화봉사단〉 http://www.tpcorps.org/

▶ 국제회의 행사 참가단 《세계태권도 평화봉사재단》은 지난 2009년 9월 공식 출범하여 2010년 5월 해외봉사단 통합브랜드인 《WFK》World Friends Korea에 《한국국제협력단》KOICA 과 같은 정식 단체로 등록되었다.

그동안 337개국에 약 1600여 명의 봉사단원을 파견해 태권도 봉사활동을 펼쳐왔다. 태권도 자격증을 가지고는 있지만 품새나 겨루기 지도에 자신이 없는 사람들이 있다면 통역 분야로 지원해보자. 태권도 용어를 충분히 알고 있는 통역단원에 대한 수요가 매우 높은 편이라 태권도 단증을 가진 통역 지원자는 가산점을 받는다.

• 대상 17세 이상~50세 이하 대한민국 국적의 남녀

　　　태권도: 유단자(단증 보유자) 이상으로서 태권도 지도 가능한 자

　　　언어통역: 영어, 중국어, 스페인어, 프랑스어, 러시아어 등 외국어 가능한 자

• 지원서 접수 5월 초순/10월 중순

• 활동 내용 - 현지 교민, 주민과 태권도 유대 관계 구축

　　　　　　 - 각 국가별 대상에 따라 맞춤형 태권도 교육

★ 생생 체험 Tip

〈태권도 봉사단〉은 팀 단위로 파견되는 봉사활동이지만 미리 팀을 짜서 지원하는 방식은 아니다. 서류 전형을 통과하면 면접과 실기 전형을 하루에 실시하는데, 20명 정도가 한 팀이 되어 심사위원 앞에서 해당 분야(품새, 겨루기, 시범)를 시연한다. 면접을 무사히 합격하게 되면 합격자 발표가 나고 합격자들은 최소 5박 6일 이상의 합숙 훈련을 통해 태권도 봉사단원으로서 필요한 소양 교육을 받는다. 보통 전북 무주의 태권도원에서 훈련을 받게 되는데 태권도 단원들은 실력 있는 지도자들의 수업을 들으면서 파견지에서 수업할 수 있는 지도 소양을 쌓게 된다. 단체로 파견되는 봉사활동이 아닐 경우에는 팀별로 미리 동대문 시장 같은 곳에서 다양한 한국 문화 물품들을 미리 구매해 가는 것이 도움이 된다. 현지에 가면 우리 대표 팀이 꽤 중요한 사람들을 만나게 되는데, 그때마다 그들의 성의에 보답하는 마음에서 한국과 관련된 악세사리나, 액자, 부채 등의 선물들을 드리면 정말 좋아하신다. 보통 책갈피, 열쇠고리 등을 몇 십 개 정도 준비해서 수료식날 모든 학생들에게 선물로 주기도 한다. 제주도 감귤 초콜릿이나 한류 가수들이 프린트되어있는 소품들, 화장품도 최근에는 폭발적으로 인기가 있으니 참고하자!

14 영국

장애를 가진 부모는
어떻게 자녀를 키우며 살아갈까?

《한국 장애인재활협회》 주관 〈장애청년 6대륙 드림팀〉 영국 탐방 통역 담당

국가 **영국(유럽)**
수도 **런던**
언어 **영어**
활동도시 **런던, 리즈**

 # 아이 엠 샘, 일곱 살 지능을 가진 아버지의
자격을 논하다

"아빠는 남들과 달라. 신이 그렇게 만드신 거
야? 하지만 나는 아빠가 세상에서 제일 좋아."

영화 『I am Sam』에서 일곱 살 지적 능력을 가
진 아빠 샘에게 딸 루시는 이렇게 말한다. 자신
을 버리고 사라진 아내 대신에 샘은 일곱 살 난
딸 루시를 홀로 키우면서 살아간다. 똑똑한 딸
루시는 시간이 지나면서 아빠가 다른 아빠들과
다르다는 것을 알게 된다. 그런 이유로 루시는
아빠보다 똑똑해지는 것을 두려워하게 된다. 사
회복지기관에서 샘의 가정을 방문한 후에 샘은
아빠로서의 양육 능력이 없다는 선고를 받게 되

고, 딸을 되찾기 위한 힘겨운 과정이 시작된다. 중학교 3학년 때 처음 접했던 영화 『I am Sam』은 청소년기에 내가 장애인을 대하는 자세를 정립하게 해준 소중한 영화다. 영화를 보면서 장애인들을 차별하는 사회적 시선과 그들이 가지고 있는 감정을 생생하게 경험한 후부터는 적어도 그들이 우리와 다른 사람이라는 생각을 가지지 않기 위해 노력했었다. 하지만 20대를 거의 다 지낼 무렵까지도 장애를 가진 사람들과의 함께 이야기를 나누거나, 특별한 목적으로 프로젝트를 진행하거나 생활할 기회가 없었다.

'대외활동의 마지막을 장식할 만한 의미 있는 활동 어디 없을까?' 지난 5년 동안 IT 분야, 보건, 국제개발협력, 교육, 태권도, 난민, 다문화, 새터민, 공정 무역 등 다양한 분야에서 종횡무진 봉사여행을 계획하고 실행에 옮겼지만 인연이 닿지 않았던 분야가 바로 장애분야였다. 그랬기 때문에 대외활동 정보교류 사이트에서 2년 전부터 바라본, 〈장애청년 드림팀 6대륙에 도전하다〉는 내가 찾던 알맞은 프로그램이었다.

평소 해외활동을 경험하기 어려웠던 장애청년들이 꿈을 찾아 떠나는 연수. 팀원을 구하고 있던 여러 팀들 중 '장애를 가진 부모의 출산과 양육'을 연수 주제로 잡고 조사 계획을 세우고 있는 팀원들이 나와 가장 뜻이 맞을 것 같았다. 우선 장애를 가진 부모의 입장을 생각해본다는 발상 자체가 흥미롭고 의미 있는 주제라고 생각했다. 더욱이 영국에 직접 가서 장애인들을 위한 다양한 선진 복지정책들을 직접 보고 느낄 수 있다니 설레지 않을 수 없었다. 마침 통역을 맡을 비장애인 청년을 구하고 있던 그들에게 나와, 동생은 통역 요원으로 꼭 필요한 존재였다. 그렇게 구성된 우리 팀은 3월 연수 계획 단계에서 처음 만나 8월에 있었던 연수 탐방, 11월에 마무리된 연수 결과 보고까지 약 8개월간의 긴 시간을 함께 동고동락하는 소중한 가족이 되었다 .

RCN에서 장애 부모의 출산과 양육에 대해 생각하다

　　시너지 팀에게. 영국 왕립 간호대학담당자 크리스천 버몬트입니다. 장애를 가진 부모에 대한 한국 대학생들의 관심을 알게 되어 기쁩니다. 우리 기관이 제작한 『장애와 임신: 간호사와 조산사를 위한 가이드북』이 당신들에게 큰 흥미와 영감을 불러일으켰으리라 생각합니다. 우리 기관은 시너지 팀과의 컨퍼런스를 제안합니다. 약 3시간에 걸친 이 컨퍼런스는 총장님의 RCN에 대한 업무 보고로 시작하고, 우리 기관 도서관 투어 등으로 이루어질 예정입니다. 8월에 뵙겠습니다. 여러분과의 토론을 기대하는 바입니다.

　　대외 통역담당 소은이에게 도착한 메일에 우리 팀은 흥분을 가라앉힐 수가 없었다. 2개월간 끊임없이 조사하고, 접촉한 기관이 마침내 우리에게 답장을 보내왔다. 그것도 우리 팀을 위한 단독 컨퍼런스를 마련해주는 엄청난 결과를 얻어냈다. 힘들었던 그동안의 시간들이 모두 보상받는 느낌이었다.

　　"영국 기관의 총장님이 우리와 함께해주신다구?! 믿어지지가 않아!"

　　생각보다 판이 컸다. 우리가 방문할 기관은 총 일곱 개.《런던 한인학교》,《왕립간호대학》Royal Nursing College,《RNIB》(왕립시각장애인협회),《청각장애인협회》Action for Hearing Loss,《리즈대학교》University of Leeds,《체인지피플》Change People,《청각장애인 아동복지 기관》The National Deaf Children's Society. 누구의 도움이 아닌 우리 팀의 노력으로 일궈낸 성과였다. 일일이 기관을 조사하고, 그들이 어떤 일을 하는지, 우리 팀이 방문하려는 목적과 일치하는 기관인지를 알아보고 정성스레 메일을 보냈다. 어떤 기관은 거절 의사를 밝혔고, 어떤 기관은 흔쾌히 우리를 받아들여주었다. 우리 팀의 방문 목적을 기쁘게 생각하고, 큰 컨퍼런스를 열어주신 기관도 세 곳이

《RCN》 총장과의 대담. 장애를 가진 산모 가이드라인에 대한 토론

나 되었다. 큰 역할이 주어진 것처럼 우리의 어깨도 절로 무거워졌다.

런던에 위치한《RCN》(영국 왕립 간호대학)은 건물부터 역사적인 흔적이 고스란히 묻어났다. 담당자였던 크리스천 버몬트 씨가 우리를 환대해주었다. 둥그런 원형 탁자에 기관 소개 브로슈어가 놓여있고, 총장님을 비롯해 각 부서의 장들이 우리와 함께 이야기를 나누기 위해 자리하고 있었다. 한 달간 컨퍼런스를 대비해 꼼꼼하게 질문지를 준비한 우리는 차분하게 우리가 궁금한 것들에 대해 질문하는 시간을 가졌다. 《RCN》 기관을 직접 방문하여 구체적인 설명을 듣기 전까지, 대학이라고만 생각했던 곳이 체계적이고 견고한 하나의 연합 조직이라는 사실에 팀원 모두가 굉장히 놀랐다.

"영국은 간호사를 위한 기관과 조산사를 위한 기관이 따로 있습니다. 이 두 기관과 다른 기관이 모두 협업하여 다양한 자료들을 만들어내고 후임 간호 인력들을 양성하고 있었다는 점이 영국의 특징이지요."

기관장님의 영국의 의료 시스템에 대한 구체적인 설명을 해주셨다. 특

왕립시각장애인협회에서 판매하는 '시각장애를 가진 엄마'들을 위한 보조기구들

히 간호사와 조산사의 구분이 뚜렷하다는 점, 간호사 중에서도 장애를 세부 전공으로 택하여 진로를 결정하는 시스템 등이 있기 때문에 장애 임산부의 출산에 큰 도움이 되고 있었다는 점은 무척 놀라웠다. RCN의 장애에 대한 여러 가지 관점은 우리 팀의 주제인 '장애 부모의 출산과 양육'이라는 주제에 시사하는 바가 컸다. 장애 부모들이 모성권과 부성 권을 찾고 사회적 장벽 없이 아이를 출산, 양육하기 위해서는 장애 당사 자들 외에도 사회 각 분야 전문가들의 협력과 이해가 반드시 필요하다. 《RCN》 활동은 그러한 전문가 집단의 훌륭한 모델을 제시해주었다.

"우리 엄마는 보이지 않지만 다 들을 수 있어."
- 《RNIB》에서 만난 메리의 이야기

런던의 《왕립시각장애인협회》Royal National Institute of Blind people, RNIB에서

는 아이를 양육한 경험이 있는 시각 장애인 메리 부인과의 이야기를 통해 보다 생생하게 장애를 가진 부모의 양육 경험기를 들을 수 있었다.

"나는 24살 때 후천적으로 시각 장애인이 되었어요. 자녀를 낳게 되어 어떻게 양육할지 고민하다가 저와 같은 처지의 사람들과 연락을 해야겠다는 생각이 들었어요. 같은 시각 장애인들은 '아이들을 어떻게 키울까?'에 대해 궁금한 생각이 들었거든요."

"영국에는 장애를 가진 부모들끼리 자발적인 연계 모임을 하는 경우가 있군요? 어떻게 그 모임을 알게 되었나요? 한국에서부터 그 모임을 알고 싶어서 이곳 영국에 왔습니다."

"저는 《DPPi》Disability, Pregnancy and parenting international의 기부자이자 회원이었습니다. 지금은 아이가 자라면서 홀로서기를 하기 위해 《RNIB》에 왔지만, 이곳에 와서도 관련 책자를 내고 다른 장애 부모들을 교육하다 보니 자연스럽게 네트워크를 공유하게 되었어요. 부모님들끼리 이야기하다 보면 소소하지만 중요한 것들을 많이 배워요. 예를 들면, 아이에게 밥을 먹이는 방법 같은 거요."

"《DPPi》는 저희도 인터넷 홈페이지를 통해서 그 활동상을 잘 파악해 보았습니다. 이곳 《RNIB》에서는 특히 시각 장애를 가진 부모를 위한 시설들이 잘 되어있네요. 시각 장애를 가진 부모들에게는 아이에게 밥을 먹이는 일 하나부터가 쉬운 일이 아니겠어요."

"네 그렇죠. 아이가 어렸을 때는 아이가 우는 것이 배가 고파서인지, 어디가 아파서인지 기저귀를 갈고 싶어서인지조차 파악하기 힘드니까요. 아이에게 밥을 먹일 때 어떻게 하면 쉬운 줄 아시나요? 턱 밑에 손가락을 가져다 대서 아이 입의 움직임을 따라가는 것이에요. 이렇게 하면 아이의 입 위치를 알기 쉬워서 밥을 쉽게 먹일 수 있어요. 이렇게 양육 과정에서 노하우를 다른 부모님들을 통해 배웠습니다."

장애학 분야에서 우수한 연구실적을 자랑하는 영국의 리즈대학

　메리 부인이 들려주는 경험담에서는 자신의 삶에 대한 자부심이 느껴졌다. 그녀는 비록 자신이 장애인이지만 본인의 아이들이 부모님을 매우 자랑스럽게 생각한다고 말했고, 특히 본인이 기쁨을 느꼈던 에피소드를 들려주었다.

　"어느 날이었어요. 집에 친구를 데려온 아이가 친구와 장난을 치다가. 친구가 '너희 어머니는 못 보실 테니까, 저기에 가서 하자.'고 말하는 것을 들었어요. 아이가 어떻게 반응을 하는지 가만히 듣고 있었는데 '우리 엄마는 보이지 않지만 다 들을 수 있다.'고 말하는 거예요. 그때, 비로소 아이에게 내가 우리 아이에게 당당한 어머니구나, 하는 생각이 들었어요. 아이들에게 신뢰를 받는다고 생각하니, 두려울 것이 없더라고요."

　메리는 더불어 '모든 부모들은 문제를 가지고 있다. 장애는 단지 두 번째 문제이다.'라고 말했다. 장애에 대한 편견이 낮고 장애를 보조할 수 있는 도구나 기술들이 발달한 사회에서 '장애 부모'들이 겪는 문제들은 단지 다른 부모들도 모두 겪는 문제일 뿐이라는 것을 말하고 싶었을 것이다.

메리와의 인터뷰에서 느꼈던 '부모로서의 자부심'은 단지 개인의 자부심이 아니라, 장애 부모가 자신의 삶을 긍정하고 아이를 안전하게 양육할 수 있게 도와주는 사회적 배경이 있기 때문에 가능한 것이었다. 물론 영국 역시 복지의 사각지대가 존재할 것이다. 일정 부분에서는 시각 장애인으로서 아이를 키우는 이상 비장애인 부모와는 다른 어려움을 겪게 될 수밖에 없다. 그러나 적어도 영국의 장애인에 대한 폭넓은 복지 혜택과 제도가 그녀를 한 명의 훌륭한 어머니로 자부심을 가질 수 있도록 해줬던 것을 그녀의 표정에서 느낄 수가 있었다.

Change People, 수많은 샘(SAM)들이 활동하는 곳

장애학의 선두주자로 불리고 있는 영국의 리즈대학. 우리는 리즈대학 장애학 분야의 연구와 교육을 위한 《장애학 연구센터》CDS: Center for Disability Studies의 초청을 받았다. 이곳에서 우리는 장애 관련 문제의 이슈가 되는 장애 정책에 대한 토론을 통해 영국 내에서 이루어지고 있는 다양한 사회 정책을 알아보고, 영국이 시행하고 있는 사회 지원 서비스에 대해서 알아보는 시간을 가졌다. 더불어 그들과 긴밀하게 연관되어 있는 《체인지피플》Change People에 방문하여 간담회를 할 수 있는 기회를 얻을 수 있었다. 영국 리즈 지역에 본부를 두고 있는 《체인지피플》은 학습 장애인들의 인권 단체다. 영국에서는 학습 장애의 정의에 우리나라와 달리 난독증, 실어증과 같은 장애뿐만 아니라 지적 장애 등을 포괄하고 있다.

마지막 기관 방문에서 우리의 미션은 바로 '우리의 이야기를 프리젠테이션하기'였다. 영국의 이야기를 들으러 왔지만, 그들 역시 한국의 상황을 우리로부터 잘 듣고 이해할 수 있어야 진정한 대화가 될 것이라고 생각했다. 특히 통역담당들이 이러한 이야기를 전해주는 것보다, 모두가 분담하여 우리 이야기를 나눌 수 있으면 더 뜻깊은 연수가 될 것이라고 생각했다. 그리하여 《체인지피플》에 우리 이야기를 전할 역할을 분담했다. 팀 소개는 민우가, 한국의 장애 부모에 대한 현실 부분은 초엽이가, 그리고 우리가 탐방하고자 하는 영국 기관들에 대한 소개는 내가, 소은이와 혜림이가 혜림이의 엄마 이야기를 수화로 준비했다.

"장애인들 역시 사랑하는 사람과 가정을 이루고 아이를 기르고 싶은 욕구를 가지지만, 비장애인들에게도 쉽지 않은 출산과 육아는 장애인 부모들에게 더욱 큰 벽으로 다가옵니다. 현재 한국의 장애인 가정에 대한 논의는 '장애 아동'을 대상으로만 이루어지고 있는 것이 실정입니다. 우리 시너지 팀은 장애인들이 직접 가정의 주체가 되어 임신과 출산, 양육을 겪는 행위에 대한 부족한 문제의식을 영국의 사례를 토대로 한국 사회에 제기하려고 합니다."

우리의 이야기를 듣던 프로젝트 매니저 에린 씨는 한국의 이 같은 실정에 대해 놀라움을 표현하면서 말을 이었다.

"안타깝게도 영국의 장애 부모들은 사회 복지 시스템에 부정적인 경험을 가지고 있습니다. 양육권을 뺏기는 일이 잦기 때문이죠. 제대로 된 서포트가 이루어지지 않고 사회 복지사와 의견이 잘 공유되지 않을 때도 있습니다. 학습 장애를 가진 사람 중에서도 정도가 심하다면 양육이 힘들 수 있지만, 덜한 사람은 직접 부모가 아이를 출산하고 양육하려는 욕구가 충분히 존재합니다. 우리는 그들이 출산과 양육을 할 때 조금 더 쉽게 도움을 받기 위해 활자를 그림으로 바꾸거나, 영상물을 제작함

우리의 이야기를 프리젠테이션 하기. 《체인지피플》에서의 열띤 대담

으로써, 그들이 읽기 쉬운 접근점을 찾기 위해 노력하고 있습니다. 한국도 이러한 노력을 기울이는 운동이 일어난다면, 장애를 가진 부모들에게 조금 더 나은 사회가 열리지 않을까 하는 생각을 해봅니다."

바로 이곳의 활동들이 다름 아닌 내가 감명 깊게 본 『I am Sam』의 스토리를 극복하기 위한 활동들이 많은 것 같아 영화에서 나온 현실과 영국사회의 현실을 비교하는 질문을 던졌다.

"네, 맞습니다. 현실에서도 『I am Sam』과 같은 안타까운 일들이 자주 일어나고 있지요. 《체인지피플》에서는 학습 장애인들이 임신과 양육 관련 접근 가능한 정보를 제공받지 못한 상태에서 양육 능력이 없다고 판단되는 문제에 주목하였어요. 그래서 2005년부터 학습 장애인들의 부모로서의 권리를 옹호하기 위한 프로젝트를 진행하고 있습니다. 우리가 제대로 읽을 줄 알고, 제대로 기를 줄 안다고 정부가 판단해야, 우리에게서 아이들을 빼앗아 가지 않을 테니까요."

사랑하는 사람과 가정을 꾸리고 아이를 양육할 권리는 장애인들에게 도 당연히 존중되어야 할 권리이다. 즉, 장애인들이 좋은 부모가 될 수 없다고 판단하기 이전에 어떤 방식의 도움이 장애인들을 좋은 부모가 될 수 있도록 하는지에 주목하여야 한다. 짧은 시간이었지만 우리 사회가 어떤 방향으로 장애를 가진 부모를 위한 도움을 줄 수 있는지 현실적인 대책을 얻어 갈 수 있는 좋은 기회였다.

자랑스러운 나의 팀원들, 그들을 완전히 이해하기까지

시너지(Synergy). 소속도 환경도 다양한 이들이 함께 하며 상생의 효과를 발휘해 새로운 가치를 만들어가겠다는 바람을 담은 우리 팀의 이름이다. 정말로 시너지 팀 안에는 저마다의 각기 다른 매력의 팀원들이 있었다. 하나같이 놀라운 사람들이다. 청각 장애 3급을 딛고 포항공대 화학과에 입학하여, 학교 교지 기자이자 〈과학철학세미나〉 회장으로 활동하며 활발하게 대외활동을 하던 초엽이는 우리와 활동을 마친 그 해, 2015년 대한민국 인재상을 수상한 인재다. 한림대 청각학과에 재학 중이던 민우는 연수 주제부터 시작해서 우리 팀의 탐방 일정 등 모든 과정을 관장할 정도로 꼼꼼한 팀장이었다. 혜림이 역시 빼놓을 수 없다. 늘 환한 웃음과 순수한 질문으로 팀 분위기를 밝게 해주며, 연수 보고서 하나를 쓰더라도 완벽을 기할 때까지 묻고 또 묻는 집념까지 갖췄다. 수화와 카톡으로 이어지는 수다에 연수 막판에는 밤늦게까지 로비에서 수다를 떨게 만들었던 장본인이다. 만약 〈장애청년 드림팀〉으로 이들을 만나지 않았으면 그들의 장애를 알아채지 못했을 정도로 '차이'를 인식하지 못했고 배울 점이 많았다. 연수 기간 내내 한 번쯤 싸울 법도 한데, 단 한 번의 다

툼이 없었을 정도로 늘 서로 배려해주는 멋진 팀원들이었다. 거기에 더하여 항상 우리에게 깊이를 알 수 없는 지식으로 장애인 복지에 관한 여러 가지 이야기를 전해주시고, 모든 컨퍼런스에서 무게 중심을 잡아주셨던 곽지영 교수님, 우리 팀원들 한 명 한 명을 정성스럽게 아껴주시던 행정요원 서연언니까지 최상의 어벤저스 팀이 아닐 수 없다.

장애를 가진 친구들과 이야기하고 생활하면서 순간순간 내가 인지했던 '다름'의 부분들에, 처음엔 내가 더 놀라고 내가 조심스러워 했다. 혹시 내가 하는 말 한마디, 행동 하나가 이 친구들에게 상처를 주는 것이 아닌가 생각했기 때문이다. 하지만 나도 모르게 툭 튀어나온 한마디 한마디에서 아직도 내가 이 친구들을 완전히 이해하지는 못했었던 것을 깨달았다.

"민우야, 지금 급하게 나가봐야 할 일이 있어서, 카톡으로 이야기하는 대신, 전화를 하자. 5분 뒤에 전화 받을 수 있니?"

"아…. 누나. 그게 제가 전화를 받을 수가 없잖아요. 늦어도 괜찮으니까 한 시간 뒤에 다시 카톡으로 회의해요."

충분히 인지하고 있다고 생각하면서도 순간순간 내가 하는 실수들에 놀라곤 했다. '내가 이 친구들을 이해한다고 하면서 하는 행동들에서 아직도 그들을 모르는 내가 발견되는구나!' 하면서 말이다. 우리가 머무른 숙소에서도 비슷한 일이 있었다.

"언니, 샤워하고 있을게요. 언니가 외출하면 문이 잠겨버리잖아요. 그때 초인종을 눌러도 제가 모를 수 있으니, 꼭 방 키를 들고 나가세요."

"아하! 초인종 소리를 못 듣는다는 생각을 못했네. 응 알겠어. 고마워 초엽아."

초인종이 소리를 통해 전달된다는 당연한 특징을 초엽이의 상황과 잘 연결하지 못한 데서 나온 깨달음이었다. 또 한 번은 이런 일도 있었다. 런던 지하철에서 길을 잘못 들어서 정훈이가 이를 깨닫고 크게 외쳤다. "이 길이 아니네? 뒤돌아서 가야 해." 그렇게 모두가 자연스럽게 뒤돌아서 한참 길을 가고 있었다. 그러고는 문득 혜림이가 듣지 못하고 앞으로 직진했을 것을 깨닫고 서둘러 혜림이에게 달려갔다. 모두가 신경 쓰고 배려한다고 생각했지만 '당연함' 속에 젖어서 놓쳤던 부분을 비로소 발견할 수 있었다. 다음 날부터는 혜림이의 어깨를 톡톡 쳐서 알려주거나, 손을 잡고 함께 뒤를 돌아 걸었다.

'장애란 무엇일까?' 첫 만남부터 우리를 따라다니던 질문이었다. 같이 밤을 새워 기획서를 쓰고, 인터뷰를 다녀오고, 가끔은 몇 시간 동안 수다도 떨며 오랜 시간을 함께하면서 우리는 나름대로의 장애에 대한 정의를 내릴 수 있었다. "장애는 장애인과 비장애인이 함께 가는 마라톤이다.", "장애는 신경 쓰기에 따라 아무것도 아닐 수 있는 '다이어트'이다." 결국 저마다가 제시한 단어는 달랐지만 결론은 같았다. 우리는 조금 다를 뿐, 큰 문제가 되지는 않는다는 것이다. 그리고 우리 이야기 끝에 곽지영 교수님께서 덧붙여주신 말은 많은 깨달음을 주었다.

"어떤 나라에는 수어(手語)를 공식 언어로 지정한 섬이 있다고 해요. 그곳에서 청각 장애인들은 이제 장애인이 아닌 셈이죠. 또한 지체 장애인들도 모든 장소로의 접근성이 좋아진다면 더 이상 장애인이 아니게 될 수도 있지 않을까요? 장애는 불편을 수반하기는 하지만 사회적 장벽에 따라서 장애가 정말 큰 벽이 될지, 아니면 사소한 다름이 될지가 달라진다고 생각해요."

결국 장애를 '벽'으로 만드는 것은 장애 그 자체가 아니라 사회적 장벽, 그리고 사회적 인식이라는 생각이 들었다. 시너지 팀 안에서 수화를 사용하는 팀원을 위해서는 타이핑과 팔담으로 이야기를 하고 구화를 사용하는 팀원과는 아이 컨택을 하면서 대화하는 등의 소소한 나름의 규칙이 있었다. 그러한 사소한 룰 안에서는 더 이상 팀원 간에 장애와 비장애의 구분은 중요하지 않았다. 앞으로도 장애가 '사소한 다름'으로 인식될 수 있는 사회를 만들 수 있도록 나부터 늘 지금 가진 마음을 잊지 말아야겠다고 생각한 소중한 시간들이었다.

장애청년드림팀 6대륙에 도전하다

http://www.6dreams.org

▶ 한국장애인재활협회와 신한금융그룹이 주최하고 보건복지부, 사회복지공동모금회가 후원 및 지원하는 〈장애청년 드림팀 6대륙에 도전하다〉는 2018년 기준 14기까지 배출된 역사있는 공모전이다. 연수팀에 선정되기 전부터 연수 테마 선정, 방문 기관 섭외 숙박 교통에 이르기까지 모든 일정을 직접 기획하고 이를 실행해야 하며 해외연수에 필요한 모든 비용을 지원받으면서 자신이 계획한 연수를 실제로 경험해볼 수 있어서 좋은 국제 종합 연수 프로그램이다.

• 대상 적극적이고 유능한 장애 / 비장애 청년

　　　　(만 18세이상 ~ 34세 이하, 해외연수가 가능한 청년)

　　　　※ 장애청년의 비율은 50% 이상이어야 함

• 지원서 접수 3월 초~4월 말

• 활동 내용 - 장애와 관련된 주제를 선정, 기획하여 해당 기관 방문

　　　　　　- 세계 6대륙 테마 해외 연수

★ 생생 체험 Tip

참가자 선발 과정은 3월 초 1차 서류 접수, 4월 초 서류 컨설팅, 4월 말 최종 서류 접수, 5월 초 면접 심사 순으로 진행한다. 선발 과정을 통과한 청년들은 직접 8박 10일 연수를 기획, 실시해 자기주도 의식과 공동체 의식을 함양할 수 있는 이 사업은 장애·비장애 청년에게 국제 사회의 리더로 성장할 수 있는 기회를 제공하고 있다.

그렇다면 어떻게 팀원을 만나고 구성할 수 있을까? 나의 경우에는 싸이월드 클럽에서 장애청년 6대륙드림팀 〈팀원 구해요〉 배너를 발견할 수 있었다. 이 외에도 스펙업(http://cafe.naver.com/specup) 같은 대외활동 정보공유 사이트나, 대학교 내 《장애학생인권위원회》 활동, 또는 동아리 활동을 하면서 팀원을 찾을 수도 있을 것이다.

팀 단위의 기획 연수 프로그램의 경우 팀원 모집에서부터 계획서 작성- 면접- 현지 파견- 면접 준비 단계-현지 활동-사후 보고까지 굉장히 장기적인 과정으로 진행된다. 3월 처음 팀원을 만나서 활동을 한 후, 사후 보고까지 마치면 어느덧 10월 중순이 되어있을 것이다. 때문에 진실된 마음으로 이 프로그램에 흠뻑 빠져서 많은 것을 체험하고 준비할 각오가 되어있는 경우에만 지원하기를 바란다! 그럼에도 불구하고 평생 동안 기억에 남을 의미있는 경험을 하게 될 것이기에 강력하게 추천하는 프로그램이다.

해외봉사라는
영화 장르의 주인공이 되어

#김연아, 박태환이 받는 상, 나도 받아볼까

"어머, 조정석은 이번에 기자 역할이네? 지난번에는 셰프 역할을 하더니. 배우들은 좋겠어. 살면서 한 번도 경험해보지 못할 일들을 평생 마음껏 해볼 수 있잖아."

엄마와 드라마를 보면서 종종 이런 이야기를 한다. 생각해보면 나는 지난 10년간 배우의 삶을 산 것 같다. 내가 경험한 15개국의 봉사여행 이야기는 각각 한 편의 영화가 되었다. 일단 장소는 해외 올 로케이션 촬영으로 이뤄졌다. 덕분에 전 세계를 누빌 수 있었다. 주연으로서 나의 역할은 아이들을 지도하는 태권도 사범님이었다가 때로는 국제회의에 참여하는 외교관이기도 하고, 가끔씩은 벽화를 그리는 화가이기도 했다. 장르는 필리핀에서 총 든 무장괴한을 만났을 때는 블록버스터였다가, 말레이시아 공원에서 이상한 남자들이 뒤를 쫓아왔을 때는 공포 스릴러가 되었다. 캄보디아에서는 로맨스 영화도 찍었다. 수리남 태권도 겨루기 대회를 준비하는 장면은 액션 장르쯤 되겠다. 힘든 일도 많았지만,

지나고 이야기들을 들춰보면 '명화'가 아닌 것들이 없다. 이제 나는 여우주연상 후보에 노미네이트 될 정도로 열심히 작업하는 10년차 여배우가 된 것이다.

초짜 신인이 처음부터 '대종상에서 여우주연상을 받아야지!' 하는 욕심으로 목표를 잡고 배우활동을 시작하지는 않을 것이다. 그저 사극 영화 한 꼭지에 살짝 스치는 행인 역할로도 뿌듯한 마음으로 시작하여 연기력을 쌓고 베테랑이 되어갈 것이다. 이와 꼭 같이, 봉사여행이 주는 하루하루의 소소한 기쁨이 좋아 그저 심장이 뛰는 일들을 좇으며 열정적으로 살아내다 보니 나 또한 '작품성'과 '연기력'을 인정받게 되었다. 바로 2012년 대한민국 인재상을 수상한 것이다.

불과 몇 년 전만 해도 지극히 평범한 대학생활을 하던 내가 어느새 끝을 모르고 대외활동과 국제활동을 하면서 2학년 2학기를 마무리하고 있던 때였다.

'그동안 꽤 다양한 활동을 해왔는데, 이쯤 되면 내가 '국제 봉사활동 대학생 국가대표' 정도는 되는 걸까? 스포츠, 음악에는 국가대표가 있는데 봉사활동도 국가대표가 있으면 참 좋겠다. 나도 그런 자랑스러운 사람이 한 번 되어봤으면 좋겠다.' 하는 생각을 하던 와중에 신문에서 김연아가 당시 이명박 대통령과 포즈를 취하고 있는 사진을 보게 되었다. 대한민국 인재상?! 대통령이 대한민국을 이끌어갈 인재라고 생각되는 고등학생 60명과 대학생 40명에게 주는 상이라니! 머리끝까지 짜릿한 기분이 들었다. 그리고 늘 하던 것처럼 망설이지 않고 지원서 작성에 돌입했다.

대한민국 인재상 지원은 나에게 '인생을 정리하는 시간'과 같았다. 고등학교 학생기록부부터 대학교 봉사활동 기록, 각종 대외활동 수상경력, 자기소개서, 미래 포부까지 수백 가지의 서류들을 한데 모으고, 폴더 별로 정리하고, 스캔하고, 숫자를 매겼다. 그리고 차분하게, 내가 그동안 어떤 일을 했고, 그 일로 하여금 내가 어떤 것을 느끼고, 어떻게 행동하게 되었나에 대해서 한 달 내내 치열하게 고민했다. 400여 시간의 봉사활동, 200여 가지의 인증서, 25개국에서의 해외활동, 학교생활 중 우수했던 활동들을 증명하면서 밤을 새기도 했다. 25세에 도전하는 인재상은 나에게 연극에서의 인터미션 같은 것이었다. 잠시 숨을 고르면서 1막에서의 앞선 실수를 만회하고, 2막을 위해 방향을 설정하는 시간이랄까? 접수 마지막 날, 200여 페이지의 서류와 두 장의 CD를 제출하면서 그렇게 뿌듯할 수가 없었다. 치열한 경쟁 속에서 서류를 통과하고 심층면접의 난관까지 모두 뛰어넘었다. 그리고 두 달여간의 긴 기다림 끝에 합격 소식을 알리는 반가운 전화 한 통을 받았다.

"축하합니다. 대한민국 인재상 수상자로 선정되셨습니다."

세상이 달라진 기분이 들었다. 2년 동안의 여러 가지 활동들이 하나의 맥을 갖추고 줄기를 따라 드디어 강으로 나가 바다로 들어선 느낌이랄까? 4년 전, 적성을 찾지 못하고 방황하던 내가 어느새 내가 좋아하는 일로, 대한민국에서 손꼽히는 대학생이 되었다는 사실이 신기하고도 얼떨떨했다.

"언니, 교육문화관 지나가봤어? 언니 이름이 플랜카드에 걸려있어! 내가 언니랑 같은 과라는 게 너무 신기한 거 있지! 얼른 가봐."

학교 정문에서 가장 먼저 보이는 건물에 내 수상 소식을 축하하는 플랜카드가 떡하니 내걸려있었다.

'심고은 학생의 2012 대한민국 인재상 수상을 축하합니다.'

심장이 터질 것 같았다. 행운은 물밀듯이 찾아왔다. 교내 신문사에서 인터뷰 요청을 해왔고 한국 교육신문사에서도 연락이 왔다. 더욱이 100명의 수상자 들 중 7명만 선정되는 '2012년 대한민국 인재상 홍보영상'의 주인공으로도 선발되었다. 인재상 시상식에 앞서, 100명의 수상자들은 수상자 오리엔테이션과 함께 "2012 글로벌 교육포럼"에 초대되는 영광도 안았다. 하루하루 구름 위에 사는 것 같았다.

"인재상을 수상하였다고 해서 여러분들이 앞으로도 인재라는 것은 아닙니다. 더 이상의 노력이 없다면 지금 이 상은 여러분에게 독이 될 수도 있어요."

조벽 교수님이 축하연설에서 해주신 말씀에 머리를 세게 쿵 맞은 느낌이었다. 정말 그랬다. 인재상이 독약 같은 존재가 될 뻔했다. 수상 소식이 전해지자 가족과 친척들 그리고 친구들 모두가 축하를 해주었다. 어깨가 저절로 으쓱해지는 날들이었다. 무엇보다 내 꿈을 위한 나의 노력이 인정 받고 격려 받는 느낌이 들어 참 기쁜 나날들을 보냈다. 그러면서도 이제 이루었다는 생각이 들어 마음이 나태해지는 것은 어쩔 수 없었다. 하지만 조벽 교수님의 말씀은 한때나마 나태해지는 나를 반성하게 하였다. 올림픽 금메달리스트 양학선, 서울시 버스정류장 지도에 화살표 스티커를 붙이던 청년, 리튬전지 용량 확대 신기술을 개발한 과학기술대학교 학생. 발명의 날 지식경제부 장관상을 수상한 대학생, 아시아 소셜벤처대회 수상자, 공부의 신 강성영 씨 등, 저마다의 분야에서 인재가 된 친구들. 지금도 그들은 인재로서의 삶을 살고 있을지 자못 궁금해진다.

다름과 틀림은 절대로 다르다

총 여덟 번의 방학 중 단 한 번도 쉴 틈이 없이 국제교류활동을 떠났던 꽉 찼던 대학생활. 그 활동들을 꾹꾹 담아 예쁘게 저장해둔 채, 또 다른 새로운 삶을 살고 있다. 2014년 9월에 서울의 한 초등학교에 발령받아 교직생활을 시작하게 된 것이다. 아무리 온 세계를 누비면서 활동을 해온 나지만, 학교에서 나는 영락없는 병아리 교사다. 이제 겨우 3년간 아이들을 가르치면서 콩알만큼 성장했다.

남들보다 조금은 다르게 살았다고 생각했던 대학생활. 나는 9년 동안 '다름'에 대해서 공부했다는 생각이 든다. 봉사활동에 관심을 가지고 세계시민교육에 열정을 가지면서 다문화와 인권을 공부했다. 그 모든 배움에는 '다름에 대한 존중'이 있었다. 이 세상 모든 사람들은 전혀 다른 생각과 전혀 다른 마음을 가지고 있고 심지어 모든 생김새가 다르다. 그리고 이 다름은 틀림과 같지 않음을 반드시 전제해야 한다.

쟈스민 혁명의 근원지였던 도시 튀니스의 한 강의실에서 나는 바로 전날 있었던 시위에서 서로 반대 진영에서 싸웠던 친구들을 같이 가르쳤다. 한쪽은 자신들의 기존 문화를 고수하기 위해서 전통의상을 입고 교실에 들어섰고, 다른 한쪽은 밤늦게까지 이슬람 금기 항목인 술을 마시고 지각을 했다. 그 모든 다름 속에서 그들이 가지고 있는 모습과 가치들 중 어느 하나 내가 틀렸다고 할 수 있는 자격은 없었다. 그들이 살았던 역사 속에서, 가치관이 형성되고 그렇게 믿는 것을 위해 치열하게 싸워왔을 테니까.

우리 반 아이들에게도 세계 여러 나라가 있다고 생각한다. 빈부격차도 있으며 긴밀하고도 민감한 정치적 게임 또한 존재한다. 어떤 상황에서도 분위기를 잘 띄우는 한성이는 인기도 많고 운동도 잘하면서 예의까지 바르다. 이 친구를 미국 정도로 생각하면 쉽겠다. 자신이 가지고 있는 경제적, 문화적 자원도 풍부하지만 다른 나라를 돕는 기부활동에도 적극적이다. 그렇다면 내뱉는 말투가 무뚝뚝해서 친구들에게 가끔은 의도치 않게 상처를 주지만 누구보다 여리고 마음 따뜻한 지수. 이쪽은 다양한 잠재적인 개발 자원을 가지고 이제 막 발전에 박차를 가하고 있는 베트남이라고 볼 수 있다. 개발 가능성이 무한하다. 친구들끼리 싸우면 "네가 이해해줘! 그럴 수도 있지."를 외치며 친구들에게 푸근하게 웃음 지을 줄 아는 선영이는 중립국 스위스와 같다. 이 친구가 있어서 우리 반에 평화가 유지된다. 조금은 느리지만 누구보다 꼼꼼하고, 깊은 생각을 하는 준우는 인도 옆에 있는 아름다운 섬인 몰디브라고 해둘까? 이 모든 아이들이 내 눈에는 하나같이 예쁘다. 지구라는 큰 둘레 속에서 부대끼고 살아가는 지구인들. 우리 반도 그렇다. 내가 맡은 우리 반은 '하나 되는 울타리'라는 의미의 한울반이라는 이름 아래 함께하고 있다. 이 안에서 그들 스스로가 울타리를 고치고 다듬어가며 끈끈하게 하나의 세계를 유지하고 있는 것이다. 그들 내면의 속을 잘 들여다보면 다 그럴 만한 이유가 있다. 분명히 그럴 만한 사연이 있다. 교직생활을 하면서 늘 다짐할 것이다. 절대 틀린 것이 아니라 그저 조금 모습이 다른 것뿐이라고 말이다. 앞으로 남은 교직 인생 동안 수없이 많은 아이들이 스쳐 지나갈 것이다. 지금 가지는 이 마음이 부디 빛 바래지지 않도록 '초심'이라는 놈을 더욱더 간절히 붙잡고 있을 테다.

스탑오버도 가능한 '꿈'이라는 항공 티켓

지난 10년 동안 나는 평범한 대학생이길 거부하고 세계로 뛰쳐나갔다. 국내에서도 전국 방방곡곡을 누비면서 다양한 사람들을 만나고, 내가 필요한 일을 찾아 나섰다. 그리고 그 열정은 놀랍게도 아직도 식지 않고 계속되고 있다. 이번 겨울에도 「2018년 교원 해외파견 사업」 '중단기 해외교육봉사 프로그램'을 통해 남아프리카 공화국으로 한 달간 떠날 예정이다. 봉사활동은 이제 어느덧 '거룩하고 성스러운' 어떤 것이 아니라 생활 속에서 나와 늘 함께하는 내 취미활동이 되었다. 봉사여행 경험은 나에게 '자판기' 같은 존재다. '경험'이라는 음료수캔들이 하나하나 저장되어 자판기를 이루게 되었다는 말이다. 언제 어디서 누구와 대화를 하든 어떤 업무를 맡든 "아하! 그때 그 활동이랑 연관이 있네." 하고 버튼 하나를 눌러 그 경험 하나를 뽑아서 대화 소재로 녹여낼 수 있게 되었다. 면접에서는 당연하고, 상담에서도, 연애에서도, 친구랑의 수다에도 적절한 맛을 내준다. 그런 의미에서 이 '자판기 만들기'를 많은 사람들에게 강력히 추천해주고 싶다. 지금 이 순간에도 수많은 대학생들이 국제교류활동에 호기심을 가지고 더욱 더 활동을 해나가고 있다. 아마 지금쯤은 나보다 더 훌륭하고, 멋진 경험을 한 친구들도 많이 있을 것이다. 사실, 나의 경험이 책으로 쓸 만한 스토리일까? 라는 고민도 하지 않은 것이 아니다.

'내신과 수능 공부도 바쁜 우리에게, 아직은 너무 먼 이야기인걸요?'

'교대생이면 취업준비도 하지 않았을 것이고, 안정적인 공무원 생활을 할 텐데, 우리와 전혀 다른 세계의 이야기 아니야?' 라고 생각하는 사람들도 있을 것이다.

하지만 이 책을 한 명이라도 읽고, 소심하게 용기 내어보지 못한 해외 봉사활동, 더 나아가서 국제교류활동에 대해서 생생하게 알고, 느끼고 도전하는 사람이 생긴다면 그것만으로도 이 책의 소명은 충분히 다한 것이라고 생각한다.

나는 해외여행을 떠날 때 직항보다 경유를 선호한다. 목적지는 같지만 가는 길에 다른 나라를 한 번 더 방문 할 수 있는 황금 같은 기회를 얻는다는게 얼마나 소중한 일인지 기쁜 마음으로 경유 티켓을 구매하고 꼭 3박 4일쯤 머무를 수 있게 스탑오버를 신청한다. 물론 직항이 아니기 때문에 체력적으로 몇 배나 힘들 수도 있다. 그러나 여행을 끝내고 돌아와 보면 결국은 하나하나가 다 소중하고 의미 있는 여행이었다. 어떨 때는 경유지가 더 기억에 오래 남는 여행도 있었다.

꿈이 바로 이와 같지 않을까? 요새 책 시장은 온통 '꿈'찾기 열풍이다. 취업 물결에 지친 대학생들에게 '꿈'을 선물하고자 하는 책의 홍수이다. 하지만 그 책을 읽다 보면 꼭 하나의 명확한 꿈이 있어야만 할 것 같은 강박관념 때문에 또 다시 나를 옥죄는 느낌을 받기도 한다. 마치 사람들이 '꿈이라는 직행티켓'을 사라고 이야기하는 듯하다. 그러나 나는 꿈은 언제나 바뀌어도 좋다고 생각한다. 그리고 꿈도 가끔 쉽게 해주어야 한다. 내 꿈은 20대만 해도 수없이 많이 바뀌었다. 경험을 하면 할수록 꿈이 구체화 되었다가도, 더 넓고 좋은 꿈으로 바뀌기도 했다. 10년 전에는 외교관이 되고 싶었고, 어느새 국제 난민을 보호하는 국제변호사를 선망하던 시절도 있었다. 해외봉사활동의 현장에서는 필드에서 일하는 NGO 활동가가 너무나 멋져 보였던 때도 있었다. 시간이 흐르고 현재 내 꿈은 '국제교육개발협력 교사'라는 거창한 목표를 향해 달려나가게 되었다. 꿈으로 가는 길을 헤매다가 여러 경험을 통해 돌고 돌아 나에게 가장 맞고, 내가 가장 좋아하는 꿈을 찾아낸 것 같다. 외교관과 국제교육개발협력전문가는 다른 듯하지만 일맥상통하는 구석이 꽤 많기 때문이다.

어쩌면 10년 뒤에 내 꿈이 또 바뀌어있을지도 모르겠다. 하지만 꿈이 지속되지 않는다고 해서 실망할 필요는 없다고 생각한다. 분명히 꿈을 수정하는 과정 속에서 내가 한 뼘 더 성장해있을 테니까. 그리고 아주 먼 훗날 결국 멋진 목적지에 도착하기만 하면 이번 여행은 잘 마친 것이니까. 누군가의 꿈을 위해 내 책이 소중하게 쓰였으면 하는 바람이다. 이 책이 그 친구들에게 미칠 미래가 궁금해진다.

　10년 후의 나의 모습은 어떨까? 내 꿈은 멋있는 선생님이다. '예쁘고, 친절한 선생님? 재밌는 선생님?' 다양한 수식어도 좋지만 '아이들에게 끊임없이 매력적인 멋진 선생님'이고 싶다. 닮고 싶고, 배우고 싶은 선생님이기 위해 매일매일 노력할 것이다. 교실 속에서 아이들에게 새롭고 혁신적인 배움이 있는 교육을 시도하는 교사가 되고 싶다. 또 우리나라를 넘어서 해외에 있는 한국국제학교 교사로 근무하고 싶은 꿈도 있다. 베트남, 태국, 싱가폴, 파라과이 등 알고 보면 전 세계에 한국 국제학교가 정말로 많이 분포해있다. 나를 필요로 하는 곳에서 멋지게 가르쳐보고 싶다. 그 몇 십 년 뒤엔 내게서 배운 나의 '멋진' 제자들이 세계를 이끌지 않을까? 내 꿈의 무대가 비단 한국만은 아닌 것이다. 그렇다면 10년, 20년 뒤에 나는 어떤 나라에서 누구를 가르치면서 살고 있을까? 나의 미래 또한 기대된다.

부록

대학생에게 매력적인 국제교류활동 List
초, 중, 고등학생에게 매력적인 국제교류활동 List

대학생에게 매력적인
국제교류활동 List

지난 10년 동안 오며가며 알게 된 해외봉사활동과 탐방프로그램, 유익한 국제교류활동들을 소개한다. 정부나 지자체 지원 활동, 전액 지원되는 기업 사회 공헌 프로그램 중심으로 구성했다.

갭이어

http://www.koreagapyear.com

갭이어는 갭(gap), 즉 틈을 갖는 시간(year)을 의미한다. 학업 또는 업무를 잠시 중단하고 자신의 진로를 고민하며 앞으로 나아갈 방향을 찾는 시간을 의미한다. 한국 갭이어는 국내뿐 아니라 해외에서 생활하면서 일정 기간 체험 및 봉사활동 할 수 있는 프로그램들을 운영하고 있다. 하던 일을 잠시 멈추고 인생의 제2막을 열고 싶은 사람들에게도 추천.

- 대상 대학생, 대학원생 및 성인
- 지원서 접수 수시 접수
- 활동 내용 활동별로 상이(예: 중세시대 문화재 보존활동, 남아프리카 공화국 트럭킹, 그리스 사회
  복지 기관 방문 등)

글로벌 챌린저

http://www.lgchallengers.com

1995년 시작하여 23회째 운영되고 있는 대학생 해외 탐방프로그램. 1차 탐방계획서 서류 심사, 2차 면접 심사를 거쳐 선발된다. 여름 방학 기간 중 각 팀별 자율적인 탐방 계획에 따라 2주일간의 국내(글로벌 부문) 및 해외(일반 부문)탐방 활동을 펼치게 되며, 그 과정에서 LG는 탐방 활동에 필요한 항공료, 숙식비, 소정의 연구 활동비 등 탐방 활동비 전액을 지원한다.

- 대상 전국 4년제 대학교 및 대학원 재학생, 대한민국 국적 소유자인 학생(휴학생 지원 불가)
- 지원서 접수 4월
- 활동 내용 - 세계 최고 수준의 각국 기업, 대학, 정부기관, 지방자치단체, 사회 단체

협성문화재단 드림트립

http://hscf.co.kr

부산, 울산, 경남 지역 내 청년들이 해외탐방을 통해 철학과 역사 그리고 인문학을 배울 수 있는 기회를 제공하고 모든 여정을 계획, 준비함으로써 도전 의식과 협동심을 키울 수 있는 계기를 마련하는 취지의 활동이다.

- 대상   만 19-24세의 부산 울산 경남 거주자
- 지원서 접수   3월
- 활동 내용   - 여행 계획 및 실행
            - 여행 일정 계획 및 역사 스터디 진행 총 5회

기아 글로벌 워크캠프

https://www.kiaglobalworkcamp.com

2006년을 시작으로 2017년 기준 12기를 맞이하는 〈기아 글로벌 워크캠프〉는 사단법인 '더 나은세상'과 함께 전국 대학(원)생들을 선발하여 유럽의 워크캠프로 파견하는 기아자동차의 해외탐방 프로그램이다. 선발된 학생들은 문화교류, 교육봉사, 환경보호 등 지역 사회 발전을 위한 다양한 테마의 봉사활동을 수행하게 된다.

- 대상   대한민국 국적의 전국 대학(원)생
- 지원서 접수   4월 초
- 활동 내용   - 전 세계 젊은이들과 함께 2~4주간 인근 지역 사회 발전을 위한 봉사활동

아시아나 드림윙즈

http://dreamwings.flyasiana.com

〈아시아나 드림윙즈〉는 "We Inspire New Generations!"라는 슬로건 아래, 대한민국 젊은이들이 자신의 꿈에 대해 성찰할 수 있는 계기를 마련하고, 해외활동을 후원하는 아시아나항공의 대학생 꿈 실현 프로젝트이다.

- 대상   전국 대학생(개인 또는 2인 팀)
- 지원서 접수   4월 초
- 활동 내용   꿈 여행 계획서 접수 및 여행 계획서 발표 - 꿈 계획 실행

하이서울유스호스텔 글로벌유스볼런티어

http://hiseoulyh.com

하이서울유스호스텔은 도움의 손길을 기다리는 지구촌 빈민 청소년들의 교육 및 생활 환경 개선에 기여하고자 국제봉사활동의 일환으로 매년 역량 있는 청소년을 모집하여 파견하고 있다. 이를 통해 폭넓은 시야를 갖추고 나눔을 실천할 수 있는 글로벌 리더를 양성하고자 한다.

- 대상 서울시 거주 또는 소재 대학교 대학생 및 대학원생
- 지원서 접수 4월 초
- 활동 내용 - 교육체험활동: 빈민 지역 청소년 대상 체험 및 놀이활동 지도, 피딩, 위생 교육
  - 노력봉사: 환경 개선, 가족 사진 촬영
  - 탐방 활동: 해당 국가 역사문화탐방

국제워크캠프

http://www.workcamp.org

워크캠프는 1920년 제1차 세계대전 종전 당시 전쟁의 폐허를 딛고 재건과 화합을 도모하며 서로에 대한 이해와 사랑을 회복하고자 하는 젊은이들의 적극적인 평화 운동으로 시작되었고, 이러한 의미가 현재까지 이어지고 있는 활동이다. 국제워크캠프란 다국적 참가자 약 15명이 함께 2~3주간 생활하며, 봉사활동과 문화교류를 하는 100년 역사의 세계 최대 자원봉사 프로그램이다.

- 대상 19세 이상 누구나(대학생 일반인 모두 신청가능)
- 지원서 접수 연중
- 활동 내용 - 건설/예술/축제/환경/농업/아동/교육/문화/유산/복지 분야에서 테마별 봉사활동
  - 국제 자원봉사 활동을 통해 글로벌 커뮤니티를 체험

LS 대학생 해외봉사단

http://www.lsholdings.co.kr

〈LS 대학생 해외봉사단〉은 LS그룹의 대표 사회공헌활동 프로그램으로 지난 2007년부터 약 550여 명이 넘는 인도, 캄보디아, 베트남 등 개발도상국을 돕기 위한 활동을 펼쳐왔다. LS그룹이 국제개발 협력 비정부기구(NGO)인 코피온과 함께 개발도상국 아동들의 교육 환경 개선을 돕는다.

- 대상 국내 대학생
- 지원서 접수 5월 말/10월 말
- 활동 내용 - 교육·노력봉사, 문화교류, 문화 탐방
  - 태양광 전지 보트, 자가발전 손전등 제작 과학 교실

한국전력공사 대학생 해외봉사단

http://www.1.or.kr/kepco

한전 대학생 해외봉사활동은 한전이 글로벌 에너지 기업으로서 책임을 다하고, 차세대 전력 산업을 이끌 글로벌 인재를 양성하기 위해 시행 중인 사회공헌활동이다. 지역 사회 마을 진입로에 태양광 가로등을 설치하는 등 주민들의 생활에 편의를 제공하는 다양한 봉사활동을 펼

치고 있다. 한전만의 특징을 살리는 봉사활동을 펼친다는 점이 특징이다.

- •대상 해외봉사활동에 큰 관심과 열정이 있는 대학생
- •지원서 접수 5월 중순
- •활동 내용 - 교육봉사(전기과학교실,예체능 교실), 노력봉사(현지학교 환경 개선)
                     - 태양광 발전기, 가로등 설치, 문화 교류 행사, 문화 탐방

해외전통문화예술단

http://www.kotpa.org

문화체육관광부가 주관하는 프로그램으로 무상원조국가(ODA)대상, 전통예술 강습 및 공연 기회를 제공한다. 소외 지역 및 계층을 대상으로 문화 예술 활동 및 현지 전통음악 기관과의 협업 등을 통한 쌍방향적 문화 소통을 강화하는 사업

- •대상 30세 미만의 전통예술분야 학·석사 재학생 및 졸업 예정자. 졸업 후 3년 이하의 경력자
- •지원서 접수 6월 중순
- •활동 내용 - 재외 한국 문화원 대상 파견국가에서 임무 수행
                     - 예술단 현지 활동(강습,공연,협업,소외계층 봉사활동)

인천국제공항공사 해외봉사단

http://www.copion.or.kr

인천공항공사는 2011부터 인천공항의 해외 사업 진출 국가의 저개발 지역을 대상으로 봉사활동과 국제 구호를 위한 기금 후원을 하고 있다. 더불어 국제 구호 단체인 사단법인《코피온》과 국제 구호 활동을 위한 업무 협약을 체결했다. 이를 통해 글로벌 사회공헌기금이 조성되었고 해마다 해외봉사단을 모집하고 있다.

- •대상 대학생(휴학생 포함)
- •지원서 접수 7월 초순
- •활동 내용 - 교육봉사: 현지에 필요한 교육과 단원들이 직접 기획한 교육을 진행하는 교육
                     봉사
                     - 노력봉사: 아이들에게 더 나은 교육 환경을 제공하기 위한 벽화 작업/정비 작업

한중 대학생 문화교류 중국 북경방문 프로그램

http://syf.or.kr

수원시청소년육성재단 수원 청소년 문화센터에서는 중국 국가 청년기관인 '공청단- 중국국제청년교류센터'와 함께 '한중 대학생 문화 교류'를 실시한다. 한중 대학생 간 직접 교류를 통하여 글로벌 시대에 필수적인 문화, 언어적 차이를 넘은 소통과 협업 능력을 기르게 하는 프로그램.

- 대상 수원 거주 혹은 수원 소재 대학 재학생(휴학생, 대학원생 포함)
- 지원서 접수 11월 초순
- 활동 내용 – 중국 현지 기관 및 대학 방문, 한중 대학생 문화 비교 토론
            – 요리·공예 등 중국 문화체험 및 명소탐방, 현지 가정 홈스테이 등

APEC 청년 프로그램

http://www.keri.org

외교부와 한국경제연구원이 주최하는 공신력 있는 프로그램. 외교부는 APEC의 주요 의제 및 정책에 대한 우리나라 청년들의 관심을 제고하고 국제 사회 공동 번영을 위한 우리 청년들의 아이디어를 APEC에 제시하고자, 해마다 〈APEC Voices of the Future〉에 참가할 청년 대표단 3명을 선발한다. 해마다 방문하는 국가와 선발 인원은 달라질 수 있다.

- 대상 만 18세~30세 대한민국 국민/ 대학 및 대학원 재학·휴학생으로, 영어 능통자
- 지원서 접수 8월 말
- 활동 내용 – APEC 포럼에서 대한민국이 리드할 수 있는 APEC 공동 프로젝트 아이디어 제시

아산서원 장학프로그램

http://www.asanacademy.org/

대한민국의 미래를 이끌어갈 리더를 양성하고자 아산정책연구원과 아산나눔재단이 공동으로 설립한 인재양성프로그램이다. 최종 선발된 원생들은 국내 인문교육과정을 거쳐 미국 워싱턴 DC 또는 중국 베이징에 위치한 유명 싱크탱크 비영리기관에서 약 5개월간 정식 인턴으로 근무할 수 있다.

- 대상 재학생: 만 30세 이하 정규대학 3,4학년 혹은 대학원 재학생
- 지원서 접수 5월/10월
- 활동 내용 – 국내외 최고 전문가 및 교수와의 토론식 수업
            – 해외 유명 싱크탱크 및 비영리기관 인턴 실습

초, 중, 고등학생에게
매력적인 국제교류활동 List

청소년 프로그램을 한데 모아놓은 곳이 그리 많지는 않다. 서울시는 청소년 프로그램과 정보를 쉽게 찾을 수 있도록 청소년 정보 홈페이지(www. youthnavi. net)을 운영하고 있다. 유스내비는 서울 시내 청소년 시설 및 공공 기관들이 진행하는 프로그램 정보를 제공하는 사이트로, 정보가 한데 모여있어서 매우 편리하다. 아래 자료는 2017년 기준으로 프로그램에 따라서 해마다 주제나 대상 국가가 변경되는 경우가 있으니 참고하길 바란다.

| 학생들이 참여하기 좋은 국제교류활동 |

앉아서 세계일주
http://www.sdyouth.net
· 대상 초
· 지원서 접수 9월 말
· 활동 내용 - 세계 여러 나라 소개 및 체험 -다문화 이해 및 소통 수업

[서울YMCA] 청소년 모의유엔 (MUNY) 토론 대회
http://munykorea.org
· 대상 국제 사회 이슈에 관심이 많은 학생 초, 중, 고
· 지원서 접수 6월 초
· 활동 내용 - 세계 여러 나라 소개 및 체험 -다문화 이해 및 소통 수업

문화 간 의사소통 특강(Intercultural Communication)
http://global.seoul.go.kr/seongbuk
· 대상 국제 사회 이슈에 관심이 많은 학생 초, 중, 고

- 지원서 접수 6월 초
- 활동 내용 - 문화 간 효과적인 의사소통 방법 특강 듣고 궁금한 점 나누기

2017 가족문화사업 '세계문화탐방'
http://www.ssoul.org
- 대상 초등 1학년 이상 청소년 가족
- 지원서 접수 5월 말
- 활동 내용 음식 만들기, 전통춤 배우기, 전통 작품 만들기 체험

대사관 탐방과 함께하는 '어린이세계문화교류'
http://blog.naver.com/hansam2006
- 대상 초, 중
- 지원서 접수 3월 말
- 활동 내용 방문국의 언어와 음식 문화 체험
           ※ 각 국 대사(부인)님 및 외교관 직접 진행

세계문화이해마당-스웨덴편(해마다 국가 변경 가능성 있음)
http://global.seoul.go.kr/seongbuk
- 대상 초, 중, 고, 성인
- 지원서 접수 4월 초
- 활동 내용 스웨덴 현지인이 문화, 복지, 교육 등 소개

초등 세계 시민봉사활동 '한조각 한마음'
http://www.j-youth.org
- 대상 초
- 지원서 접수 10월 초
- 활동 내용 자원 봉사 기초 교육/세계 시민교육

어린이 국제 큐레이터 - 세계문화교류
http://blog.daum.net/hansam2012
- 대상 초
- 지원서 접수 6월 말
- 활동 내용 세계 여러 나라 대사관을 방문하여 국제적 감각 기르기, 전시 기획하기

창의세계체험 in Korea

http://www.boramyc.or.kr/

· 대상 초

· 지원서 접수 7월 초

· 활동 내용 베트남, 이집트, 미국, 터키 등 다른 나라의 역사 문화, 전통의상, 대표 음식 체험

Kids' AU Camp 2016 in KOREA 국제봉사캠프

http://www.woori1318.or.kr

· 대상 초, 중

· 지원서 접수 10월 초

· 활동 내용 환영 파티, 야외활동, 한국 문화체험, 음식 페스티벌, 캠프파이어, 운동회 등

문래놀이터 '다문화축제'

http://www.mullaeyouth.or.kr

· 대상 초, 중, 고, 대 , 성인

· 지원서 접수 9월 말

· 활동 내용 음식체험, 놀이체험, 가면체험, 모자체험, 만들기체험

서울청소년해외원정대 해외문화탐방

· 대상 초등 4학년 이상 ~ 중·고등학생, 대학생

· 지원서 접수 1월 중

· 활동 내용 해외 문화 탐방, 현지 퀴즈쇼 및 리서치 조사 활동, 한류문화 알리기, 전통문화
　　　　　　 체험 등

UNGO 진로여행의 밤 - 8월 유엔난민기구(UNHCR)

http://www.mizy.net

· 대상 중, 고

· 지원서 접수 8월 중순

· 활동 내용 유엔난민기구(UNHCR)와 '난민' 개념이해, 국제활동의 다양한 진로 방향에 대한
　　　　　　 멘토링

방콕문화교류대장정

http://www.boramyc.or.kr/

· 대상 중, 고, 대

- 지원서 접수 7월 초
- 활동 내용 방콕 청소년과 함께 방콕시 도시 환경 및 문화체험 , 서울의 도시 환경 발표 및 문화 공연

청소년을 위한 '송석글로벌시민학교'
http://www.songsuk.org
- 대상 중, 고
- 지원서 접수 7월 중순
- 활동 내용 문화 교류 워크숍, 세계 청년들과 글로벌 토크쇼

2017년 시끌원정대 역사문화탐방
http://www.seekle.or.kr/
- 대상 초, 중, 고, 대
- 지원서 접수 2월 초
- 활동 내용 세계 문화 유산 탐방, 한국- 우즈베키스탄 청소년 문화교류, 현지 미션 수행 등

| 학생들이 참여하기 좋은 봉사활동 |

제과제빵 봉사활동
http://facebook.com/dreamppl
- 대상 초, 중, 고
- 지원서 접수 9월 중
- 활동 내용 제과제빵 봉사활동으로 소외 계층에 빵 후원

된다! 봉사활동 마스터 (단순 봉사 프로그램)
http://www.jjang.or.kr
- 대상 초, 중, 고, 대
- 지원서 접수 3월~12월
- 활동 내용 테마별 봉사활동 (지역 사회 환경 정화 활동, 사회 복지 기관 연계 봉사, 기부 봉사활동)

송파나눔장터
http://www.youth1318.or.kr
- 대상 청소년 및 가족
- 인원 총30팀(1팀당 최대4인 참여 가능)

- 지원서 접수 6월~11월
- 활동 내용 나눔 바자회 참여 및 환경 정화활동, 자선구호활동

초등학생을 위한 '자원봉사 첫 걸음'

http://www.scy.or.kr
- 대상 초
- 지원서 접수 9월 중
- 활동 내용 자원봉사 캠페인 관련 포스터 및 패널 제작, 캠페인 진행

초등 은빛 희망 경로당 만들기

http://www.j-youth.org
- 대상 초
- 지원서 접수 6월 말
- 활동 내용 어르신들이 좋아하는 음식 만들기 및 전달

기억하라 3. 1 벽화프로젝트

http://www.sdyouth.net
- 대상 초, 중, 고, 대 성인
- 지원서 접수 7월 초
- 활동 내용 벽화 디자인 및 채색, 지역 사회 활동 참여

'꾸미고 꿈꾸는 학교 화장실, '함께꿈' 홍보지기

http://www.seoul.go.kr
- 대상 초, 중, 고
- 지원서 접수 6월 말
- 활동 내용 함께꿈 사업 온·오프라인 홍보 및 캠페인

희망의 운동화 나눔축제

http://www.mizy.net
- 대상 초, 중, 고, 대, 성인
- 지원서 접수 5월 말
- 활동 내용 희망의 운동화 그리기, 각종 문화 체험 행사

청소년운영위원회 '까톡'

http://www.jjang.or.kr/jjang/

- 대상 초, 중, 고,대
- 지원서 접수 3월 말
- 활동 내용 수련관 모니터링 및 자문 평가, 청소년 정책 및 제언, 인권교육

근로청소년복지관 청소년봉사활동 자신만만

http://www.boram.or.kr

- 대상 초, 중, 고
- 지원서 접수 11월 초
- 활동 내용 청소년 자원봉사 기초 소양교육, 자기계발활동, 노인 이해 강의, 노인생애체험 등

재활용 크레파스 만들기로 실천하는 글로벌 나눔

http://www.sesangi.org

- 대상 초, 중, 고
- 지원서 접수 12월
- 활동 내용 글로벌 나눔 워크숍, 재활용 크레파스 만들기 및 기부

사랑의 목도리 뜨기 나눔

http://www.core-i.org

- 대상 초
- 지원서 접수 1월 초
- 활동 내용 목도리 뜨기 재능을 개발하여 기부

한글필통만들기 봉사활동 및 문화체험

http://www.hidi.kr/

- 대상 전체
- 지원서 접수 10월 말
- 활동 내용 우리가 모르는 한글 이야기 프로그램 특강, 한글 필통 만들기

농촌 자원봉사 캠프

http://www.cyc.or.kr

- 대상 중, 고
- 지원서 접수 7월

- 활동 내용   여름방학 중 농촌에 방문하여 농작물 재배 보조, 벽화 그리기, 마을 청소 활동

영어책읽어주기 북버디
http://www.mcyouth.or.kr
- 대상   초, 중, 고
- 지원서 접수   1월
- 활동 내용   친구에게 영어책 읽어주기 활동

건강한 지구별 만들기
http://www.jjang.or.kr/jjang
- 대상   초, 중, 고
- 지원서 접수   7월 초
- 활동 내용   새집 만들기 체험, 새집 달기 체험, 환경 보호의 중요성 배우기

청소년공공외교단원
http://www.goyouth.or.kr
- 대상   중, 고
- 지원서 접수   3월 초
- 활동 내용   청소년공공외교 활동(예) 독도캠페인 UCC제작 등

청소년바리스타봉사단
http://www.goyouth.or.kr
- 대상   중, 고
- 지원서 접수   6월 중순
- 활동 내용   일일찻집 운영 후 후원금으로 경로당 어르신들을 위한 사탕과 한과를 가지고 방
문하여 어르신 말벗 봉사활동 진행

청소년 나라사랑 봉사단
http://www.goyouth.or.kr
- 대상   중, 고
- 지원서 접수   6월 중순
- 활동 내용   예) 일제 강점하의 독립 정신을 배울 수 있는 체험활동 진행
안중근 의사 기념관과 백범김구 기념관 서대문형무소에 대한 내용 조별 발표